COZY MYSTERY

SECRETOS ENTRE LIBROS

ALMA

Título original: *The Whispered Word*

© 2018, Ellery Adams
Primera edición: Kensington Publishing Corp.
Publicado de acuerdo con Sandra Bruna Agencia Literaria, S.L.
Todos los derechos reservados

© de esta edición:
Editorial Alma
Anders Producciones S. L., 2024
www.editorialalma.com

 @almaeditorial

© de la traducción: Ana Alcaina
© Ilustración de cubierta y contra: Iratxe López de Munáin

Diseño de la colección: lookatcia.com
Diseño de cubierta: lookatcia.com
Maquetación y revisión: LocTeam, S. L.

ISBN: 978-84-19599-60-5
Depósito legal: B-7604-2024

Impreso en España
Printed in Spain

El papel Munken Print Cream utilizado en el interior de esta publicación está certificado Cradle to Cradle™ en el nivel bronce.

C2C certifica que el papel de este libro procede de fábricas sostenibles donde se elaboran productos seguros y neutros para el medio ambiente, utilizando fibras de bosques gestionados de manera sostenible, 100% reciclables, cerrando su ciclo de vida útil.

Todos los derechos reservados. No se permite la reproducción total o parcial del libro, ni su incorporación a un sistema informático, ni su trasmisión en cualquier forma o por cualquier medio, sea este electrónico, mecánico, por fotocopia, por grabación u otros métodos, sin el permiso previo por escrito de la editorial.

COZY MYSTERY

ELLERY ADAMS

SECRETOS ENTRE LIBROS

Libros y bollos
a cambio de secretos

*Para ti, lector, porque entiendes que cada libro es un viaje a la espera de que alguien decida emprenderlo.
Un viaje en una alfombra mágica.
Vamos, pues. Sube a bordo.*

Una biblioteca de libros es el jardín más hermoso del mundo, y pasear por él es un éxtasis.

LAS MIL Y UNA NOCHES

CAPÍTULO UNO

> Escóndete hasta que todos se vayan a su casa.
> Escóndete hasta que todos se olviden de ti.
> Escóndete hasta que todos mueran.
>
> Yoko Ono

Esa chica tiene un pie en la tumba.

Nora Pennington, propietaria de la única librería de Miracle Springs, Carolina del Norte, desplazó la mirada de su amiga hacia la silla vacía donde esperaba encontrar a la jovencita de rostro paliducho que se había escondido en las estanterías hasta pasada la hora de cierre.

Pero la chica no estaba allí.

Acordándose de la pulsera de identificación del hospital que rodeaba la huesuda muñeca de la joven, Nora volvió a centrar su atención en su amiga.

—June, ¿a ti te ha dicho algo? ¿O a Hester, o Estella?

June lanzó un gruñido.

—Sí, claro. Nos ha contado a las tres la historia de su vida. Con todo lujo de detalles, por supuesto. Nos ha dicho que le donó un riñón al amor de su vida y que, aunque la operación fue muy bien, cuando los dos tórtolos se despertaron de la anestesia, Miss Más Flaca que Un Palo descubrió que Míster Hombre Ideal era en realidad Míster Huye de Mí como de la Peste. Según las noticias, era un asesino en serie en busca y captura. No, no era eso... —June frunció el ceño—. Era el líder de una secta, sí, una de esas sectas con un líder masculino y un montón de jóvenes discípulas en las que te lavan el cerebro. Cuando nuestra chica se enteró, aprovechó una distracción de las enfermeras para escapar del hospital, cogió un vestido de un tendedero y se subió a un tren con destino a Miracle Springs.

Detrás de June, una mujer soltó una carcajada ronca.

—June Dixon, creo que, si te lo propusieras en serio de verdad, podrías escribir un novelón —dijo Estella Sadler con un exagerado acento sureño. Se levantó con aire lánguido de la silla y señaló con el pulgar hacia la parte de atrás de la librería—. Como te veo perfectamente capaz de desalojar a tu refugiada del plástico de burbujas, Nora, doy por finalizada la velada. No es que me haga falta un sueño reparador, pero lo aprovecharé de todos modos. Que tengáis dulces sueños, chicas.

Cuando Estella se marchó, Nora se volvió hacia Hester Winthrop, la cuarta integrante del Club Secreto de la Lectura y la Merienda.

—¿Ha dicho «refugiada del plástico de burbujas»?

—Pronto descubrirás por qué —dijo Hester, cogiendo su bolso—. Yo también tengo que irme. El pan no va a amasarse solo a las cinco de la mañana, y tengo que hornear unas hogazas extra para nuestras bolsas de Detallitos Secretos.

June negó con la cabeza.

—No conozco a mucha gente capaz de levantarse cuando aún no han puesto ni las calles y estar activa todo el día, zumbando como una abeja mareada. Pero tú sí eres capaz; con tus pecas y esa energía, me recuerdas a Pippi Calzaslargas.

Hester negó con la cabeza.

—La pelirroja es Estella, no yo.

—Estella no es esa clase de personaje de ficción —señaló June—. Es mucho más felina. ¿A quién me recuerda? —Se quedó pensativa y luego dio una palmada—. ¡Ya lo tengo! A Shere Khan. El tigre de *El libro de la selva*. Es el doble literario de Estella.

—¿Y qué personaje de ficción eres tú? —le preguntó Nora. Aunque quería ir a ver cómo estaba la misteriosa muchacha, estaba demasiado intrigada por la conversación como para moverse.

June se puso la mano sobre el corazón.

—Cuando trabajaba en la residencia de ancianos, una de mis pacientes favoritas me llamaba la Mary Poppins negra. Soy mayor, tengo la tez más oscura y el pelo mucho más rizado que Mary, pero así me llamaba ella.

Al ver la cara de asombro de Hester, June se echó a reír.

—Cariño, me lo decía como un cumplido. Esa ancianita sabía cuánto me esforzaba por poner un poco de magia en la vida de los residentes.

Hester señaló en dirección al pequeño almacén de Nora.

—Sospecho que no ha habido mucha magia en la vida de esa chica últimamente. ¿Qué vas a hacer con ella, Nora? Parece... frágil.

La librera frunció el ceño. Se había ido a vivir a Miracle Springs en busca de paz e intimidad. No había querido ninguna responsabilidad más allá de su minúscula casa y la gestión de su librería. No había querido mascotas ni amigas íntimas, ni tampoco un novio o un amante. Se negó a incorporarse a alguna iglesia o a participar en actos benéficos. No patrocinaba equipos deportivos infantiles, no participaba en concursos de repostería ni tomaba parte en la política local. No buscaba la compañía de nadie.

Y a pesar de todo eso, la gente sí buscaba la suya.

Iban a verla expresamente. Personas de distintos orígenes, acento y color de piel. Personas de todo el mundo le traían sus historias. Todos llevaban sobre sus hombros una carga que no conseguían soltar, por mucho que quisieran liberarse de su peso. Aquellos seres cansados acudían a ella, la librera conocida por los lugareños como «la chica guapa de las quemaduras» o «la biblioterapeuta de las cicatrices», en busca de alivio.

A veces, a aquellas personas les caía bien Nora y, otras veces, no. Pero lo cierto es que en Miracle Books todas se sentían como en casa. Era casi imposible no hacerlo, pues pasearse por la librería era como enamorarse por primera vez.

Los clientes nuevos entraban en la tienda y se quedaban allí parados con gesto vacilante, con el temor de que lo único que ofreciese la librería fuesen títulos *new age* y cristales y piedras energéticas. Era una inquietud razonable en un pueblo construido sobre la premisa de la sanación, pero en Miracle Books había algo para todo el mundo, solo que no siempre sabían cómo encontrarlo.

Nora nunca se había bañado en las famosas aguas termales de Miracle Springs, así que no podía decir a sus clientes que los baños tuviesen poderes reconstituyentes.

En cambio, sí creía que los libros tenían el poder de curar. Estaba convencida de que las palabras elegidas cuidadosamente y las frases bien escritas podían regalar a los lectores la capacidad de dejar atrás un pasado doloroso y pasar página para empezar un nuevo capítulo de su vida.

Como creía que todas las historias tenían algo que ofrecer, la librería de Nora estaba repleta de ejemplares de todos los géneros y en todos los formatos. Los últimos *best sellers*, con sus lustrosas sobrecubiertas, compartían espacio en los anaqueles con libros de bolsillo usados. En otras estanterías había primeras ediciones raras, codiciadas ediciones firmadas por el autor y libros antiguos encuadernados en piel. Había libros de toda clase y condición; libros para todas las edades; libros para satisfacer todas las necesidades, todos los deseos.

Había mucho que ver en el laberinto de estanterías y la plétora de libros a la venta, así que Nora dejaba que sus clientes se paseasen a su aire, sin molestarlos. De hecho, les animaba a perderse en el dédalo de lomos de colores, a sacar los libros y leer el texto de la contracubierta, a tocar uno de los muchos embellecedores de estantes.

Antes incluso de abrir la librería, Nora llamaba a aquellos cachivaches «embellecedores de estantes». Un buen día, cuando aún estaba recopilando su inventario inicial, estaba rebuscando en una caja de libros en el mercadillo de segunda mano cuando encontró un par de sujetalibros de bronce con forma de búho. No estaban en perfecto estado, ni mucho menos: el bronce estaba ligeramente descascarillado, sin duda por el paso del tiempo. A Nora le gustaron los búhos pese a esas imperfecciones. Su mirada era severa y sus afiladas garras se enroscaban sobre una pila de gruesos tomos con aire protector.

—Si compras la colección de Nancy Drew, te hago un descuento en los búhos —le dijo el vendedor a Nora mientras estudiaba sin ningún disimulo las cicatrices de sus quemaduras.

Ella no estaba acostumbrada a negociar, pero sabía que, si quería que su tienda prosperase, tenía que comprar los libros al menor precio posible. Estuvo examinando los sujetalibros con las manos y se le ocurrió que su futura tienda sería muchísimo más interesante si, además de libros, sus estanterías tuviesen también artículos únicos y objetos *vintage*. Entonces miró al vendedor directamente a los ojos y empezó a regatear.

Los embellecedores de estantes eran compras impulsivas, tanto para los lugareños como para los visitantes forasteros. Cuando, de camino al almacén, Nora se adentró en los pasillos de estanterías, se fijó en algunas de sus últimas adquisiciones. Pasó junto a un mortero de madera lleno de lavanda majada, un portacartas de mármol y latón, un marco de fotos de plexiglás rosa, un juego de té victoriano de porcelana con motivos infantiles y un jarrón alto de estilo *art nouveau*. Y esos solo eran los tesoros que había en la sección de narrativa romántica contemporánea.

Dobló la esquina de una estantería repleta de novelas de bolsillo y oyó el escandaloso tintineo de unas campanillas de latón al golpear la madera. Las campanillas, que habían formado parte de los arreos de un caballo, ahora colgaban de una tira de cuero detrás de la puerta principal de la tienda.

El sonido metálico significaba que sus amigas habían salido de Miracle Books.

Ahora estaba sola con sus libros y aquella extraña joven.

Encontró a la chica acurrucada entre varias capas de plástico de burbujas y papel de embalar. Parecía una Ricitos de Oro desnutrida que se hubiera desmayado después de una fiesta demasiado intensa.

La librera estudió a la desconocida bajo la tenue luz de la única bombilla del almacén. Aunque su figura esbelta y la piel clara le daban un aspecto infantil, Nora calculó que debía de estar más cerca de los veinte años que de los diez.

—¿Qué se supone que voy a hacer contigo? —murmuró en voz baja.

A pesar de la intención de Nora de llevar una vida sin complicaciones en Miracle Springs, en los últimos tiempos se había hecho amiga de tres mujeres extraordinarias. Juntas habían formado el Club Secreto de la Lectura y la Merienda. En el transcurso de su investigación sobre el asesinato de un ejecutivo que estaba de paso por el pueblo, Estella, June y Hester habían compartido sus secretos más profundos con Nora y, al final, ella les había confiado los suyos: la terrible verdad que se ocultaba tras la cicatriz de la quemadura con forma de medusa que se extendía por su brazo derecho y el desfile de burbujeantes cicatrices con forma de pulpo que le subían por el hombro y el cuello hasta acariciarle la mejilla con sus tentáculos arrugados.

«Ya he arriesgado bastante», pensó Nora, mirando a la chica dormida.

Aunque la investigación había concluido, el abrupto cierre del banco local había dejado muy tocada a la comunidad de Miracle Springs. Multitud de personas habían perdido su empleo, mientras que otras habían acabado en la cárcel. El pueblo necesitaba recuperarse, y Nora también.

Recuperarse significaba respirar un poco de paz y tranquilidad, pero ver a una chica extraña durmiendo en su almacén no le transmitía ninguna paz, ni tampoco tranquilidad.

Se sentía dividida: una parte de ella quería zarandear a aquella chica para despertarla y decirle que madurase un poco y pasase página. «Esto es una librería, no un hotel», se oyó decir a sí misma.

Sin embargo, otra parte de ella recordaba el modo en que esa misma chica había acariciado los lomos de los libros cuando creía que nadie la veía. Había visto tanta ternura en esa caricia... Tanta nostalgia...

Pero también había visto dolor.

En aquel momento, Nora se había visto reflejada en ella: había visto su propia necesidad de escuchar otras historias, su afán de escapar; había visto su propio reflejo en los ojos hambrientos y los dedos desesperados de la chica.

Fue esa tenue conexión la que hizo que Nora se dirigiera a uno de los rincones de lectura de la tienda, cogiera la mantita del sofá y regresara al almacén para tapar a la chica dormida con el suave tejido de algodón.

«Ojalá pudiera dormir yo a pierna suelta como ella», pensó Nora.

Se arrepintió de ese pensamiento casi antes de terminar de formularlo: la pulsera de hospital y aquella ropa demasiado holgada eran indicios de todo lo contrario, seguramente las preocupaciones la asaltaban incluso en sueños. Si dormía tan profundamente lo más probable es que estuviera agotada. Era el sueño extenuante de alguien que ha estado corriendo sin parar hasta que sus piernas no aguantaban más.

Nora se quedó allí el tiempo suficiente para preguntarse por qué se escaparía alguien de un hospital, pero no quería saber la respuesta a esa pregunta. No quería involucrarse. Le daría comida y cobijo. Eso sería todo.

Tras dejar una breve nota para la desconocida durmiente, Nora encerró a la chica en la librería y se fue a su casa.

A la mañana siguiente, Nora se despertó temprano. No había dormido bien y sus primeros pensamientos coherentes se enfocaron en preparar y beber un montón de café, solo y bien cargado.

Se había duchado, cepillado el pelo castaño, vestido con el uniforme de rigor —vaqueros y camiseta—, y ya iba por la segunda taza de café cuando se acordó de su Ricitos de Oro del almacén.

—Maldita sea... —masculló, apresurándose a prepararle algo de comer a la chica.

Recorrió la corta distancia que la separaba de su diminuta casa, un vagón de tren modificado que los habitantes del pueblo habían bautizado como la Casita del Vagón de Cola, y abrió la puerta de atrás de Miracle Books. A Nora le encantaba que su librería hubiera sido anteriormente una estación de tren y su casa, un vagón. El aura aventurera que impregnaba cada clavo y cada tablón casi podía palparse con los dedos.

—¡Soy yo, Nora! —exclamó. No quería asustar a la chica, sobre todo si aún estaba durmiendo.

Sin embargo, el almacén estaba vacío.

Nora se detuvo en la puerta intentando comprender lo que veían sus ojos o, mejor dicho, lo que no veían: alguien había transformado por completo la habitación. Habían aplastado y colocado ordenadamente todas las cajas de cartón apoyándolas en una de las paredes. No había rastro del plástico de burbujas ni tampoco restos de papel de embalar.

Mientras se desplazaba por la librería en dirección a la taquilla de venta de billetes, Nora fue mirando a su alrededor en busca de alguna señal de vida de la chica. ¿Habría utilizado alguna de las cien tazas que tenía colgadas en el tablón de la pared para prepararse un café o un té? No, parecía que no.

—Traigo pan recién hecho. Lo he tostado y untado con mantequilla —dijo y su voz retumbó entre las pilas de libros—. Lo ha hecho Hester. La conociste anoche: es la mujer de las pecas y del pelo rubio encrespado. —Nora sigue andando hacia la caja registradora—. También he traído moras, las cogí ayer. Y queso de granja. Podría hacerte un *cappuccino* o un café con leche. O un café normal también, lo que te apetezca...

Para entonces, Nora ya había llegado a la caja. Dejó el plato de comida encima del mostrador y aguzó el oído. La chica estaba allí, presentía su presencia, pero... ¿por qué se escondía de ella?

Se dirigió a la entrada de la tienda y se detuvo justo antes de llegar al escaparate. Allí pasaba algo raro. El escaparate no tenía ese aspecto la noche anterior.

—¿Qué demon...?

Nora sacó la llave maestra que abría la puerta principal y salió corriendo a la calle para ver el escaparate desde la acera.

Lo que vio fue algo mágico: estaba frente a una escena creada por entero a base de materiales de embalaje. La figura central era una chica esculpida en cinta de embalar transparente. La escultura femenina sostenía una cuerda sujeta a unos globos hechos de plástico de burbujas. Tanto la chica como los globos estaban rodeados de cientos de pájaros de origami hechos de papel blanco. Los pájaros se balanceaban y giraban en el aire, movidos sutilmente por la corriente que salía de un conducto cercano.

Por un momento, Nora sintió como si ella también estuviera moviéndose, tan liviana como aquellos pájaros de papel. Como si pudiera flotar. Estuvo a punto de mirar abajo, esperando a medias ver sus pies un palmo por encima de la acera.

Esta vez, cuando volvió a mirar al escaparate, vio los libros. Eran todos ejemplares con las cubiertas azules, solo azules, colgando del techo. Un cordel blanco recorría toda la longitud del margen interior, lo que obligaba a que los libros estuviesen permanentemente abiertos y creaba la ilusión de estar viendo un par de alas. Nora se sorprendió moviéndose de un lado a otro para tratar de leer los títulos de todos aquellos libros.

La chica —porque tenía que ser ella la autora de aquella obra de arte— había escogido libros de distintos géneros. Estaban *El gato Garabato, Ve y pon un centinela, Wonder, La luz que no puedes ver, El gran Gatsby, Eragon, The Mystery at the Moss-Covered Mansion, Breve historia del tiempo* y una docena de libros más. En la parte inferior del escaparate, unas letras de cartón componían el texto: Mi cielo azul.

Nora volvió a entrar en la tienda y se encontró a la chica junto al plato de comida. No lo había tocado, pero estaba tan cerca que casi se podía palpar el hambre que tenía.

—Es precioso. —Nora señaló el escaparate a su espalda—. ¿Te has pasado toda la noche decorándolo?

La chica tardó un largo rato en responder. Cuando al fin lo hizo, su voz era un leve susurro, como una brisa colándose por entre los juncos.

—Unas horas.

—Me parece que te has ganado el desayuno —le dijo Nora, señalando el plato—. Vamos, te haré un café mientras comes.

Aunque la chica no dijo nada, cogió el plato y siguió a Nora hasta el corro de sillas que había cerca de la taquilla de venta de billetes.

Nora dio unos golpecitos en la pizarra con el menú, pegada a la pared junto a la taquilla, y preguntó:

—¿Qué te apetece?

La chica se acercó al menú y fue moviendo los labios mientras murmuraba cada palabra en voz alta:

> Café Ernest Hemingway: Tostado oscuro
> Café Louisa May Alcott: Tostado claro
> Café Agatha Christie: Descafeinado
> Café Wilkie Collins: *Cappuccino*
> Café Jack London: *Latte*
> Té DanTÉ Alighieri: Earl Grey

Nora se volvió para dar tiempo a la chica a decidirse y, mientras, se entretuvo buscando la taza de café perfecta para su invitada.

Había comprado la mayoría de sus tazas en mercadillos o en ventas privadas de objetos de segunda mano, y tenían frases relacionadas con libros o frases humorísticas. Al examinar su colección, decidió que ninguna de ellas encajaba del todo con aquella muchacha. Le habría gustado tener allí una de las tazas de cerámica hechas a mano que había en su casa, sobre todo porque la chica parecía sentir afinidad por el azul. Nora podía servirle el café en una de las que reservaba para los niños, pero sus tazas del Monstruo de las Galletas, Batman, Snoopy o Harry Potter tampoco acababan de convencerla.

Al final, eligió una taza blanca con un dónut con cobertura de glaseado rosa y espolvoreado con virutas de arcoíris. En un lado de la taza, el dónut, con la forma de un cero redondo, iba precedido de las palabras Me importa todo... justo antes de la imagen en forma de cero del dónut. El texto se cerraba con la palabra patatero.

Por primera vez, Nora pensó que ojalá tuviera alguna taza con la inocente imagen de un gatito o un perrito.

—¿Te apetece alguno en concreto? —le preguntó a la chica.

—Un Wilkie Collins, por favor. Me encantó su libro *La mujer de blanco*.

Nora estaba impresionada, pues no había muchas veinteañeras que conocieran a Collins o su obra.

—A mí también —dijo, colocándose detrás de la cafetera expreso—. La verdad es que incluso más que *La piedra lunar*.

No le había preguntado si quería azúcar o alguna leche especial porque no tenía por costumbre ofrecer demasiadas opciones a sus clientes. Si querían azúcar, podían echárselo ellos mismos. Si querían leche de soja, de almendras o de coco, no estaban de suerte, porque ella no tenía nada de eso. Su librería no era un Starbucks ni una tienda de comestibles. Su cafetera expreso era un modelo reacondicionado que estaba casi en las últimas. Como pensaba que cualquier día se le estropearía sin previo aviso, Nora siempre sentía cierto alivio cuando sus clientes le pedían un café solo o una infusión de hierbas.

—¿Cómo te llamas? —le preguntó Nora, levantando la voz para que la oyera pese a los silbidos y el estruendo de la máquina. Miró a la chica mientras espumaba la leche.

No obtuvo respuesta, así que siguió terminando de preparar la bebida. Cuando acabó, dejó la taza del dónut junto al plato de comida.

La chica seguía con la mirada fija en el mostrador.

—Me... Me llamo Abilene. Abilene... Tyler.

Teniendo en cuenta sus pausas al hablar, Nora no pudo evitar preguntarse si no acabaría de inventarse aquel nombre. Si así era, a ella le daba igual. Llamaría a la chica por el nombre que ella quisiera.

—Es un nombre bonito. —La librera sonrió con simpatía a la chica—. A mí no me gusta que me miren mientras como, así que te dejo sola con tu plato. Quédate aquí y disfruta de la comida. Yo me voy a la parte delantera a encargarme de las tareas de antes de abrir. Gracias a ti, ahora no tengo que preocuparme por el escaparate. De hecho, no voy a querer cambiarlo hasta dentro de varias semanas. Has hecho un trabajo realmente increíble.

Abilene respondió devolviéndole una leve y tímida sonrisa.

—Gracias.

Al cabo de un rato, Nora estaba detrás del mostrador echando un vistazo a los anuncios de ventas de objetos de segunda mano del periódico, cuando Abilene asomó sin hacer ruido.

—Gracias por el desayuno. El pan y las moras estaban buenísimos. Y gracias por dejar que me quedara aquí anoche. Ya me voy, no hace falta que me acompañes.

Se volvió hacia la puerta principal.

Nora sabía que no podría salir de la librería sin su ayuda, porque la puerta estaba cerrada y la pesada llave maestra de latón estaba dentro de la caja registradora. Mientras observaba a Abilene tratando de decidir qué hacer con aquella joven que tan claramente necesitaba ayuda, ocurrió algo que impidió que Abilene saliera de Miracle Books.

Ya casi había alcanzado la puerta principal cuando se le rompió la tira de goma de la chancla izquierda y perdió el equilibrio. Precipitándose hacia delante, se dio de bruces contra un expositor de pie repleto de libros de bolsillo. El expositor era de metacrilato y Nora lanzó un grito horrorizado cuando el mueble cedió emitiendo una sucesión de violentos crujidos. Acompañando a uno de los crujidos, se oyó otro ruido: un grito de dolor.

Cuando Nora fue a arrodillarse junto a la joven, Abilene se estaba sujetando la mano derecha. Intentaba ocultar la sangre que se le escurría entre los dedos y las lágrimas que le humedecían las mejillas, pero no conseguía ninguna de las dos cosas.

—No te muevas —le ordenó Nora y corrió a coger un paño de cocina de la trastienda.

Cuando volvió junto a Abilene, la chica se negó a que le examinara la mano.

—Estoy bien —insistió con tozudez.

Nora frunció el ceño.

—Y una mierda. Me estás dejando el suelo perdido de sangre. Venga, vamos. Tengo que ver si es grave o no.

Apartando la mirada, Abilene le enseñó la mano herida.

Nora apartó con cuidado los dedos que le tapaban la herida y un chorro de sangre empezó a manar de inmediato de un corte en la palma de la mano. Era lo bastante profundo como para requerir sutura, no se trataba de una herida superficial capaz de curarse por sí sola. Tenía que coserla un profesional.

—Vas a necesitar puntos —le dijo Nora, formando una bola con la toalla y comprimiendo con ella la palma de la mano de la chica.

Abilene se apartó tan bruscamente que por poco tira a Nora al suelo.

—No.

Nora le miró la muñeca, pero ya no llevaba la pulsera del hospital.

Sospechaba que no tenía ninguna posibilidad de llevar a Abilene a un centro de urgencias o a la consulta de un médico, pues lo más probable era que la chica quisiese evitar a toda costa cualquier centro sanitario. ¿Por qué otra razón si no se habría presentado la noche anterior con un vestido que le quedaba demasiado grande, zapatos de la tienda de saldos y con el aspecto de alguien que lleva semanas sin comer ni descansar?

—Escúchame, Abilene. —Nora se dirigió a ella con mucha delicadeza—. Tengo un amigo que puede curarte. Voy a llamarlo. No le hablará a nadie de ti y hoy te quedarás aquí conmigo. No se hable más. Descansarás y comerás bien; nadie te hará preguntas. Y si alguien te hace alguna, no tendrás que responderla, ¿entendido?

Abilene negó con la cabeza y Nora temió que fuese a salir corriendo en cuanto le diera la espalda. Iba a tener que encontrar otra forma de obligarla a quedarse allí, cosa que no iba a ser fácil, porque, con su estado de nerviosismo, parecía un pájaro enjaulado.

«¿Por qué? —se preguntó Nora para sí mientras le cogía la mano—. ¿Qué te ha pasado?».

—No te estoy pidiendo tu opinión. —Nora adoptó el tono firme y serio que había empleado en su vida anterior como bibliotecaria. Dirigiéndose a ella como si fuera una alumna de instituto algo revoltosa, añadió—: Me has roto el expositor y has dejado todo esto hecho un desastre. Tiene que estar limpio y recogido antes de que abra la librería, a las diez. Tal y como yo lo veo, tienes dos opciones: puedes salir corriendo por la puerta de atrás y caerte redonda en mitad del campo, a varios kilómetros de aquí. Te destrozarás el pie izquierdo porque solo llevas una chancla, y está claro que no es de tu número. Además, tampoco importa mucho lo que le pase a tu pie, porque la mano acabará infectándose. Tendrás fiebre. Es evidente que estás demasiado débil para soportar todo eso y te desmayarás, te lo aseguro. Y quien te encuentre llamará a una ambulancia. O a la policía. ¿Es eso lo que quieres?

Abilene se empeñaba en no contestar.

—Tu otra opción es dejar que mi amigo te cure. Puedes recuperar las fuerzas, ponerte una ropa que te vaya bien y hacer unas tareas ligeras para ganar un poco de dinero. —Nora ladeó la cabeza—. ¿Te gustan los libros?

A juzgar por la obra de arte en la que había transformado el escaparate, era evidente que sí, pero Nora quería ver si la pregunta conseguía arrancarle una respuesta.

Abilene volvió la cabeza, miró a Nora de frente y dos chispas brillantes le iluminaron los ojos.

—Me encantan —dijo casi levantando la voz. Era una respuesta apasionada. También llena de rabia.

Nora se sintió aliviada al ver aquella muestra de emoción. La chica llevaba una coraza de acero bajo aquella piel translúcida. Probablemente se había aferrado a esa fuerza para llegar hasta allí. Fuese lo que fuese de lo que estaba huyendo, la huida le había pasado factura. Sin embargo, seguía luchando. Eso era bueno.

—A mí también me encantan los libros —le dijo Nora en un susurro—. Me salvaron la vida. —Recorrió con el dedo la cicatriz de su mejilla, sosteniendo la mirada de Abilene en todo momento—. Por eso tienes que creerme cuando te digo que aquí estás en un lugar seguro, entre los libros. Y conmigo, una mujer a quien precisamente rescataron los libros.

La chica echó un vistazo a la tienda. El brillo de sus ojos dio paso a una expresión de añoranza y una sombra de duda le nubló el rostro. ¿O era miedo?

Nora se preguntó cuánto tiempo llevaría huyendo. ¿Por qué tenía miedo? ¿Y si Nora estaba abriéndole la puerta a más peligro en su mundo? El verano anterior ya había arriesgado su vida por un completo desconocido. Y, sin embargo, allí estaba, ofreciendo cobijo a una joven que se comportaba como si alguien la estuviera persiguiendo. ¿Era así? Y si así era, ¿quién la perseguía?

Aquella vorágine de pensamientos se vio interrumpida por una conmoción a las puertas de la librería. Nora dio instrucciones a Abilene de que comprimiera la herida de la mano derecha con el paño de cocina y fue a asomarse a la puerta. Lo que vio la dejó sin aliento.

Una multitud de gente se había congregado en la acera. Hombres, mujeres y niños miraban el escaparate de la librería. El grupo de lugareños y forasteros señalaba, sonreía y fotografiaba con sus teléfonos móviles la creación de Abilene.

Nora miró el reloj. Eran las nueve y media, lo que significaba que el minibús del hotel Miracle Springs había llegado pronto con los clientes favoritos de Nora: los clientes acaudalados.

—Hay un montón de gente en la acera, admirando tu obra de arte —le dijo Nora a Abilene—. Por lo visto, no soy la única que cree que sabes hacer magia.

El cumplido encendió las mejillas de la chica, que resplandecía de orgullo y emoción. Era una reacción tan intensa que Nora intuyó que su huésped no estaba acostumbrada a los elogios.

—¿Qué me dices entonces? ¿Curamos esa mano? —le insistió Nora.

Tras un instante de vacilación, Abilene extendió el dedo índice y lo colocó sobre el nudillo del meñique de Nora, sobre el espacio vacío donde debería haber estado el resto del dedo.

—¿Cuándo te salvaron los libros? ¿Después del incendio? —le preguntó con timidez en un susurro.

Nora apartó su propia mano.

—Todos tenemos un pasado. Todos tenemos secretos, pero no tenemos por qué compartirlos.

Alguien llamó a la puerta y Abilene dio un respingo.

Como no reconoció al hombre, Nora se dirigió a la puerta y señaló el cartel que indicaba el horario comercial. Tendría que esperar a que abriera a las diez, porque aún tenía que recoger el expositor roto y decidir qué hacer con Abilene.

Recitó, murmurando para sí misma, el verso de un poema:

—«¿Cómo se ha hecho tan tarde tan temprano?».

—«Ha llegado el invierno antes del verano» —dijo Abilene, recitando el siguiente verso del poema.

Cuando Nora la miró con cara de sorpresa, Abilene respondió con una tímida sonrisa.

—Me gusta Dr. Seuss. Por eso elegí *El gato Garabato* para el escaparate.

—Está claro que eres una gran lectora. —Nora hizo un gesto con el brazo, señalando las estanterías de detrás—. Este es tu sitio.

La chica se puso de pie muy despacio, miró a Nora de frente y respiró hondo para tranquilizarse.

—Me gustaría quedarme. Durante un tiempo. Contigo. Y los libros. Todos estos libros tan y tan maravillosos...

CAPÍTULO DOS

> Se siente como enterrado en esos dos infinitos,
> el mar y el cielo, y en los dos a la vez:
> uno es una tumba; el otro, un sudario.
>
> Victor Hugo

Jedediah Craig aceptó una taza de café solo con el ceño fruncido. En circunstancias normales, la frase de aquella taza de color negro repleta de huellas blancas de patas Lo único tóxico de mi relación con mi perro son sus gases habría arrancado una sonrisa al apuesto sanitario. Pero no ese día.

—¿De dónde ha salido? —preguntó Jed, e inmediatamente levantó la mano—. Olvida que te lo he preguntado. Tú no conoces su historia y dudo que ella vaya a contártela. Esa chica no está bien, Nora, y es evidente que oculta algo. Está demasiado hecha polvo para no tener secretos.

—No hace falta ser médico para darse cuenta de eso... —replicó Nora con irritación, arrepintiéndose al instante. No era culpa de Jed que Abilene hubiera elegido Miracle Books como refugio—. Perdona. Te agradezco mucho que le hayas curado la herida, pero a partir de ahora puedo encargarme yo de ella. Eso creo. Como mínimo, puedo proporcionarle comida y un lugar donde dormir. Ahora bien, más allá de eso... —Se encogió de hombros.

Jed señaló su botiquín.

—Puede que esta noche tengas que cambiarle el vendaje. Te he dejado más gasas en la cocina. No ha querido decirme cuánta sensación de dolor tiene, ni siquiera ha querido tomar un sorbo de agua. Se ha limitado a mirar por la ventana y a irse muy lejos con la mente. He visto a algunos pacientes hacer eso. Es un mecanismo de defensa.

—Quizá se ha quedado paralizada porque eres un hombre —le dijo Nora, sintiéndose culpable por haber dejado a Abilene sola con Jed para poder limpiar el expositor roto—. ¿Crees que la has asustado?

Jed se lo pensó un momento.

—No, no estaba asustada. Más bien nerviosa. Estaba deseando que me fuera. —Dio otro sorbo a su café y le devolvió la taza—. Gracias. Tú sí sabes cómo preparar un buen café.

Nora lo acompañó hasta la puerta. Al otro lado, los clientes hacían cola, ansiosos por entrar en la librería.

—¿Has decidido hacer rebajas o es que ahora anuncian a la biblioterapeuta más jefaza de Miracle Springs en todas las cadenas de televisión del país?

Aunque Nora se sintió aliviada por que Jed hubiera recobrado el sentido del humor, estaba demasiado ensimismada para pensar en una respuesta ingeniosa.

—Supongo que habrán venido por el plástico de burbujas —fue lo único que se le ocurrió.

Como Jed puso cara de no entenderla, le señaló el escaparate. Él lanzó un silbido de admiración.

—No tenía ni idea de que pudieran hacerse esas cosas con cinta de embalar. Es alucinante.

—Pues Abilene creó toda la escena anoche, mientras yo la creía durmiendo en el almacén. Supongo que era su forma de agradecerme que la hubiese dejado quedarse aquí.

Jed se quedó mirando la figura de cinta transparente durante varios segundos antes de volverse hacia Nora.

—Ten cuidado, ¿vale? No sabes nada de esa mujer. Sí, ha hecho algo muy bonito. Y sí, está herida y es frágil, pero no es ninguna niña y es muy probable que tenga muchas facetas como persona. Otras caras que no te ha enseñado aún.

—Eso espero, desde luego —le contestó Nora, sonriéndole antes de agradecerle de nuevo su ayuda. Luego abrió la puerta para que saliera e invitar a entrar a una multitud de clientes.

Durante los siguientes días, Nora no descubrió casi nada sobre Abilene, aparte de que era muy ordenada, se sentía perfectamente cómoda con el silencio, vestía la talla XS y era capaz de recitar pasajes enteros de sus novelas favoritas, todas las cuales Nora clasificaría como clásicos. Además, no tenía ni la más remota idea de tecnología, que la desconcertaba por completo.

—Tengo la extraña sensación de que nunca ha tenido ordenador ni móvil —le explicó Nora a Hester por teléfono una tarde—. Sin embargo, sí sabe desenvolverse en la cocina. Anoche estaba demasiado cansada para cocinar; había sido otro día de locos en la librería y ya me había resignado a la idea de comerme un bocadillo y un puñado de uvas y acostarme pronto para leer *La mujer en la ventana*, de Finn. Acababa de entrar en casa cuando Abilene me anunció que iba a prepararla cena para las dos, si confiaba en ella.

—¿Si confiabas en ella? Una curiosa elección de palabras —señaló Hester—. No es que guardes cajas de Dom Pérignon ni trufas blancas en la cocina.

—A mí también me pareció raro, pero es que Abilene es rara. No lo digo en el mal sentido, quiero decir que es diferente, sin más. Pero te aseguro que sabe cocinar, que es justo de lo que quería hablarte.

Hester lanzó un prolongado gemido.

—Ya sabía yo que no me iba a gustar hacia dónde iba esta conversación...

Nora había estado ensayando su discurso mentalmente y decidió presentarle su plan a Hester en ese momento.

—No estoy acostumbrada a convivir con nadie, y aunque puedo soportar que Abilene duerma en el sofá unas noches, no puedo contratarla para que me ayude en la librería. No está hecha para trabajar de cara al público. Se esconde cada vez que entra un cliente. No es solo eso, es que, además, tenerla cerca a todas horas me desconcentra. A ti, en cambio, te vendría de perlas. Podría encargarse de algunas de las tareas más simples o de los procesos de horneado menos complicados. En la Gingerbread House, puede quedarse en la trastienda. No tendría que ver a nadie, cosa que la haría sentirse más cómoda.

Hester no contestó de inmediato y Nora no la presionó, sino que permaneció en silencio, dando a su amiga la oportunidad de sopesar sus opciones.

—Ninguna de las dos estamos acostumbradas a compartir nuestra vida con nadie —dijo Hester—. Tenemos el Club Secreto de la Lectura y la Merienda, y con eso me basta. No busco ampliar mi círculo social y, si te soy sincera, hay algo en esa chica que me da mala espina.

—Ya, a mí también —convino Nora—. Creo que lo que pasa es que nos recuerda a nosotras mismas, a aquellas partes de nosotras mismas que nos gustaría olvidar: las que sienten miedo, las más débiles, las insensatas.

Hester suspiró.

—Probablemente tienes razón, lo que significa que no puedo dejarla en la estacada. Solo espero que pueda desenvolverse bien en la Gingerbread House. Es un sitio con un nombre de lo más entrañable, pero todo el trabajo duro que hay detrás de cada tarta, cada bollo y cada pieza de repostería no tiene nada de entrañable. No estoy segura de que Abilene dé la talla. ¿Cómo tiene la mano?

—De todas sus heridas, sean las que sean, seguramente la de la mano será la que cicatrice mejor —respondió Nora.

Las integrantes del Club Secreto de la Lectura y la Merienda se reunieron ese sábado por la noche para preparar la primera de sus bolsas con Detallitos Secretos.

—Mi contribución consiste en unas hogazas de pan de trigo con miel, pan de centeno marmolado, rollos de canela con pasas y *focaccia* de romero, además de galletas de *buttermilk* y panecillos de queso *cheddar* —explicó Hester—. ¿A quién le ha tocado la primera tanda inaugural de bolsas?

June puso un saco de lona del revés y varios pares de calcetines multicolores y perfumados cayeron sobre la mesita de centro.

—Deberíamos elegir a seis extrabajadores del banco. Al fin y al cabo, toda esa gente no tenía ni idea de que iban a perder sus puestos de trabajo porque su compañero era un hijo de puta ladrón y embustero.

Estella cogió un par de calcetines y se los acercó a la nariz.

—Me encantan los de color morado. Son suavecitos como las orejas de un cachorro y huelen a lavanda fresca. Deberíamos regalárselos a esa cajera que se portó tan bien contigo, Nora. No recuerdo cómo se llamaba, pero dijiste que su peinado te recordaba a una piña, así que te aseguro que clienta mía no es, desde luego. Siendo como soy la mejor estilista de este pueblo, no hago peinados con formas de frutas.

Nora sintió vergüenza de sus propias palabras. La mujer del pelo rubio y ahuecado en forma de piña se había mostrado muy simpática con ella. Ahora estaba en el paro.

—Se llama Melodie, y no le sobraba el dinero precisamente cuando perdió su fuente de ingresos. Con su sueldo no le alcanzaba para comprar más de un libro al mes. Le regalé un libro de manga para ver si le gustaba el género y resulta que le encantó. Así que me parece bien, sí, dejemos una bolsa en la puerta de Melodie. Le regalaré una aventura de Sailor Moon y estoy segura de que le encantará ese rollo de canela, Hester. —Nora señaló el montón de calcetines—. ¿Los calcetines fucsia? ¿A qué huelen?

—A pomelo rosa.

—Perfecto —dijo Nora, y Hester metió los calcetines en la bolsa junto con el rollo de canela con pasas.

Estella cogió un par de calcetines grises.

—¿Son para hombre?

June asintió con la cabeza.

—Supuse que regalaríamos detallitos a ambos sexos, así que aprendí a tejer calcetines un poco más gruesos, de los que se ponen los chicos con las botas de trabajo y eso. No huelen a nada. —Miró a Estella—. ¿Tú tienes algo para hombres? No sé qué cara pondrán si se encuentran en el felpudo de la puerta un kit con muestras del salón de belleza Magnolia Spa con velas y una mascarilla.

Estella respondió con gesto de exasperación.

—¿Cuándo te vas a enterar de que, además de ser guapa, tengo cerebro? Claro que tengo algo para los chicos. Y es muy chulo. Echadle un vistazo.

Estella metió la mano en una bolsa de la compra, sacó una caja de puros y abrió la tapa. Dentro, había colocado con mucho arte una pastilla de jabón, un bote de crema de afeitar, maquinillas desechables, una toallita y un paquete de caramelos de menta.

—Qué bonito —exclamó June—. Así que ya está. Supongo que ya estamos listas para preparar las bolsas y hacer nuestra primera entrega.

Hester miró a Nora con aire interrogante.

—¿Y los libros?

La librera cogió la pila de libros envueltos para regalo que había colocado detrás de la caja y los llevó al corro de sillas.

—No considero que los libros cuya temática es la esperanza vayan dirigidos a un género concreto, así que podemos meterlos en cualquier bolsa. Para esta tanda, he escogido *Oración por Owen*, *Diario de un joven médico*, *Odas elementales*, *Cometas en el cielo* y *La luz que no puedes ver*. Yo creo que el libro adecuado acabará en las manos adecuadas. Además, me gustaría añadir a Amanda Frye a nuestra lista de destinatarios.

Estella, que estaba haciendo pilas con las muestras de los productos del *spa* y cajas de puros en la mesita de centro, se paró en seco.

—¿En serio? Pero si ni siquiera te cae bien.

Nora recordó la última vez que Amanda, una clienta muy difícil, había comprado en Miracle Books. La librera sabía más detalles de la vida personal de Amanda de los que le habría gustado saber porque era una de esas personas que comparten demasiadas cosas con el prójimo. Minutos después de conocerla, supo que era viuda y que su marido había muerto en la flor de la vida. El hombre no había hecho los trámites necesarios para dejarla en una buena situación económica y su amargura ante su falta de previsión era palmaria. En cuanto a su único hijo, vivía en Chicago y no la llamaba nunca. Jamás.

Una de las frases más repetidas de Amanda era: «Con todos los sacrificios que hice por esos dos hombres, lo lógico sería pensar que me iban a tratar mejor».

Amanda Frye solía pasar más de una hora en Miracle Books. Leía los libros de Nora y, cuando terminaba, volvía a colocarlos en la estantería. Era extraordinariamente puntillosa con el estado de los libros que compraba. Desde el primer momento, discutía con Nora sosteniendo que un libro nuevo no valía lo que costaba si no estaba en perfectas condiciones. Y todavía no había encontrado ningún libro en perfectas condiciones.

—Creo que deberías hacerme un dólar de descuento: alguien ha doblado esa esquina —le decía a Nora mostrándole la página.

La librera, que sospechaba que la mujer lo había doblado ella misma con la esperanza de obtener una rebaja, se negaba.

—Ese libro en tapa dura salió a la venta hace dos semanas —le explicaba—. No puedo rebajar el precio por un defecto tan insignificante.

—¿Insignificante, dices? En estas condiciones debería estar en la sección de libros usados —refunfuñaba Amanda.

Más tarde, después de leer los libros que compraba en la librería, Amanda esperaba que Nora se los volviera a comprar a un precio razonable, pero nunca estaba satisfecha con el precio que esta le ofrecía.

Un buen día, unas semanas antes del inesperado cierre del banco Madison County Community Bank, Nora había perdido la paciencia con ella.

Amanda se había acercado a la caja y, sin molestarse en saludar, había arrojado sin miramientos una pila de libros de bolsillo usados encima del periódico que estaba leyendo Nora. Tras soltar una sarta de quejas sobre cuánto odiaba el verano porque el calor y la humedad hacían que se le empañaran las gafas, que se le pegara la ropa a la piel y que se le hincharan los pies, dejó caer una bolsa de papel sobre el mostrador junto a los libros.

—Me parece que ni siquiera hace falta que pase por caja —le dijo a Nora—. Te cambio doce libros usados por otros doce libros usados.

La última clienta de Nora acababa de marcharse con un par de adolescentes que habían intentado hacerle una foto a su cara de «hamburguesa» antes de que su madre se diera cuenta y se las llevara sacándolas a empujones de la tienda. La madre había soltado la pila de libros que pensaba comprar en una silla antes de salir corriendo. Entre el disgusto por haber perdido esa venta y la grosería de las adolescentes, Nora no estaba de humor para las ocurrencias de Amanda Frye.

—Esto es una librería, no una biblioteca —le dijo mientras sacaba el periódico de debajo de la bolsa con los libros y lo sacudía en el aire con gesto furioso—. Yo vivo de esto. Trabajo muy duro, seis días a la semana, con un margen de beneficio más bien escaso. No me jubilaré dentro de diez años en una encantadora villa de la Toscana como la de *Donde los ángeles no se aventuran*. Tampoco acabaré mendigando en una esquina por haber regalado mi inventario por cuatro chavos. Estaré encantada de examinar tus libros y ofrecerte un precio justo por ellos. Puedes aceptar o rechazar mi oferta, pero no estoy ni estaré nunca abierta a negociar.

A Amanda no le había sentado bien la proclama de Nora. Murmurando que nunca en toda su vida se había sentido tan insultada, recogió sus libros y se fue de la tienda. Nora no la había vuelto a ver desde entonces.

—No, no le tengo mucha simpatía, es verdad —le estaba diciendo en ese momento a Estella—. Y aunque ninguna de nosotras se pega la gran vida, que digamos, tengo la impresión de que Amanda va bastante justa de dinero. Lo poco que tenía ya lo habrá gastado. Como tantos otros, estoy segura de que lo perdió todo cuando el banco quebró; confiaba en esa entidad para tener su dinero a buen recaudo. Cuando se anunció la quiebra del banco, nuestros aterrorizados vecinos pasaron horas haciendo cola para sacar un dinero que ya no estaba allí. Amanda era una de las personas en la cola; la vi cuando pasé por delante en bicicleta.

Estella levantó ambas manos.

—¡A mí me lo vas a decir! Tengo una lista de clientas que ya no pueden pagar mis servicios porque perdieron los ahorros de toda su vida. Solo de pensarlo me pongo mala.

Hester abrió unas bolsas de papel vacías y colocó un libro en el fondo de cada una.

—Hablando de eso, ¿habéis visto a Abilene? Tiene mejor aspecto. Ya no está tan demacrada.

—Ah, qué bien. Pero ¿a ti te cuenta cosas? —le preguntó June mientras metía un par de calcetines en una bolsa—. Nora no ha conseguido arrancarle nada.

La librera se encogió de hombros.

—Tampoco le he insistido demasiado. Si no está lista para hablar, entonces me mentirá para que deje de hacerle preguntas.

—Probablemente tienes razón. —Estella apartó a June de las bolsas—. Hay que meter los calcetines después de los paquetes del *spa*. Venga, que ahora eres toda una directiva. ¿Es que no sabes cómo hay que organizar las cosas?

—Cuento con mi personal para que haga esas cosas por mí. Mis coleguis de las aguas termales se encargan de las tareas más ingratas. —June se sentó en una silla y adoptó una pose señorial—. ¿Quieres darme un masaje en los pies cuando termines?

Estella fingió sentirse insultada.

—Nora, dame el libro más pesado de la tienda, que quiero tirárselo a June a la cabeza.

Las mujeres terminaron de preparar las bolsas, charlando y bromeando mientras lo hacían. Aunque su amistad aún era reciente, era un cambio muy bienvenido con respecto a la solitaria existencia que habían llevado hasta entonces. Antes eran personas reservadas y desconfiadas, y muchas veces se sentían solas.

«Decidimos compartir nuestros secretos —pensó Nora, mirando a sus amigas—, y ahora nuestras historias están unidas como los pares de calcetines de June».

Hester dobló varias veces la parte superior de cada una de las bolsas, perforó un agujero atravesando los pliegues y pasó una cinta de color berenjena por el orificio.

—Este es nuestro color corporativo —dijo, refiriéndose a los marcapáginas que Nora había regalado a las integrantes del Club Secreto de la Lectura y la Merienda. Los marcapáginas estaban hechos con un lazo de raso de color berenjena y tenían una diminuta llave de latón en la parte inferior, llave que abría un compartimento secreto oculto en el interior de la mesa de centro situada en medio del corro de sillas. El rincón oculto de la mesa estaba vacío, pero Nora había invitado a sus amigas a utilizarlo siempre que lo necesitaran.

—¿Y si escribimos un mensaje en las bolsas? —preguntó Nora, observando con aprobación lo que había hecho Hester con los lazos—. Nada de clichés: esta gente no necesita frases de motivación sacadas de un póster.

—Dios, qué malos recuerdos me trae eso... —Estella hizo una mueca—. Mi orientadora del instituto tenía el despacho lleno de esos pósteres tan ridículos. Tenía uno que decía RESISTIRÉ con un gatito colgando de la cornisa de un edificio y otro con la frase ¡ALEGRA ESA CARA! ¡ERES LA LECHE! con una vaca que te miraba con unos ojos gigantes que daban muy mal rollo. ¿De verdad cree la gente que los animales y las expresiones cursis te ayudan cuando tu vida se derrumba?

Hester negó con la cabeza.

—Si eres un niño pequeño, tal vez, pero ninguna de esas personas es un niño. ¿Por qué no escribimos, simplemente: «De parte de un amigo»?

Las otras mujeres estuvieron de acuerdo y se turnaron para escribir el mensaje. Cuando las bolsas estuvieron listas, las metieron en el Bronco de June y se dirigieron a su primera parada.

—Aún no ha oscurecido del todo —comentó Estella cuando June salía del aparcamiento detrás de Miracle Books—. ¿Creéis que deberíamos esperar?

—Ya habrá anochecido para cuando lleguemos a casa de Amanda Frye —explicó June—. Hoy organizan una barbacoa en el parque de bomberos, así que va a haber mucho tráfico desde aquí hasta la frontera del condado.

Sin embargo, en la carretera no había nadie, de modo que June llegó a la casa de Amanda, en pleno campo, en quince minutos. Tras detenerse junto a un buzón repleto de agujeros por la oxidación, recorrió con la mirada el estrecho camino de gravilla de la entrada.

—Me parece que la barbacoa es la semana que viene —dijo Nora, siguiendo la mirada de June—. Pero ya estamos aquí, así que vamos a dejar la bolsa, ¿vale? No hace falta que llamemos al timbre y salgamos corriendo como una panda de quinceañeras gastando una broma. Se la dejaremos en la entrada.

—No sé... —June parecía vacilar—. Estamos en el campo. ¿Y si toda clase de bichos se zampan el pan de Hester antes de que Amanda tenga oportunidad de encontrarlo? Aquí hay mapaches, zarigüeyas, zorros... Los animales no se andan con chiquitas por estos parajes. Trabajo con un tipo que vive cerca y me contó que los ciervos de por aquí tienen tanta hambre como para comer directamente de la mano de un humano.

—Qué pena... —Hester miró al frondoso bosque que rodeaba la propiedad de Amanda—. Hay que dejar que la naturaleza siga siendo salvaje. Los animales no deberían tener que vivir de nuestras sobras porque hemos destruido su hábitat. Tú sí has sabido hacerlo, Nora. La huella de carbono de tu casita es muy pequeña. Ojalá yo pudiera ser como tú, pero no puedo desprenderme de mi colección de cacharros de cocina *vintage*. Se supone que las cosas materiales no te dan la felicidad, pero a mí mis cosas sí me la dan.

Estella, que estaba en el asiento de atrás con Hester, sonrió.

—A mí mis productos de belleza también me hacen feliz —dijo—. Me encantan todos mis colores, y usar purpurina, y lo mucho que ayudan todas mis cositas bonitas a transformar el estado de ánimo de una chica. Así que no nos sintamos culpables por que nos gusten nuestras cosas materiales. ¿No hubo un escritor famoso que dijo que revolcarse en el fango no es la mejor manera de limpiarse?

Nora se volvió para mirar a Estella.

—Nunca dejas de sorprenderme: eso es de *Un mundo feliz*. La frase...

De pronto, algo llamó su atención. Había un bulto flotando en el estanque junto a la casa de Amanda. El estanque era demasiado pequeño para una barca, y nadie entraría a refrescarse en aquella agua cubierta de revoltijos de algas. Sin embargo, el bulto se parecía inquietantemente a una figura humana, es decir, si parte de la figura humana en cuestión estaba sumergida en el agua, claro.

—¿Qué pasa? —le preguntó June—. Siento como si una araña me estuviera subiendo por la nuca y ni siquiera sé por qué.

La librera sintió un hormigueo en el espacio donde antes estaba el resto de su dedo meñique. Ya había experimentado esa misma sensación antes, y recientemente además. En ese caso, el hormigueo había presagiado una muerte. Una muerte pavorosa.

—¡Fuera del coche! —ordenó.

Sus amigas no dudaron ni un momento en obedecerla.

Cuando salieron del coche las recibió un coro de ladridos salvajes procedentes del patio trasero del vecino. Había tres perros, todos grandotes de color negro y marrón, demasiado grandes para la pequeña zona vallada que les habían asignado. Parecían nerviosos, frenéticos, y sus ladridos eran cada vez más fuertes. Nora se alegró de que se interpusiese una valla entre ellos.

—¡Creo que alguien se ha caído al agua! —gritó señalando el estanque y, acto seguido, echó a correr.

Hester, más joven y más rápida que el resto de sus amigas, fue la primera en llegar al borde del agua.

—¡Ay! —gritó horrorizada antes de retroceder inmediatamente.

Cuando Nora vio la escena al completo, comprendió por qué Hester había reaccionado así.

Había un cadáver en el estanque.

A juzgar por el vestido con el estampado de flores, era el cadáver de una mujer. Flotaba boca abajo, con el pelo formando una nube turbulenta alrededor de la cabeza. La espumilla de color verde eléctrico del estanque le ocultaba en parte las extremidades. Había una nube de insectos revoloteando sobre ella: moscas que zumbaban sin cesar y un ejército de mosquitos diminutos, mosquitos voraces.

Algunos de los insectos se dirigieron hacia el grupo de mujeres vivas.

—Aquí no hay cobertura —dijo June, hablando en voz baja y ronca—. Tendremos que usar el teléfono fijo de Amanda para pedir ayuda.

Hester negó violentamente con la cabeza. Tenía el rostro ceniciento.

—¡No! ¡Tenemos que sacarla de ahí! ¿Y si simplemente se ha caído al agua? ¿Y si se está ahogando ahora mismo mientras nosotras estamos aquí plantadas, dejando que se muera?

Estella, que se había mantenido alejada del estanque, espantó una mosca antes de acercarse a Hester.

—Cielo, esa pobre mujer no se está muriendo: ya se ha ido al otro barrio. Ahora lo único que podemos hacer es asegurarnos de que recibe un trato digno. Vayámonos de este repugnante estanque. Nadie en su sano juicio debería acercarse a esa placa de Petri. Tal vez Amanda no estaba en su sano juicio.

Y sin decir una sola palabra más, Hester se volvió y le dio la espalda a la mujer muerta, a los bichos y al agua estancada.

June se ofreció a llamar a la policía. Nora pensó que tal vez Hester se ofrecería voluntaria, ya que ella y el ayudante del *sheriff* Andrews prácticamente eran pareja, pero en cuanto la panadera entró en la casa, se desplomó en un sillón del salón de Amanda y se quedó con la mirada fija en el suelo.

A Nora no le gustaba la idea de estar en casa de Amanda sin su permiso. Sabía que no había otra opción y que la casa estaba vacía, pero seguía sintiéndose incómoda, y estaba claro que sus amigas también se sentían igual que ella. Cuando colgó el teléfono, June empezó a pasearse arriba y abajo por delante de la puerta principal mientras Estella montaba guardia junto a la ventana del salón. Desde allí podía ver si venían los coches del departamento del *sheriff*.

De pronto, Nora sintió que el otro extremo de la habitación la llamaba. Allí estaban las estanterías de libros. Se acercó a ellas y examinó en silencio la biblioteca de Amanda.

Todos los libros estaban ordenados en una serie de cajas de madera ensambladas por una mano inexperta. A pesar de la tosquedad de las estanterías, Nora se aproximó a los libros con profundo respeto. Todos eran de tapa dura y la sobrecubierta de cada libro estaba meticulosamente cubierta por un plástico protector. Algunos de los libros eran de ficción contemporánea, mientras que otros eran viejos volúmenes encuadernados en cuero.

Después de echar un vistazo al resto de la habitación —que consistía en el sillón reclinable y hundido que ocupaba Hester, en un sofá igual de hundido y un televisor que había sido el último grito en tecnología hacía dos décadas—, estaba claro que los libros de Amanda eran sus mayores tesoros.

Sin tocar nada, Nora atravesó el salón y se dirigió a la cocina. La estancia era pequeña y anticuada, pero estaba limpia. Por eso el libro y el bote de pastillas sobre la encimera parecían completamente fuera de lugar.

Sintió el contacto de una mano en el hombro y se sobresaltó.

—Perdona, no quería asustarte —le susurró June—. Los servicios de emergencias llegarán dentro de unos minutos. Han acudido a una llamada en la intersección del Sendero con la autopista.

June se refería al Sendero de los Apalaches, que rodeaba Miracle Springs a lo largo de varios kilómetros y que era otra fuente natural de ingresos para la localidad. Cada día, decenas de excursionistas visitaban los comercios locales. A diferencia de otros pueblos cercanos, los comerciantes de Miracle Springs recibían a los turistas en sus tiendas de buena gana. Algunos incluso habían reservado unas zonas especiales para que pudiesen guardar allí sus mochilas o les ofrecían usar sus mangueras o grifos para asearse.

A veces se producían conflictos entre los propios excursionistas o entre los excursionistas y los habitantes del pueblo. Dichos conflictos solían estar relacionados con pequeños robos, con entrar sin permiso en algunas propiedades o con enfrentamientos violentos provocados por el exceso de alcohol, y todos se resolvían rápidamente gracias a la intervención del departamento del *sheriff* de Miracle Springs.

—Me alegro de que estén cerca —dijo Nora—. No soporto la idea de dejarla ahí fuera en esa agua sucia.

—¿Crees que se trata de Amanda? —le preguntó June.

Cuando la librera asintió, June dirigió la mirada al bote de pastillas. Era difícil no fijarse en el plástico de color carmesí, y a esta le atraían tanto los medicamentos como a Nora los libros.

Como el bote se había caído de lado, June tuvo que inclinar la cabeza para leer la etiqueta sin tocar el bote.

—Metadona. Es para aliviar el dolor.

—Amanda siempre se estaba quejando de toda clase de dolores —señaló Nora—. Decía que le dolía la espalda, la cadera, el cuello y las rodillas. Cuando empezó a venir a Miracle Books, le pregunté por sus síntomas para poder recomendarle libros sobre cómo tratar el dolor con dieta o remedios holísticos, pero no le interesaba esa clase de libros.

June se encogió de hombros.

—Quizá no buscaba un sustituto para sus analgésicos. Parece como si acudiese a tu librería para evadirse de sus problemas y no quería que la realidad interfiriera una vez que se había sentado a solas con un libro.

—Puede que tengas razón —dijo Nora y se acercó a June. Señaló el libro de la encimera y murmuró—. Pero eso no tiene sentido.

—¿Qué quieres decir?

La librera estaba formulando su respuesta cuando el ruido de las sirenas quebró la tranquilidad del crepúsculo en el campo. En la casa vecina, los perros comenzaron de nuevo a ladrar frenéticamente.

June y ella volvieron al salón y encontraron a Hester de pie junto a la puerta de entrada. Parecía asustada.

—¿Estáis seguras de que deberíamos estar aquí? —exclamó—. ¿No vamos a meternos en un lío?

Estella le cogió la mano.

—Hemos tenido que pedir ayuda desde este teléfono, ¿recuerdas? Si eso te hace sentir mejor, podríamos salir ahí fuera y dejar que esos mosquitos sedientos de sangre se ceben con nosotras. Parece que les gusta mi perfume de jazmín.

Hester prácticamente sacó a Estella por la puerta a empujones. June y Nora las siguieron. Cuando llegaron los coches del *sheriff*, las cuatro mujeres estaban delante de la entrada de la casa de Amanda. Estaban cogidas de la mano, como unas niñas traviesas esperando a que les dieran una reprimenda.

El nuevo *sheriff*, al que todas habían visto por el pueblo pero a quien aún no conocían, fue el primero en acercarse a ellas. Originario de Raleigh, Grant McCabe ejercía de *sheriff* interino hasta las siguientes elecciones. Era de estatura y complexión medias y caminaba con paso rápido y seguro. Cuando se acercó a las integrantes del Club Secreto de la Lectura y la Merienda, se quitó el sombrero de inmediato, dejando al descubierto las entradas de su calva incipiente y unos ojos de color castaño oscuro. Su mirada era paciente e inteligente.

De pie junto a su jefe, a pesar de tener ya sus treinta y largos, el ayudante Andrews tenía la figura delgada y la tez suave de un hombre diez años más joven. Intentaba proyectar una imagen de distanciamiento profesional, pero no dejaba de lanzar rápidas miradas de preocupación a Hester. Un segundo ayudante esperaba junto a los coches.

—Buenas noches, señoras —las saludó el nuevo *sheriff*—. Soy el *sheriff* Grant McCabe. Tengo entendido que han informado del hallazgo de un cadáver. ¿Podrían llevarme junto a la víctima?

Estella señaló el estanque.

—Está flotando en mitad de esa agua sucia. Es imposible no verla. Estoy segura de que no querrá que volvamos allí, podríamos pisotear una pista o algo así.

—Gracias por su consideración, señora. —El *sheriff* volvió a ponerse el sombrero y se tocó el ala en señal de deferencia—. La mayoría de la gente no suele pensar tanto. —Después de dar órdenes a sus ayudantes en voz baja, se volvió hacia las mujeres—. ¿Les importaría esperar en su coche mientras echamos un vistazo al estanque?

—No nos importa, para nada —dijo Estella con aire coqueto.

Nora sabía que Estella estaba comportándose como de costumbre, pero no creía que fuera el momento de ponerse a flirtear con el nuevo *sheriff*. Al parecer, a June tampoco le parecía bien.

—Alejémonos de todos estos bichos —dijo—. ¡Y de esos perros! ¡Por Dios santo! ¿Por qué sus dueños no los encierran dentro?

Las cuatro amigas volvieron al Bronco de June y esperaron en relativo silencio unos veinte minutos antes de que apareciera el ayudante Andrews.

June bajó la ventanilla.

—Al *sheriff* le gustaría tomaros declaración en la comisaría —les comunicó antes de hacer el ademán de marcharse.

—Espera —lo detuvo Hester desde el asiento trasero—. ¿Es Amanda? ¿Es su cadáver?

Andrews dudó.

—Necesitaremos que alguien la identifique antes de poder asegurarlo, pero todo apunta a que se trata de la señora Frye. Lo que quiero decir es que dejó una nota. —Miró a Hester e inclinó la barbilla—. Nos vemos en la comisaría.

Las mujeres lo observaron alejarse. Sus palabras sobre la nota permanecieron en el interior del coche como si fueran un pasajero más.

Al final, June dijo lo que todas estaban pensando.

—¿Suicidio?

Estella lo descartó con un movimiento de muñeca.

—¿Quién se suicidaría en ese estanque tan espantoso? Hay formas menos desagradables de morir.

June la miró por el retrovisor.

—Nora y yo encontramos un bote vacío de opioides en la cocina. Dudo que esa pobre mujer quisiera acabar en esa agua, pero lo cierto es que, de algún modo, allí acabó.

Todas volvieron a guardar silencio. June arrancó el coche y soltó un fuerte suspiro. Nora se abrochó el cinturón y miró por la ventanilla. Las sombras que había visto antes se habían propagado por el bosque de detrás de la casa de Amanda, creando un sotobosque de espesa oscuridad. Aquel manto oscuro no tardaría en fundirse con la frondosa copa de los árboles y, desde allí, cubriría todo el cielo tiñéndolo de negro, como la tinta derramada de un tintero.

—¿Qué querías decir antes, Nora? —le preguntó June en voz baja mientras accionaba las marchas del coche—. En la cocina, dijiste que algo no tenía sentido. ¿A qué te referías?

Nora apartó la mirada del oscuro bosque y miró a su amiga.

—El libro. Amanda nunca le habría hecho eso a un libro suyo. Me da igual que fuese su último día sobre la faz de la Tierra: esa mujer nunca rompería el lomo de un libro.

CAPÍTULO TRES

Lee siempre algo que te haga quedar bien si te mueres en plena lectura del libro.

P. J. O'Rourke

—No lo entiendo —dijo Estella—. ¿Qué libro? Nora les habló del bote vacío de opioides y del libro que había en la encimera de la cocina de Amanda.

—El libro es de tapa dura —continuó la librera—. Hay una forma determinada de abrir un libro de tapa dura antes de leerlo por primera vez. Básicamente, lo apoyas sobre el lomo y abres primero una tapa y después la otra mientras sujetas las páginas con una mano. A continuación, se abren unas páginas del principio y luego, unas cuantas páginas del final. Hay que repetir el proceso despacio y con cuidado. Eso te permite abrir encuadernaciones muy prietas o poco resistentes sin que se dañen.

—Pues yo no abro mis libros así. ¿Hay alguien que lo haga? —dijo Hester.

Nora se encogió de hombros, a pesar de que la panadera estaba sentada detrás de ella y podría no captar el movimiento.

—Los coleccionistas. También los lectores puntillosos que no quieren que se desprendan las páginas de sus libros porque las encuadernaciones se han estropeado. Supongo que Amanda era las dos cosas, una coleccionista de libros y una lectora puntillosa. El libro de la cocina estaba forrado con el mismo plástico protector que los libros del salón. No he tenido mucho tiempo para examinarlos, pero creo que son valiosos.

—Excepto el de la cocina —señaló June—. Parecía como si lo hubieran pisoteado. Estaba desplegado sobre la encimera y tenía las páginas aplastadas y arrugadas. No sé si te habrás dado cuenta, Nora, pero había una mancha tirando a rosa en la encimera. La vi cuando me acerqué al bote de pastillas; me recordó a la mancha que queda al cortar un tomate.

Cerrando los ojos un momento, Nora visualizó lo que se veía a través de la ventana de la cocina de Amanda. Colgados en un tendedero del jardín de atrás había unos camisones o unos vestidos de estar por casa, no estaba segura de cuál de las dos cosas. Más cerca, había un bebedero de cemento para pájaros lleno de grietas que probablemente hacía años que no contenía agua. También había un pequeño huerto, un bancal elevado con algunas plantas marchitas. Nora recordaba haber visto soportes para plantas de judías y tomates. También recordaba los moldes de aluminio para tartas que Amanda había colocado alrededor del jardín para ahuyentar a los insectos. Los moldes, colgados de estacas de madera de varias alturas, giraban y se agitaban con las corrientes de aire, reflejando los destellos de la luz del sol hasta que ya no quedaba rastro de ella.

—El resto estaba todo muy limpio —dijo Nora—. Incluso tenía ropa tendida fuera. El único lugar desordenado era justo cerca de ese libro de la cocina.

Estella soltó un suspiro de impaciencia.

—No entiendo por qué un libro destrozado puede suscitar alguna duda sobre su suicidio. A mí me parece que Amanda no tenía más razones para vivir que los libros. Siento decirte esto a la cara, Nora, pero con los libros no basta. La mujer de ese estanque no tenía dinero ni familia, y padecía dolor crónico. Lo más probable es que se tragara las pastillas y decidiera ponerse a leer mientras esperaba a que le hicieran efecto. Cuando lo hicieron, soltó el libro y cayó encima con todo su peso antes de salir tambaleándose por la puerta.

—¿Y se fue así, dando trompicones, nada menos que hasta el estanque? —preguntó June con sorna—. No está cerca de la casa, precisamente. Sería toda una hazaña para alguien que está al borde de la muerte.

—Solo digo que fue ella quien se quitó la vida, por muy triste que sea —dijo Estella—. ¿Quién querría matar a Amanda, aparte de la gente a la que se pasaba la vida chinchando? ¿Qué pasaría si todos fuéramos por ahí matando a la gente que nos molesta?

—Como nadie respondió, siguió insistiendo—. Vale. Pongamos que los libros de Amanda son sus pertenencias más valiosas. ¿Te pareció que faltaba alguno de los libros, Nora?

—Me fijé en que había un hueco vacío en las cajas del salón, pero el libro que faltaba era el que vimos en la cocina de Amanda.

June le lanzó una rápida mirada mientras se detenía en el *stop* de un cruce.

—¿Cómo sabes que era ese el libro que faltaba en el salón?

—Era el segundo libro de una trilogía de Philip Pullman —explicó Nora—, y había un hueco entre el primer y el tercer volumen en la estantería de Amanda. *La daga* es el segundo libro de la serie de «La materia oscura».

Tras la explicación de la librera se hizo el silencio. Todas las mujeres parecían ensimismadas hasta que June se detuvo en el aparcamiento que compartían el departamento del *sheriff* y el de Tráfico.

—Ese título suena a arma homicida —comentó Hester mientras June buscaba sitio para aparcar—. De Pullman he leído *La brújula dorada*, que me encantó, pero no he seguido con sus otros libros.

—*La brújula dorada* se llamaba originalmente *Luces del norte* —añadió Nora—. El tercer libro es *El catalejo lacado*. De hecho, ahora hay un cuarto libro de la serie, pero Amanda solo conservaba la trilogía original. Parecía que le gustaban las trilogías, porque tenía varias.

—En ese caso, espero que esté con el Padre, el Hijo y el Espíritu Santo —comentó Estella con inusitada solemnidad—. Total, lo que pretendía decir es que la única cosa de valor en la casa de Amanda estaba intacta: sus libros. Y por eso creo que es lógico suponer que fue ella quien decidió acabar con su propia vida. Es horrible, pero no tiene nada de misterioso.

Con las palabras de Estella resonando en sus oídos, las mujeres entraron en el departamento del *sheriff* y se turnaron para declarar ante una de sus ayudantes.

Al igual que el *sheriff* McCabe, la ayudante también era nueva y supuso una grata sorpresa para las integrantes del Club Secreto de la Lectura y la Merienda. El antiguo *sheriff* había dejado perfectamente claro que creía que el lugar de la mujer estaba en su casa, así que fue una mejora considerable ver no a una, sino a dos mujeres luciendo los uniformes de color caqui y marrón y llevando los cinturones de trabajo cargados con todo el equipo necesario como si hubieran nacido ya con ellos.

Cuando las cuatro amigas salieron de la comisaría, ya había oscurecido. No quedaba rastro de luz en el cielo, ni siquiera la de las estrellas. Las nubes ocultaban la luna y las sombras del bosque de Amanda parecían haber caído como un manto sobre todo el pueblo.

—Ya sé que no estamos de tan buen humor como cuando salimos a repartir las bolsas con los regalitos, pero la gente que elegimos sigue necesitando lo que íbamos a darles —señaló June.

Nora sonrió a su amiga.

—Entonces hagamos lo que nos habíamos propuesto.

Cuando estaban llegando al primer destino, Hester decidió llamar al timbre.

Estella la miró como si hubiera perdido la cabeza.

—Creía que ibas a dejar la bolsa e irte. ¿Y si sueltan a los sabuesos o echan mano de la escopeta?

—Correré ese riesgo —contestó Hester—. Quiero estar segura de que reciben el paquete con el pan; hay mapaches en el pueblo, ¿recuerdas? Creo que tengo a una familia entera viviendo entre mis cubos de basura.

En la primera casa, el timbre causó una reacción en cadena. Al otro lado de la puerta, un perrito empezó a aullar y las luces del porche se encendieron antes de que Hester pudiera volver a subirse al Bronco.

—¡Deprisa! —gritó Estella.

En cuanto Hester volvió al coche, June pisó el acelerador y el Bronco salió derrapando y dejó unas marcas de neumático en el asfalto. Las cuatro amigas rieron aliviadas.

El resto de las paradas transcurrieron sin incidentes. No había perros y los demás destinatarios acudían a la llamada del timbre a un ritmo mucho más lento.

—Seguro que se entretienen a cargar sus escopetas —dijo Hester, examinando un nuevo reguero de picaduras de insectos en el brazo.

Cuando June regresó al aparcamiento situado detrás de Miracle Books, todas se sentían mucho mejor por haber entregado sus bolsas de regalos anónimas. A pesar de ello, Nora no invitó a sus amigas a tomar un café descafeinado o un té. No le apetecía compañía. Quería estar sola en su diminuta casa.

Aunque, por supuesto, no podía estar sola: tenía a una invitada. Abilene era una persona muy tranquila, pero su presencia física invadía el espacio de Nora, sobre todo su espacio mental. No hacía ni una semana que la chica vivía con ella y Nora ya estaba deseando que llegara el día en que se fuera. O, al menos, que se fuera a vivir con otra persona.

Cuando la librera entró en la minúscula sala de estar de la Casita del Vagón de Cola, vio su estufa de leña de hierro fundido en miniatura, la mesa de centro con el espacio de almacenaje incorporado y las estanterías correderas que ocultaban el televisor. Pero no vio a Abilene por ninguna parte. La casa estaba vacía y en silencio.

En la cocina, encontró una nota de la chica diciendo que había salido a dar un paseo, y junto a ella dos pastas de repostería cubiertas por un envoltorio de plástico que se sostenía con unos palillos de dientes. Nora retiró el envoltorio y se quedó maravillada al ver un par de pastas de hojaldre con forma de libro. Uno de los libros estaba espolvoreado con canela, mientras que el otro estaba recubierto de azúcar glas. Nora se preguntó si Hester habría hecho los hojaldres y se habría olvidado de decírselo.

Hacía poco que las dos mujeres habían decidido que la librera añadiría una pasta especial al menú de Miracle Books. Hester la hornearía y Nora se repartiría con ella la mitad de los beneficios. Sin embargo, aquellas no eran las pastas que la panadera había horneado como prueba, sino que eran mucho más pequeñas y llevaban unas líneas de texto hechas con salsa de chocolate o mermelada.

Nora se acercó a la nariz una de las pastas en forma de libro y descubrió que olía a manzana. La masa era densa y se dio cuenta de que estaba rellena con fruta. Incapaz de resistirse a los aromas de mantequilla, manzanas y canela, Nora probó un bocado. Y luego otro.

Lanzó un gemido de placer. Era como una empanadilla rellena, solo que la masa dorada era más ligera, hojaldrada y mantecosa que cualquier masa de empanadilla que Nora hubiese probado.

Acababa de limpiarse la boca con papel de cocina cuando apareció Abilene, sujetando la linterna que Nora guardaba en el armario bajo el fregadero de la cocina.

—¿Te ha gustado? —preguntó con expresión ansiosa y un tanto inquieta.

La librera asintió.

—Estaba deliciosa.

—La otra está rellena de chocolate —explicó Abilene, sonriendo satisfecha—. Hester me ha dejado experimentar un poco al terminar de hacer mis tareas. Me ha dicho que, si a ti te parecía bien, podría hornear una docena de cada sabor y traértelas a la librería antes de que abras. También dijo que te llevaría los pastelillos de libro más pequeños, esos que llevan el texto encima.

Después de lo que Nora había presenciado aquella misma tarde, hablar de pasteles con Abilene era todo un alivio.

—Sí, me encantaría incorporarlos al menú —dijo—. Mis clientes habituales estarán encantados. Siempre me insinúan que estaría bien poder acompañar el café o el té con alguna pasta. Ahora podrán comerse un dulce realmente único. A lo mejor hasta consigo nuevos clientes cuando la gente publique fotos de esos libritos comestibles en las redes sociales. ¿Qué te parece?

—Yo no sé mucho de redes sociales —murmuró la chica, desviando la mirada.

—Pero si eres de la generación más tecnológica de la historia —bromeó Nora—. Eres la única veinteañera que conozco que no se pasa todo el rato mirando el móvil. ¿Tienes uno?

Abilene negó con la cabeza.

Por alguna razón, a Nora aquello le pareció muy muy curioso. Además, había utilizado la palabra «veinteañera» para ver si Abilene le decía su edad exacta. Le parecía que estaba más bien en torno a los diecisiete que a los veintitantos, pero Abilene no había mordido el anzuelo.

—¿Has usado alguna vez un móvil?

Negando de nuevo con la cabeza, la joven cogió el trozo del envoltorio de plástico del mostrador y empezó a retorcerlo entre sus dedos. Saltaba a la vista que se había puesto nerviosa.

—Me tranquiliza saber que se puede sobrevivir sin tener móvil —comentó Nora con aire despreocupado, pues no quería enrarecer el ambiente que Abilene había creado con sus pastas de hojaldre sorpresa—. Hester es mi amiga más joven, pero no va por ahí con los ojos pegados a ese cacharro, y tampoco lo saca cuando estamos comiendo en algún sitio. Hay tanta gente que hace eso hoy en día... Se sientan juntos en un restaurante, pero se pasan todo el rato concentrados en sus teléfonos. ¿Para qué se molestan en quedar a cenar si lo único que hacen es ignorarse mutuamente?

Cuando Abilene se encogió de hombros, Nora vio que ese tema no iba a fomentar más confianza entre ella y su invitada.

—Hester aprendió a hacer pastas y pasteles leyendo libros de cocina. ¿Te lo ha contado?

—Sí, me lo ha dicho —contestó Abilene.

A Nora le sorprendió la formalidad de Abilene. No contestaba con monosílabos ni con simples ruidos de asentimiento, sino que respondía educadamente con frases completas.

—¿Así es como aprendiste tú también? —le insistió—. ¿O te enseñó alguien?

La chica volvió a encogerse de hombros.

—Un poco las dos cosas.

Al ver que era inútil seguir insistiendo, Nora señaló la pasta de hojaldre que quedaba.

—La dejaré para mañana. Para entonces, espero que se me haya ocurrido un nombre ingenioso. Si tienes alguna idea, dímela, ¿vale?

A la mañana siguiente, al despertar, Nora se encontró con otra nota de Abilene en la que decía: «Cuando estaba haciendo las pastas, me recordaban a esas bolsas de préstamo que van en la contracubierta de los libros, esas que también se llaman "bolsilibros". No sé si te servirá el nombre, pero he pensado que debía decírtelo. Te llevaré las bandejas con las pastas a partir de las nueve».

A Nora le gustó mucho el nombre de «bolsilibros».

Mientras esperaba a que el café acabara de hacerse, estudió la nota. La letra de Abilene parecía sacada de un cuaderno de caligrafía. La veía tan diferente de otras chicas de su edad: nunca había usado un *smartphone*, era una cocinera experta, le encantaba leer y escribía con una caligrafía perfecta. También hablaba con la formalidad de alguien que desconoce por completo el lenguaje coloquial.

«¿Y si creció en una familia de tecnófobos? —reflexionó Nora mientras tomaba café en la pequeña terraza cubierta de la Casita del Vagón de Cola—. ¿Se habrá escapado de una secta? ¿La tendrían secuestrada en algún sitio? ¿Por eso está tan pálida? ¿Y todos esos moratones? ¿Y su estado de desnutrición?».

La pulsera del hospital que Nora le había visto en la muñeca hacía tiempo que había desaparecido, y con ella toda la información que contenía, datos como el nombre completo de Abilene.

Al examinar la nota dejada por su misteriosa inquilina, Nora se acordó de otra nota, la que había dejado Amanda Frye.

—Conozco a cierto ayudante del *sheriff* que se deja caer por cierta panadería cada día para desayunar —le dijo a Hester más tarde, esa misma mañana—. ¿Te ha dicho algo Andrews sobre la nota de Amanda?

Tenía a su amiga en el modo altavoz para poder ir actualizando mientras tanto el menú de la pizarra de Miracle Books.

—Pues ahora que lo dices, Jasper acaba de irse de aquí. —La panadera hizo una ligera pausa—. Se me hace tan raro llamarlo por su nombre de pila... No debería ser así, pero ya ves.

Nora se alegró de oír la mezcla de vértigo y desconcierto en la voz de su amiga. Hester tenía muy poca experiencia en el terreno amoroso, pero Jasper Andrews era un buen hombre y Nora confiaba en que trataría bien a su amiga.

—Jasper. —Nora repitió el nombre—. Me gusta, pero seguiré llamándole ayudante Andrews. Bueno, pero ¿ha comentado algo sobre la nota?

—Me ha dicho exactamente lo que decía. —Hester parecía triste—. «No me queda ningún motivo por el que vivir». Eso es todo lo que dejó escrito.

La librera sujetó el bloque de tiza entre el pulgar y el índice, y una capa de polvo le tiñó la piel de un blanco fantasmagórico. Miró al otro lado de la taquilla en dirección a las estanterías y pensó en lo que la mujer había escrito. ¿Podía la existencia de una persona quedar reducida a una sola frase? Amanda Frye, una mujer siempre con tantas cosas que decir, había reducido todo su vocabulario a una frase formada por nueve palabras desesperadas. La brevedad de la nota hizo que Nora sintiera una pena tremenda.

—Esperaba más detalles —dijo. Aunque no podía evitar la sensación de que había algo raro en la muerte de Amanda, decidió apartar esa idea. Tampoco conocía muy bien a Amanda, simplemente había sido una clienta de su librería, nada más. Verla dos veces al mes no la convertía en una experta en su persona. «Pero ese libro...», le susurraba una voz persistente en su cabeza.

—¿Dónde encontraron la nota? —le preguntó Nora a Hester.

—En la cocina. Por dentro de la cubierta del libro —respondió su amiga—. Es lo único que me ha dicho Jasper, aparte de que el hijo de la señora Frye está volando aquí desde Chicago. Viene a identificar el cadáver. ¿No dijiste que siempre se quejaba de su hijo? ¿Que nunca la llamaba ni venía a verla?

La falta de comunicación con su hijo había sido una de las quejas constantes de Amanda.

—Sí. Solía decir que había hecho todos los sacrificios que una madre puede hacer por su hijo y que este se lo pagó largándose en cuanto terminó el instituto. No volvió ni una sola vez; ni por vacaciones, ni las veces que se había puesto enferma, ni por ningún otro motivo. —Nora había escuchado a Amanda quejarse de su hijo tantas veces que podía repetir sus palabras textualmente—. También decía que él se ganaba muy bien la vida, pero aunque sabía que ella iba justa de dinero, nunca le daba ni un céntimo. Estaba enfadada con él, muy decepcionada, pero es evidente que también lo echaba de menos.

—Por lo que dices, parece que Amanda estaba muy sola —dijo Hester—. Pero tal como dijo Estella anoche, ahora todos sus problemas se han terminado. Dondequiera que esté, espero que tenga compañía. Si existe el cielo, tiene que ser un lugar donde nadie se sienta solo. Y donde puedas comer lo que se te antoje y pasarte el día leyendo.

—Hablando del cielo, vamos a hablar de esos bolsilibros —propuso Nora.
Hester le informó de que Abilene se pasaría por la librería en breve para llevarle la hornada inaugural.
—A Abilene le hará muy feliz si se venden —comentó Hester—. Pone todo el corazón en lo que hace. Nunca había contratado a un ayudante porque nadie está a la altura de mi nivel de exigencia..., nadie excepto Abilene. Tenerla aquí cada mañana a primera hora está resultando ser algo muy positivo para las dos.
—Me alegro. Ojalá pudiera decir lo mismo —dijo Nora—. Me cae bien Abilene, pero si se queda en Miracle Springs mucho más tiempo, tendrá que buscarse otro sofá donde dormir. Mi casa es demasiado pequeña para las dos.

—Tengo la solución a tu problema —anunció Estella esa misma tarde. Tras una cancelación de última hora, había decidido pasarse por Miracle Books para tomarse un *cappuccino* y charlar.
—Tómate también un bolsilibro —le sugirió Nora—. Los ha hecho Abilene y me gustaría poder decirle que nos han quitado de las manos su primera hornada. Me quedan algunos de chocolate. Los de manzana se han acabado.
Estella se tocó el vientre plano y pareció estar librando una pequeña lucha interna.
—Bueno, está bien. Me has convencido —dijo, sacando la cartera—. ¿Me lo calientas, por favor? Me gustan las cosas tostaditas.
Nora metió la pasta en el microondas y preparó el *cappuccino*. Después de servirle ambas cosas, le pidió que le explicara a qué problema había encontrado solución.
—Ya conoces ese dicho popular sobre los invitados, ¿verdad? —explicó Estella mientras se acomodaba en un sillón de lectura—: «Las visitas, qué gusto dan, sobre todo cuando se van».

Nora frunció el ceño.

—Abilene apenas abre la boca. Me prepara la cena y ha creado ella misma esa pasta de hojaldre que te estás zampando. Es una buena persona. El verdadero problema soy yo: no quiero una compañera de piso. Si quisiera compañía, tendría un gato. Un gato gordo y perezoso que me calentara los pies en invierno.

—Para eso están los hombres, cariño.

Nora extendió las manos.

—Dime, ¿cuál es tu solución?

Su amiga sacó de su bolso una hoja de papel doblada y se la dio a Nora.

—Van a abrir un nuevo negocio en el pueblo y creo que va acompañado del poder de concederte todos tus deseos.

Sin comprender las palabras de Estella ni el ridículo movimiento que estaba haciendo con las cejas, Nora examinó el folleto.

¿NECESITAS DINERO RÁPIDO?
¡LO QUE PARA TI SON TRASTOS PUEDE SER UN TESORO PARA OTROS!
¡NOSOTROS TE LOS VENDEMOS!

EL GENIO VIRTUAL

¡HACEMOS LOS DESEOS REALIDAD!
¡PAGO INMEDIATO!
¡COMISIÓN DEL VENDEDOR REDUCIDA!

VEN A NUESTRA FERIA DE TASACIÓN
MIÉRCOLES, DE **10.00** A **18.00** HORAS
¡CAMBIA OBJETOS DE COLECCIÓN POR DINERO EN EFECTIVO!

Nora desplazó la mirada del folleto a Estella.

—No veo cómo va a ayudarme esto.

La boca de Estella dibujó una sonrisa maliciosa.

—Me lo ha dado el nuevo propietario. Estaba delante de la tienda, supervisando la colocación del rótulo. Un diseño muy elegante, por cierto. Es una lámpara de latón, como la de Aladino, con una nube de humo púrpura con luces centelleantes. El propietario tampoco está nada mal: tiene el pelo oscuro, los ojos oscuros y unas manos preciosas. Ya me estoy imaginando lo que esos dedos tan largos...

—Vale, es guapo. Ya lo he pillado —dijo Nora, interrumpiendo a Estella antes de que se pusiera demasiado gráfica—. Todavía no me has dicho cómo va a resolver mis problemas la aparición de ese genio virtual. Desde luego, yo no tengo objetos de colección que vender aparte de los que pretendo vender en mi propia tienda.

—Si me dejaras terminar, te explicaría que el señor Kingsley, el propietario, quiere alquilar el estudio que hay encima de la tienda. Como necesita muchos arreglos y no piensa invertir en él, lo alquila muy barato.

Nora no tenía más remedio que admitir que era una opción interesante, pero antes de entusiasmarse demasiado, se dio cuenta de que era poco probable que funcionase.

—Abilene tendría que facilitar sus datos personales. Ni siquiera puede alquilar un apartado de correos sin rellenar unos papeles y mostrar algún tipo de identificación con foto.

Estella miró su taza.

—Es cierto. Abilene tendrá que decidir si prefiere seguir huyendo o confiar en nosotras para que la ayudemos a quedarse en Miracle Springs. Si decide pasar página y quedarse aquí, lo mínimo que podemos hacer es comprarle unas zapatillas de deporte, por ejemplo. Ese conjunto que llevaba la noche que la conocimos, el vestidito y las chanclas, ni siquiera era de su talla. ¿Crees que lo robó?

—Puede ser. O se los dio otra mujer dispuesta a ayudar sin hacer preguntas.

—O Abilene pidió más favores de la cuenta y tuvo que salir corriendo después de conseguir la ropa —dijo Estella—. Pero no puede vivir el resto de su vida con miedo. Al final, tendrá que enfrentarse a sus demonios, y eso es mejor hacerlo rodeada de otras personas que enfrentarse a ellos ahí fuera —dijo, señalando la parte delantera de la librería—, completamente sola.

Nora recordó la advertencia de Jed.

—En el caso de las integrantes del Club Secreto de la Lectura y la Merienda, los demonios a los que debíamos enfrentarnos estaban aquí dentro. —Se llevó la mano a la sien—. Y también aquí. —Se llevó la mano al corazón—. Pero ¿y si los de Abilene son de carne y hueso?

Estella se levantó y dejó su taza vacía sobre el mostrador de la taquilla.

—A algunas nos han destrozado por dentro. Nos han despedazado personas en las que, en nuestra ingenuidad, confiábamos plenamente. O las amábamos incluso. —Apoyó con delicadeza las yemas de los dedos en el antebrazo surcado de cicatrices de Nora—. Estoy segura de que estas heridas de aquí cicatrizaron más rápido que tus cicatrices internas. Algunas heridas nunca se cierran.

La librera hizo un amplio movimiento con el brazo que tenía libre, abarcando toda la librería.

—Por eso necesitamos sitios como este, lugares donde poder conectar con otras personas. Lugares donde poder sentarnos tranquilamente, leer y tomar una taza de café mientras cae la lluvia fuera. Pequeños santuarios disfrazados de librerías.

Estella se echó el bolso al hombro y señaló el folleto.

—Enséñaselo a Abilene y dale a elegir: puede llegar a ser como nosotras, una mujer fuerte, llena de cicatrices, sabia y maravillosa, o puede seguir huyendo de su secreto. Tú y yo sabemos que ese secreto acabará saliendo a la luz. Siempre encuentran la forma de salir a la superficie.

Nora se preguntó si Estella estaba pensando en Amanda al hacer ese comentario. Nora sí, y la imagen del cadáver en el estanque la persiguió durante el resto del día.

Esa noche, Nora llevó la bandeja vacía de bolsilibros a su casa, donde la esperaba Abilene.

—Han triunfado entre la clientela —le dijo—. Deberías estar orgullosa.

A la chica se le iluminó la cara. Aunque Nora ya había lavado la bandeja, la joven volvió a hacerlo.

—Aprendí a cocinar por necesidad —explicó mientras secaba la bandeja con el paño de cocina, frotándola hasta que el acero inoxidable relucía como el cristal—. Mis padres eran misioneros. Cuando era muy pequeña, se fueron de misiones y nunca volvieron. Me enviaron a vivir con el primo segundo de mi madre. Era un hombre muy exigente al que no le gustaban los niños.

Aquella era la información más amplia y detallada sobre su vida que Abilene había compartido con ella hasta entonces, así que Nora esperó un buen rato antes de responder. Quería decir las palabras apropiadas, conseguir que la conversación siguiera fluyendo.

—No tienes que volver a verlo nunca más —le aseguró a Abilene—. Nunca jamás. Ya no eres una niña, y él no tiene ningún poder sobre ti. Eres dueña de tu destino.

La joven negó con la cabeza, transmitiendo de forma tácita el mensaje de que Nora no comprendía la situación. Y era verdad, Nora no la comprendía, pero sabía lo suficiente como para saber reconocer que Abilene tenía miedo de aquel hombre. El miedo que sentía era palpable: hacía que una sombra se apoderara de su mirada, que sus dedos se agitaran con nerviosismo y que dejase caer los hombros con aire desfallecido.

—¿Tú quieres quedarte a vivir en Miracle Springs? —le preguntó con delicadeza—. ¿Quieres seguir trabajando en la panadería?

Mirándola a los ojos, Abilene respondió:

—Sí.

—De acuerdo, entonces. —Nora puso su mano sobre la de Abilene y, con movimiento suave y delicado, le abrió el puño cerrado—. De acuerdo —repitió.

Abilene miró la mano plagada de cicatrices de Nora. Tras una larga pausa, giró su propia mano y le abrió a Nora la palma vendada, su propia piel plagada de cicatrices. Ambas mujeres se quedaron mirando sus manos imperfectas, una encima de la otra como dos pedazos de pan recién salido del horno.

—De acuerdo —dijo Abilene y sonrió.

A la mañana siguiente, Nora atravesó el parque del centro del pueblo sin salir de las zonas de sombra, bajo los árboles. Aunque le gustaba el sol, se había dejado la gorra en casa y no quería exponer sus quemaduras a la luz directa.

La plaza estaba abarrotada de turistas, cosa que no sorprendió a Nora. Pronto empezarían las clases y se respiraba un ambiente propio del final del verano. El sol aún quemaba, y el aire seguía siendo húmedo y pegajoso. Sin embargo, se percibía un cambio sutil, la sensación de que la estación veraniega había perdido buena parte de su vigor.

La cuenta atrás hacia septiembre producía un efecto extraño en los visitantes de Miracle Springs. Intentaban realizar el mayor número posible de actividades durante su estancia, de modo que reservaban tratamientos en el *spa*, salían a hacer senderismo, se bañaban en las aguas termales varias veces, cenaban en los restaurantes locales y compraban como locos, compulsivamente. A partir de su experiencia los veranos anteriores, Nora había aprendido a abastecerse de embellecedores de estantes adicionales para aquella época del año.

Mientras caminaba, se preguntó cómo iba a sobrevivir un nuevo negocio dirigido a la población local en un lugar tan turístico.

«Seguro que el dueño es un lobo disfrazado de cordero —pensó—. Habrá venido aquí a recoger los despojos de la gente que ha perdido su trabajo y ahora no tiene más remedio que vender sus cosas si quiere seguir alimentando a su familia».

Nora fue aminorando el paso a medida que se acercaba a su destino. Situándose a la sombra del toldo de un comercio vecino, examinó el rótulo de El Genio Virtual. Como había dicho Estella, el cartel parecía una lámpara antigua de Oriente Medio. Estaba cubierto con varias capas de pintura brillante de color bronce y la nube de humo azul violáceo estaba salpicada de montones de lucecillas eléctricas.

Al desplazar la mirada del rótulo al escaparate, Nora vio salir por la puerta a un hombre moreno de complexión media. Le aguantó la puerta a un hombre corpulento, con barba y de rostro severo que salía de El Genio Virtual como si escapara del baño de una gasolinera.

—Una vez más, siento mucho su pérdida, señor Frye —dijo el hombre de pelo oscuro.

El nombre llamó inmediatamente la atención de Nora, quien observó al hombre de la barba con interés. Supuso que estaba presenciando un intercambio entre el hijo de Amanda Frye y el señor Kingsley, el propietario de El Genio Virtual. Estella lo había descrito como atractivo y moreno, y aquel hombre encajaba en ese perfil.

—Todo el mundo dice eso cuando muere alguien —dijo el señor Frye—, pero ¿quiere que le diga algo que quizá le sorprenda? Kingsley extendió las manos invitándolo a continuar.

—Por favor, hágalo. ¿Qué gracia tendría la vida sin sorpresas?

El señor Frye dudó un momento antes de continuar hablando en un tono hostil.

—Yo no lo siento. Mi madre ha muerto, pero para mí no ha sido ninguna pérdida. —Levantó un dedo para impedir que el otro hombre le interrumpiera, aunque estaba claro por su expresión que el señor Kingsley estaba demasiado conmocionado para responder—. Estoy seguro de que le parecerá que soy un hombre frío, pero usted no conoce toda la historia. No sabe ni la mitad.

—Yo no... —empezó a decir Kingsley.

—Resumidamente —prosiguió Frye. Hablaba con voz fría y afilada, como un carámbano de hielo—. Mi padre y yo estábamos muy unidos —dijo—. Yo quería a ese hombre y él me quería a mí.

Kingsley acertó a esbozar una sonrisa tensa.

—Eso está muy bien.

—Ah, sí, estaba muy bien. Todo iba muy bien —gruñó el hombre de la barba—. Hasta que mi madre lo mató.

CAPÍTULO CUATRO

Los grandes libros te ayudan a comprender
y a sentirte comprendido.

JOHN GREEN

Tras aquella impactante declaración, el hijo de Amanda Frye se marchó sin despedirse siquiera. Echó a andar directamente a la calzada, interponiéndose sin la menor precaución en el camino de un coche que venía en dirección contraria. Nora puso todo el cuerpo en tensión y esperó a oír un bocinazo o el chirrido de los frenos, pero Frye se limitó a extender el brazo como si fuera un policía de tráfico y cruzó hasta el otro lado de la calle como si fuera el dueño del pueblo.

A continuación metió su voluminoso cuerpo en el asiento del conductor de un Mazda Miata amarillo. Apenas cabía en el pequeño descapotable, y parecía un personaje de dibujos animados cuando se incorporó al tráfico, cortando el paso a un conductor y obligándole a desviarse al otro carril. El conductor tocó el claxon indignado y Frye le respondió enseñándole el dedo. A Nora, la escena le recordó a Bluto, el villano de los tebeos de Popeye. La comparación entre Frye y el famoso matón le pareció divertida.

—Una sonrisa encantadora para una mañana encantadora —dijo una voz. Nora se volvió y vio al señor Kingsley a su lado.

—Pues, por lo visto, él no opina lo mismo —contestó ella, señalando el Mazda segundos antes de que doblara la esquina y desapareciera de la vista.

Kingsley observó en silencio al resto de los transeúntes.

—La gente procesa el duelo de formas distintas. Una respuesta típica es reaccionar con ira, y también natural. —Miró a Nora y continuó hablando—: Pero dejémonos de pensamientos desagradables. Soy Griffin Kingsley, propietario de El Genio Virtual.

Nora no solía sentir simpatía por el prójimo de forma inmediata, pero los ojos castaños brillantes de Griffin y su mirada directa atravesaron sus barreras. Aquel hombre la miraba como si no tuviera cicatrices; la miraba como la miraban los demás antes del accidente. Aquella mirada franca y directa hacía que Nora se sintiera bien.

—Yo soy Nora Pennington, propietaria de Miracle Books.

La sonrisa de Griffin se hizo aún más amplia.

—¡Ah, la librería de la antigua estación de tren! Me muero de ganas de visitarla, porque me encantan los libros, pero últimamente he ido de cráneo preparando nuestra feria de tasación.

—Bajó la cabeza y se llevó los dedos al puente de la nariz en un gesto de humildad—. Perdóneme. ¿Por qué no pasa y se toma algo fresco? Tamara, mi socia, prepara el té chai helado más maravilloso del mundo. Es el remedio perfecto para la humedad.

La librera aceptó su invitación y le siguió al interior de El Genio Virtual. Cuando la puerta se cerró a su espalda, sintió como si hubiera dejado su pueblecito de las montañas de Carolina del Norte y se hubiera adentrado en otro mundo.

Se encontraba en un enorme espacio abierto que parecía salido del palacio de un jeque de la época de las Cruzadas: había jaulas doradas, divanes opulentos, escritorios y sillas de madera tallada, lámparas de latón y montones de plantas exóticas en macetas adornadas con mosaicos. Los suelos de madera estaban completamente cubiertos por alfombras persas y las paredes habían sido tapizadas con múltiples capas de sedas de colores.

Por encima de las telas de seda, Griffin había colgado frases de *Las mil y una noches* en tamaño póster. Cada frase, impresa en un tipo de letra estilizado con elegantes arabescos, estaba enmarcada por un marco dorado.

El goce de Griffin ante la reacción de Nora era más que evidente: los ojos le resplandecían mientras la guiaba hacia un par de sillas tapizadas de terciopelo carmesí.

—Parece mentira que esto antes fuera una cerería —comentó Nora asombrada—. La transformación parece cosa de magia.

El hombre esperó a que Nora se sentara antes de ocupar la silla frente a ella.

—A la gente muchas veces le cuesta decir cuál es su libro favorito. Yo no tengo ese problema.

Nora se rio.

—Me parece que ya sé cuál fue el que le causó una gran impresión. ¿Y cómo no? Qué historias tan maravillosas... ¿Cuándo lo leyó por primera vez?

—Mi madre me lo leía cuando era muy pequeño —contestó Griffin—. Tenía una voz preciosa. Imagino que parte de la razón por la que Scheherezade era una narradora tan hábil era que también poseía una voz muy melodiosa. —Señaló las frases enmarcadas—. ¿Sabía que *Las mil y una noches* no es el único título del libro? En la edición inglesa, por ejemplo, lo llaman *Arabian Nights:* «Noches de Arabia».

—Más vale que se prepare, porque habrá gente que le preguntará si esas citas no son de *Aladdín*, la película de Disney. O tal vez le pregunten por qué no tiene a un genio azul saliendo de la lámpara de ahí fuera.

Griffin levantó un dedo en el aire.

—Hay una mujer de unos ochenta años, una abuela con doce nietos, que ha visto la película de Disney al menos veinte veces. Ya me ha hecho esas dos preguntas.

—¿Estás hablando de esa dulce abuelita de Atlanta? ¿La que cuidaba de los hijos de su hija todo el día para que pudiera volver a la universidad? —preguntó una mujer que había aparecido de repente por una abertura entre las telas de seda. Nora vio una puerta oculta detrás de ellas.

Griffin se puso de pie.

—He tenido la suerte de encontrarme con la señora Pennington ahí fuera. Es la dueña de la librería Miracle Books. Señora Pennington, le presento a mi socia, Tamara Beacham.

Nora le pidió a Tamara que la tuteara y le estrechó la mano extendida. El contacto con la mano de Tamara fue tan breve que rozaba la mala educación.

«Mis cicatrices no son contagiosas», le entraron ganas de decir a Nora, pero se contuvo.

Tras sonreír a Nora con nerviosismo, Tamara se ofreció a preparar un té chai helado y se escabulló de nuevo por la abertura entre la seda.

—Con razón no la he visto entrar —comentó la librera.

Griffin siguió su mirada.

—Como el escenario de una historia bien escrita, cualquier comercio que se precie debe ser capaz de evocar un estado de ánimo determinado. Aquí hemos intentado crear un ambiente de lujo y evasión. Es un artificio, sí, pero un artificio construido con la intención de que nuestros clientes se sientan a gusto. Cuando los clientes acuden a nosotros para vender sus posesiones, muchas veces se encuentran en apuros económicos. A veces ha fallecido un familiar, dejando unas deudas inesperadas. O han perdido el trabajo de repente. —Hizo una pausa, reflexionó un momento y continuó hablando—. También tenemos clientes que quieren reducir gastos o deshacerse de trastos que ya no necesitan. Esas personas pueden experimentar ansiedad al desprenderse de sus objetos personales. Parece que el propósito de nuestra empresa se centre en los bienes materiales, pero en realidad se trata de ayudar a la gente a superar transiciones difíciles.

Griffin pasó a preguntarle por Miracle Books y, como la tienda era el tema favorito de Nora, estuvo charlando animadamente hasta que Tamara volvió a salir de la trastienda con una bandeja de plata en la mano. Depositó la bandeja sobre la mesa, entre Griffin y Nora, y tocó la caja dorada que había en el centro.

—Pruebe este chocolate belga, ¿quiere? —la animó—. Y si no le gusta el té, le preparo encantada cualquier otra cosa.

Nora, a quien la idea del chai helado le resultaba bastante desagradable, cambió de opinión tras un sorbo.

—Es por la canela y el cardamomo —señaló Griffin, captando la expresión de sorpresa de Nora—. Hemos convertido a los moteros de los Ángeles del Infierno y a los esnobs del café en grano en forofos de este té. La gente le envía mensajes de correo electrónico a Tamara con la esperanza de que les dé su receta, pero ella se niega. Es un secreto de empresa.

Aunque a Nora le caía bien Griffin y no quería perder la oportunidad de buscarle piso a Abilene, no pudo evitar hacer la pregunta que le rondaba por la cabeza desde la primera vez que oyó hablar de El Genio Virtual.

—¿Su negocio sigue las quiebras financieras, como el cierre del banco Madison County Community Bank? ¿O la quiebra de los Meadows, la mayor promoción inmobiliaria de este pueblo?

La reacción de Griffin ante una pregunta tan directa y contundente fue una leve contracción de los hombros, eso fue todo.

—Leímos la noticia de los desgraciados sucesos ocurridos en esta comunidad, y sí, esos sucesos influyeron en nuestra decisión de abrir nuestra tienda en Miracle Springs en lugar de hacerlo en otro pueblo, pero no fueron esas desgracias lo único que nos trajo hasta aquí. Vine de visita hace siglos con mis padres y guardo muy buenos recuerdos de nuestro viaje. Ya de niño percibía el ambiente tranquilo del pueblo. Me disgustó mucho saber que un escándalo había perturbado esa paz, así que aquí estamos. Esto es un negocio y mi objetivo es obtener beneficios, claro que sí, pero también quiero aportar mi granito de arena para que las cosas vuelvan a la normalidad en un lugar del que conservo tan gratos recuerdos.

Nora no estaba acostumbrada a tanta transparencia. Decidió que era justo corresponder a la sinceridad de Griffin con la misma sinceridad.

—He venido porque tenía curiosidad por El Genio Virtual, pero el motivo principal por el que estoy aquí es para preguntar por el estudio que tiene en alquiler.

Griffin pareció sentirse ofendido.

—Me temo que no es un sitio demasiado acogedor, al menos para una mujer —añadió—. Supongo que se lo alquilaremos a algún hombre a quien no le importe vivir entre paredes con la pintura desconchada o con manchas de óxido. Con la feria de tasación a la vuelta de la esquina, encontrar un inquilino no figura en los primeros puestos de mi lista de prioridades.

—Hay mujeres que no pueden permitirse espacios acogedores —dijo Nora con rotundidad—. Y lo de la pintura desconchada puede arreglarse. ¿Me enseñaría el estudio?

Griffin soltó su taza de té y entrelazó los dedos.

Como si alguien la hubiese llamado, Tamara salió de la otra habitación y sonrió a Nora.

—Ya te lo enseño yo —dijo—. Griffin tiene mucho trabajo.

La librera agradeció al hombre su hospitalidad y siguió a Tamara a través de la rendija entre las cortinas.

La diferencia entre la zona abierta al público y las zonas de trabajo de El Genio Virtual era notable. Mientras que la sala principal era un espectáculo de exótica opulencia, la trastienda se caracterizaba por ser un espacio absolutamente espartano. Nora vio unas mesas y sillas plegables, estanterías de acero y un rincón dedicado a la fotografía. Con el duro suelo de cemento y las paredes desnudas, el taller ofrecía un enorme contraste con la vitalidad del espacio público.

Tamara condujo a Nora a través de una puerta hasta un vestíbulo lleno de cajas de cartón de distintas formas y tamaños. Enfrente estaba la salida trasera, y en la pared opuesta había una escalera estrecha y poco iluminada.

—Tengo que decirte que no lo quiero para mí, sino para una chica que lo necesita —le explicó Nora mientras ambas subían las escaleras—. Abilene trabaja a tiempo parcial en la Gingerbread House, nuestra panadería local. No sé cuánto queréis cobrar por el alquiler, pero mi amiga tiene un presupuesto muy ajustado. Ahora está en la panadería, por eso he venido a ver yo el estudio en lugar de ella.

—El apartamento no está en muy buen estado, pero oí lo que le dijiste a Griffin. —Tamara sacó un llavero y abrió la cerradura—. Y tienes razón, hay personas que no pueden permitirse vivir en un sitio agradable y en buenas condiciones, independientemente del sexo al que pertenezcan.

La mujer abrió la puerta y encendió las luces, iluminando una habitación cochambrosa con una cocina diminuta y una sala de estar que hacía las veces de dormitorio, con un futón. Una cortina apolillada separaba la habitación principal de un cuarto de baño. Nora echó un vistazo al lavabo y a la ducha, ambos llenos de manchas de óxido, moho y depósitos de cal. El suelo de linóleo estaba agrietado y levantado en algunas partes, y unas gruesas capas de polvo cubrían las persianas. En la habitación principal, el suelo de madera de pino estaba lleno de arañazos y abolladuras, y los armarios de la cocina también estaban en muy mal estado. Los dos electrodomésticos, un horno y un frigorífico, eran lo bastante viejos como para calificarlos de *vintage*.

—Es que no tenemos tiempo ni dinero para hacer reformas —explicó Tamara, con un deje de disculpa.

Nora pensó en cómo conseguir que el estado ruinoso del estudio obrase en beneficio de Abilene.

—¿Dejaríais que mi amiga hiciera algunas reformas si se convirtiera en vuestra inquilina? ¿Como pintar las paredes y tirar las persianas y el futón, por ejemplo?

—Por supuesto —respondió Tamara.

Cuando Nora sugirió que volvieran abajo a la tienda para discutir las condiciones, Tamara se quedó aún más sorprendida.

—¿Tu amiga no querrá ver el piso primero?

—Ha delegado esa tarea en mí —dijo Nora—. Si el alquiler es asequible, le llevaré los papeles para que los rellene. Si quieres conocer a Abilene en persona, te advierto que es muy tímida. Es una persona muy reservada.

—Eso seguramente es bueno. Ese estudio no está hecho para hacer reuniones de amigos ni nada por el estilo. Además, tu amiga tendrá que acceder al piso por la puerta trasera, lo que significa que tendrá que entrar y salir por el callejón. Me gusta la idea de tener a una panadera tranquila y tímida viviendo encima de nuestra tienda. Estoy segura de que Griffin pensará lo mismo. Guardamos los artículos que vendemos en la trastienda hasta el momento del envío, así que es imprescindible que el inquilino sea alguien de confianza.

Las dos mujeres regresaron a la tienda y se sentaron en el escritorio de Tamara, quien le dio a Nora el precio mínimo que pedían por el alquiler y prometió enviarle por correo un modelo de contrato estándar. La librera le agradeció su tiempo y se fue de El Genio Virtual. Mientras cruzaba el parque en dirección a Miracle Books, pensó en lo que le había dicho Tamara sobre tener un inquilino de confianza.

«Maldita sea —pensó—. Van a comprobar los antecedentes de Abilene. Cuando lo hagan, ¿qué averiguarán?».

Encontró al ayudante Andrews esperándola en la librería.

—Buenos días, ayudante —lo saludó, advirtiendo los restos de azúcar glas en la camisa de su uniforme. Supuso que el agente venía de la Gingerbread House, lo que significaba que seguramente no se había pasado por la librería para comprar otra novela de Orson Scott Card.

Andrews le devolvió el saludo antes de señalar el escaparate.

—Hester me ha dicho que la chica que lo diseñó acaba de empezar a trabajar para ella. Aún no la conozco.

—Se llama Abilene, y puede que tarde aún algún tiempo en conocerla, porque es muy tímida.

Nora abrió la puerta principal y esperó a que cesara el tintineo de las campanillas antes de preguntar al ayudante si se había pasado a curiosear un rato.

El hombre miró con ansia hacia la sección de Ciencia Ficción.

—Ojalá pudiera, pero el deber me llama. Vengo a hacerle una pregunta sobre los libros de la señora Frye.

Después de dejar las llaves y el bolso en el mostrador, Nora prestó toda su atención al policía.

—¿La biblioteca de su salón?

—Sí. ¿Tiene alguna idea de cuánto valen? —Como Nora no contestó enseguida, Andrews añadió—: Sé que no estuvo mucho tiempo en su casa, pero usted es librera, señora Pennington, así que estoy seguro de que echó un vistazo a sus libros. Solo quiero saber si los examinó el tiempo suficiente para poder hacer un cálculo aproximado de su valor.

—No puedo darle una cantidad en dólares sin examinar cada libro y buscar en internet su valor de mercado actual —contestó Nora. Al ver la cara de decepción del ayudante, añadió—: Pero la biblioteca de Amanda es valiosa. ¿Por qué lo pregunta? ¿Por qué son importantes esos libros?

Andrews lanzó una mirada a las estanterías alrededor con expresión hermética.

—El *sheriff* quiere ser minucioso, eso es todo. La señora Frye le ha dejado en herencia sus libros a un antiguo vecino. Es alguien que vive en otro estado, y su hijo no está muy contento, que digamos.

—No me extraña. Por lo que vi, esos libros eran lo único de valor que había en esa casa —dijo Nora—. Aunque, por otra parte, Amanda siempre era muy clara sobre su relación con su hijo. Por lo que decía, no era buena.

—Desde luego que no —convino Andrews.

El recuerdo del cadáver de Amanda en el estanque cubierto de espuma sucia le vino a la mente y de repente sintió una ira irreprimible. Estaba enfadada por la muerte tan terrible de Amanda y se dio cuenta de que estaba buscando a alguien a quien echar la culpa. ¿Al hijo que la había apartado de su vida? ¿Al marido que la había abandonado y dejado sin dinero? ¿O a la biblioterapeuta que no había sabido establecer una relación con una clienta con una necesidad tan evidente de apoyo emocional?

—No puedo creer que ya se hayan repartido su herencia —dijo Nora, sin poder evitar que la rabia se apoderara de su voz—. Por el amor de Dios, ¿no tiene que abrirse al menos una investigación antes de que los buitres corran a abalanzarse? ¿O dar una causa oficial de la muerte?

Andrews se subió el cinturón.

—Estamos siguiendo el procedimiento correcto, señora Pennington. El hijo de la señora Frye encontró una copia del testamento después de identificar su cadáver. El banco es el propietario de la casa, y también del coche, y no tenía ahorros. De hecho, no hay nada que puedan rapiñar los buitres.

—Escuché una conversación entre Frye y el dueño de El Genio Virtual, esa tienda que acaban de abrir. —Nora esperó a que Andrews indicara que había oído hablar del establecimiento antes de continuar—. Solo capté el final, pero el hijo de Amanda hizo un comentario bastante sorprendente.

Repitió la frase del hombretón de la barba, cuando dijo que su madre había matado a su padre.

—El señor Frye nos dijo lo mismo, pero no lo decía literalmente —explicó Andrews—. Culpa a su madre de haber llevado a su padre a una muerte prematura. Explicó que ella siempre estaba regañándolo por todo y diciéndole lo mucho que se había sacrificado por los hombres de su vida. Frye nos dijo que él y su padre tenían que oírla decir lo mismo todos los días. No paraba de repetir que su madre era una mujer amargada y huraña que no era feliz. No lo fue ni un solo día de su vida.

Nora sintió más curiosidad aún por el hombre de la barba.

—Supongo que por eso la apartó de su vida, porque culpaba a su madre de la muerte de su padre.

Andrews se encogió de hombros dando a entender que no iba a compartir más información.

—Me pregunto si Frye acudió a El Genio Virtual porque sospecha que la colección de libros de su madre es valiosa —reflexionó Nora en voz alta—. El Genio Virtual va a hacer una feria de tasación esta semana. Si un hijo resentido se entera de que un antiguo vecino va a quedarse con lo único de valor que poseía su madre, podría impugnar el testamento.

Una nube ensombreció el rostro de Andrews.

—Supongo que no estaría de más mencionarle esa feria al *sheriff*. Gracias.

El sonido de las campanillas hizo que Nora consultara su reloj con gesto alarmado. Eran más de las diez y aún no había preparado la cafetera. Un par de mujeres de unos treinta años y con un físico tan parecido que debían de estar emparentadas entraron en Miracle Books. Nora las saludó con una sonrisa. Cuando ya se volvía para dirigirse a la parte trasera, lanzó un último comentario al ayudante Andrews.

—Si necesita que alguien examine los libros de Amanda con más detenimiento, ya sabe dónde encontrarme.

Andrews asintió, se llevó una mano al sombrero para saludar a las clientas y salió de la librería.

Nora corrió a la taquilla de venta de billetes y preparó una cafetera. También cogió la caja de pastas de hojaldre que Abilene le había dejado en la puerta de atrás y las colocó bajo una campana protectora de cristal de un par de bandejas *vintage* para pasteles. Mientras se encargaba de otras tareas relacionadas con la apertura de la tienda, como encender las lámparas de lectura y ahuecar los cojines, oyó el llanto de una mujer.

No era un sonido tan raro en un pueblo llamado Miracle Springs, un lugar al que viajaba gente de todo el mundo en busca de curación para sus heridas, tanto físicas como emocionales. Las personas sufrían lesiones de todo tipo, pero Nora había descubierto que había dolores demasiado hondos para que los minerales o el calor de las aguas termales pudieran llegar hasta ellos. Eran dolores que llegaban hasta la médula, que anidaban en las profundidades del alma. Eran como una semilla oscura que germinaba en mitad de la noche. La alimentaba el exceso de alcohol. O el hecho de encontrarse por casualidad con un viejo amor. O la pérdida de un trabajo. O el desgaste que producían las dificultades de la vida.

Nora aguzó el oído ante el llanto de la mujer y se sintió obligada a reaccionar. No siempre era así, pero ese día, con su pensamiento ocupado por Amanda, decidió que sí acudiría. Llevó una bandeja con unas tazas de té y unos bolsilibros de manzana hasta el lugar donde estaban sentadas las hermanas, en un rincón junto a la sección de «Libros sobre la pérdida y el duelo».

—No es mi intención molestaros, pero me parece que una bebida caliente y un poco de azúcar ayudan hasta en las situaciones más terribles.

Cogió una servilleta de la bandeja y se la ofreció a la hermana con los ojos enrojecidos y las mejillas manchadas de lágrimas.

La mujer aceptó y esbozó tímidamente una sonrisa de agradecimiento.

—¿Te ha ayudado en algo? —preguntó Nora con delicadeza, sin apartar la mirada de la mujer—. ¿Venir a Miracle Springs?

La mujer contrajo los hombros en una especie de encogimiento, como dando a entender que no había conseguido todo lo que esperaba de su visita.

Nora señaló los libros que rodeaban las sillas. Libros sobre enfermedad, adicción, duelo y divorcio.

—Es raro encontrar un camino directo hacia la curación —dijo—. Casi siempre es tan tortuoso y confuso como el resto de la vida.

Aquello le arrancó a la mujer una sonrisa aún más grande.

—Ojalá mi terapeuta me lo hubiera dicho desde el principio. Me hizo creer que lo único que tenía que hacer era esforzarme y me sentiría mejor. Pero no me siento mejor. Me siento tan desgraciada como ayer. Y como antes de ayer.

—Quizá yo pueda ayudar. —Nora explicó cómo utilizaba la biblioterapia con determinados clientes.

Claramente, la mujer, que se llamaba Irene, tenía sus dudas. Sin embargo, a pesar de sus recelos, le contó a Nora que su pareja desde hacía once años la había abandonado.

—No me dejó por otra mujer —añadió—. Eso me habría dolido, claro, pero aunque suene raro, me habría hecho más fácil nuestra ruptura. La forma en que terminó todo es casi peor que la alternativa de que otra mujer se hubiese cruzado en su camino. Max ya no estaba enamorado de mí, sencillamente. O al menos eso es lo que él dice. Una buena mañana se levantó, me miró mientras se tomaba el café y decidió que no podía pasar un solo día más con una persona a la que ya no quería. Eso fue todo. Yo estaba completamente satisfecha con mi vida, así que aquello me dolió hasta las entrañas. Yo le quería. Aún le quiero. No sé por qué cambiaron las cosas.

Irene se puso a llorar de nuevo. Su hermana, que se presentó como Iris, le puso la taza de té entre las manos y le rogó que bebiera.

—Max ha pasado página —continuó Iris en nombre de su hermana—. Vive en otra parte de la ciudad y ha vuelto a salir con mujeres. Yo no dejo de repetirle a mi hermana que no es una mala persona. Él no quería que pasara esto y fue lo bastante íntegro para ser sincero con ella. Y para que conste, a mí me parece que no es nada feliz. Sus fotos sonrientes en Facebook no significan nada. Está tan perdido y solo como mi hermana.

Solo que está perdido en los bares con una mujer distinta cada fin de semana. Después de ese comentario, fue como si Irene se encogiese.

—Lo superarás —le aseguró Nora a Irene—. Es a Max a quien le falta algo, no a ti. Puso fin a vuestra relación para poder salir a buscarlo. Por desgracia, se llevó consigo una parte de ti cuando se fue. No te avergüences de tu dolor. Lo sientes porque le querías, pero necesitas que esa herida en tu corazón se cure lo suficiente como para seguir adelante con tu propia vida. Creo que puedo ayudarte a hacerlo. ¿Quieres darle una oportunidad a mi método? Tendrás que leer unos cuantos libros.

—Sí —susurró Irene.

Nora dejó a las hermanas con su té y sus pastas, y se puso a recorrer las estanterías, recopilando distintos títulos. Dejó una pila de libros en el mostrador. Cuando las hermanas estuvieron listas, los juntó todos y metió en una bolsa una novela gráfica titulada *Descorazonada*, *¡Si está roto, no lo arregles!*, de Greg Behrendt, *El diario de Bridget Jones*, *Se acabó el pastel*, de Nora Ephron, y *Porn for Women*, de la Cambridge Women's Pornography Cooperative.

Irene enarcó las cejas al ver el último título: *Porno para mujeres*. Nora captó la mirada y sonrió.

—No es lo que piensas. Las imágenes son para todos los públicos. Hay una foto de un tío bueno pasando la aspiradora, por ejemplo. De hecho, ahora que lo pienso, hay varias fotos de tíos buenos limpiando.

Iris estiró el cuello para ver la cubierta.

—¿Tienes otro ejemplar?

Mientras Nora iba a por el último volumen y tomaba nota para encargar más ejemplares, Iris eligió un embellecedor de estanterías para regalárselo a su hermana. Hizo que Nora le cobrara un marco antiguo de plata de ley y carey e inmediatamente después de pagarlo, se lo regaló a Irene.

—Quiero que tengas este marco vacío hasta que te hayas leído todos esos libros —le dijo Iris—. Cuando los termines, saldremos a celebrarlo y nos sacaremos una foto para ponerla aquí.

Las hermanas se abrazaron, le dieron las gracias a Nora y se fueron.

Aquella visita había hecho que Nora comenzara el día con buen pie. Irene había dejado que Nora pusiera en práctica sus conocimientos con ella, lo que la hizo sentirse útil y realizada, y estaba convencida de que Irene se recuperaría de su mal de amores. Tenía suerte de poder contar con una amiga tan cariñosa y comprensiva como su hermana.

Mientras Nora examinaba los libros de sus estanterías, pensó en los amigos y amigas que había hecho a lo largo de su vida, personas que habían estado yendo y viniendo. No siempre podía contar con ellas, pero sí podía contar con los libros. Los libros no la abandonaban, ni se distanciaban, ni traicionaban su confianza. Siempre habían sido su salvavidas. Cuando la existencia amenazaba con hundirla, la fuerza de la palabra escrita podía rescatarla de los mares más procelosos. ¿Había habido alguna vez un amigo tan valioso y fiel como un libro?

Las campanillas volvieron a tintinear en la puerta. Tras saludar al nuevo cliente, Nora se fue a la taquilla de venta de billetes a servirse una taza de café. Entonces, decidiendo que se merecía un capricho, Nora puso un bolsilibro de manzana en un plato y se sentó a saborear cada bocado.

—No he vivido nunca sola —le dijo Abilene a Nora aquella noche durante la cena.

—Todas las mujeres deberían aprender a ser independientes —dijo Nora con naturalidad—. Sabes cuidar de ti misma, eres inteligente, creativa y muy buena cocinera. ¿Te da miedo estar sola?

Abilene pinchó el pescado con el tenedor, pero no contestó.

—Si no quieres que te encuentren, nadie te encontrará —continuó Nora—. Rellenar una solicitud para un alquiler no te va a poner en el punto de mira, ya lo verás. Todas tus referencias serán estrictamente locales: las firmaremos Hester, June y yo. No necesitas dar un número de teléfono y puedes hacer que te envíen las facturas a un apartado de correos. —Esperó. Como la joven seguía sin hablar, Nora le tocó la mano—. ¿Va a aparecer algo si comprueban tus antecedentes? Puedes decírmelo sin entrar en detalles. No pasa nada si has cometido un error. Yo cometí un error terrible, y me arrepentiré mientras viva.

Eso al menos hizo que Abilene la mirara.

—No somos santas —siguió hablando Nora—. No somos ángeles. Solo somos personas. A veces metemos la pata. Lo mejor que podemos hacer después es pedir perdón, aprender de nuestros errores e intentar pasar página y seguir adelante.

Abilene soltó una larga y lenta exhalación.

—Pegué a una enfermera. Lo hice para poder salir del hospital. La golpeé más fuerte de lo que pretendía, con una bandeja metálica. —Apoyó la palma de la mano en el contrato de alquiler—. Lo que hice estuvo mal, pero no puedo salir a pedir perdón. No puedo corregir mi error. Si lo hago, él me encontrará, y entonces me llevará de vuelta a casa.

Empujó la silla hacia atrás y se levantó tan bruscamente que tiró el vaso de agua vacío. Lo recogió y lo llevó hasta el fregadero. Se quedó allí, inmóvil, con el cuerpo tenso, como si esperara recibir un golpe en cualquier momento.

—No puedo volver allí. Debería irme mañana. —Abilene dirigía su voz al fondo del fregadero, hablando muy rápido. Sus palabras sonaban como el agua corriente.

—No —dijo Nora, poniéndose de pie.

Sorprendida, Abilene se volvió hacia ella. Nora le hizo señas para que saliera. Inclinándose sobre la barandilla de la terraza, señaló la empinada ladera hacia las vías del tren.

—Todos los días llega un tren a la estación de Miracle Springs. Cada día, un nuevo grupo de personas llenas de esperanza se baja en ese andén. Esas personas esperan y rezan para que el agua termal, el yoga, los masajes, la terapia, los batidos de col rizada o el aire fresco de la montaña les curen. Puede que sea la belleza de este lugar lo que restaure el alma, o puede que sea la paz y la tranquilidad que se respira, no lo sé. Pero muchas de esas personas se van de Miracle Springs sintiéndose renovadas por completo. Pese a la paz que esos visitantes encuentran, el otro día una mujer de la localidad se ahogó en un estanque detrás de su casa, una mujer que llevaba muchos años viviendo aquí. La hipótesis principal es que se suicidó, que se tomó un bote entero de pastillas y dejó una nota.

Abilene palideció, pero Nora ignoró su reacción y continuó hablando.

—¿Quieres acabar flotando en el estanque de algún jardín trasero? Porque incluso viviendo en este remanso de paz, una mujer se sintió tan sola que decidió que no quería seguir viviendo. ¿Qué crees que te pasará si te largas ahora? —le preguntó Nora—. Sí, podrías salir huyendo mañana mismo, o podrías quedarte aquí arropada por unas mujeres que te apoyarán.

Abrazándose, la chica siguió con la mirada el vuelo atropellado de una luciérnaga hasta que el animalito desapareció tras una arboleda.

—¿Qué tendría que hacer? —susurró—. ¿Para poder quedarme aquí?

—Tendrás que ser valiente —contestó Nora—. Lo suficientemente valiente como para compartir tu historia.

—Compartir mis secretos, querrás decir.

Nora miró las estrellas.

—Tu historia. Tus secretos. ¿Acaso no es lo mismo?

CAPÍTULO CINCO

> Puede que no haya días de nuestra infancia que hayamos vivido tan plenamente como los que pasamos con un libro favorito.
>
> MARCEL PROUST

Abilene solía salir hacia la panadería antes de que Nora se levantara de la cama. Cuando Nora se despertó a la mañana siguiente, no estaba segura de si la chica se había ido a trabajar... o simplemente se había ido.

Cuando apareció en Miracle Books con una nueva hornada de bolsilibros y una expresión de determinación en el rostro, Nora se sorprendió de lo mucho que se alegraba de verla.

Esa noche, mientras Nora ponía la mesa para la cena, Abilene anunció que al día siguiente se mudaría al apartamento de El Genio Virtual.

Nora se quedó de piedra.

—¿Y la solicitud de alquiler? ¿Y no te piden un depósito?

—No hace falta que rellene ningún papel, y el señor Kingsley no me ha pedido dinero para ningún depósito. Él y yo hemos llegado a un arreglo —explicó Abilene. Estaba calentando alubias en un cazo y rehuía la mirada de Nora.

La librera puso los brazos en jarras y miró fijamente a Abilene.

—¿Un «arreglo»? Eso suena a novela victoriana, una de esas novelas protagonizadas por una jovencita que no tiene dinero y que ofrece su cuerpo a cambio de un favor del caballero aristócrata.

Abilene se ruborizó, apartándose de la encimera y lanzando a Nora una mirada furiosa y encendida.

—¡No es nada de eso! ¡Yo no soy así!

Salió corriendo de la diminuta casa y se perdió en el atardecer de agosto.

Dos minutos después, sonó la alarma del temporizador del horno y, al abrir la puerta, Nora descubrió dos chuletas de cerdo asadas al punto perfecto de cocción. Dejó la bandeja caliente sobre la encimera y salió a llamar a Abilene.

En cuanto salió a la terraza, sintió una sensación de vacío. Se oían los ruidos propios del ambiente nocturno: los insectos zumbaban y los animales más pequeños emitían crujidos entre la maleza del bosque que rodeaba las vías del tren. Pero no había rastro de presencia humana.

Abilene se había ido.

Nora la llamó de todos modos. Dos veces. Cuando nadie respondió, volvió a entrar y esperó en la mesa.

Al cabo de una hora, envolvió las chuletas de cerdo y las alubias, las metió en la nevera y cenó un tazón de cereales. Se sentó en el sofá de su acogedor salón e intentó leer, pero no había forma de retener las palabras. Se le escapaban constantemente de la cabeza y, para cuando se dio por vencida y cerró el libro, alrededor de la Casita del Vagón de Cola ya era de noche.

Nora sabía que el centro de Miracle Springs sería un hervidero de actividad. Las farolas estarían encendidas, los restaurantes estarían abarrotados de clientes y la música inundaría las calles y los callejones. Casi le parecía oír las melodías instrumentales del restaurante vegetariano, la música *bluegrass* del restaurante Pink Lady y el *rock* clásico del bar de las afueras del pueblo.

Sin embargo, Abilene no iría a ninguno de esos sitios, así que Nora la esperó despierta. Puso un programa de televisión que no logró captar su atención y se quedó dormida. Cuando se despertó, horas más tarde, estaban emitiendo un publirreportaje sobre una línea de productos para el cuidado de la piel.

Nora miró el reloj. Era más de medianoche.

Cogió su teléfono y una linterna, salió de casa y echó a andar. Caminaba sin rumbo fijo, pero esperaba que le viniera la inspiración mientras se dirigía al pueblo. Sin pensarlo, se había parado a mirar el escaparate de Miracle Books cuando una cosa peluda le rozó la pantorrilla, dándole un susto de muerte.

La cosa peluda era un gato. Ofendido por el chillido de la mujer, el animal lanzó un maullido de indignación antes de alejarse acera abajo dando saltitos para reunirse con lo que solo podía describirse como una manada de gatos. En el centro de la manada, apartando con delicadeza a los gatos de su camino con la punta de su zapatilla de deporte, estaba June.

Su rostro quedaba oculto por una sudadera negra con capucha y una gorra de béisbol. Su piel color café con leche, que en la oscuridad parecía más bien café expreso, parecía fundirse con las sombras nocturnas. Pese a todo, Nora sabía a ciencia cierta que la figura encapuchada era June. Ya había oído hablar del fenómeno del desfile nocturno de gatos; Estella le había contado que June se había convertido en una especie de leyenda en Miracle Springs. June y su panda de seguidores gatunos. Nora no se había creído del todo la historia de Estella hasta ese momento.

—¿Nora? —la llamó June—. ¿Eres tú?

—Sí —respondió la librera muy bajito. Observó la manada de felinos acercándose y se sintió un poco turbada al ver todos aquellos ojos amarillos tan brillantes. Parecían una especie de fuegos fatuos, unas luces erráticas capaces de atraer a alguien hasta un pantano y abandonarlo allí a su suerte.

Las dos amigas se encontraron en medio de la calle y June se quitó la gorra.

—No sabía que fueras miembro del Club de Insomnes de Miracle Springs.

—Llevo sin dormir del tirón desde los veintitantos, pero no es por eso por lo que estoy aquí contigo y tus gatos.

June ahuyentó a un gato enorme y atigrado.

—No sabes cuánto me repatea todo este rollo de flautista de Hamelín. Y mira que hago lo que puedo para no oler a ambientador de hierba gatera, pero da igual lo que haga. No les he dado nunca ni una migaja de comida a estos puñeteros gatos, pero se comportan como si solo fuera cuestión de tiempo hasta que me convierta en la mujer que vivía en la casa antes que yo. No paro de decirles que no pienso darles pollo asado todos los domingos, pero no me hacen ni caso.

Seis o siete gatos se sentaron a los pies de June y se pusieron a mirarla con expresión de adoración absoluta. El resto de los animales, demasiado nerviosos para dejar de moverse, empezaron a dispersarse. Desaparecieron bajo los arbustos y detrás de los cubos de basura, como si nunca hubieran estado allí.

June les dijo a los demás que se fueran, pero siguieron allí plantados, ronroneando.

—¿Qué haces aquí? —le preguntó a Nora.

—Estoy buscando a Abilene.

Le explicó lo que había ocurrido esa tarde.

—Lo más probable es que se haya quedado a dormir en casa de Hester —sugirió June—. Pásate mañana por la panadería, que seguro que estará allí. Yo no me preocuparía demasiado.

Nora tenía sus dudas.

—¿Y si no está en casa de Hester?

—Entonces eso significaría que ella y su maldito secreto se han ido con la música a otra parte y no podemos hacer nada al respecto. —El tono de June era sombrío—. Espero equivocarme, porque tú y yo sabemos que ese secreto le seguirá pesando como un lastre. Acabará hundiéndola. Y sin alguien como nosotras para sacarla del agua, al final se ahogará.

Cuando a la mañana siguiente Hester respondió por fin a los repetidos golpes de Nora en la puerta de atrás de la panadería, lo primero que hizo fue asegurarle que Abilene estaba bien.

—Hoy se ha cogido el día libre. Me ha pedido prestadas algunas cosas y se ha ido a limpiar su apartamento. Hoy ya no va a volver.

Un temporizador sonó en la cocina y Hester le hizo señas para que la siguiera al interior de la Gingerbread House.

Nora observó a la panadera sacar del horno un par de bandejas de magdalenas gigantes. El aroma a arándanos calientes y *crumble* de canela se propagó por el obrador.

—¿Cómo sabes que no va a volver?

—Me ha dicho que va a trabajar para el señor Kingsley todos los días como parte de su acuerdo para pagar el alquiler. Después de limpiar el apartamento y mudarse allí (algo que le llevará como mucho dos minutos, teniendo en cuenta que todas sus cosas le caben en una bolsa de basura), empezará a trabajar en El Genio Virtual. —Hester miró la bandeja de magdalenas—. Me alegro de que haya encontrado piso, pero espero que vuelva mañana. Me gusta tenerla aquí.

Hester metió una de las magdalenas de arándanos aún caliente en una bolsa y se la dio a Nora. Le dijo que volviera dentro de una hora para recoger los bolsilibros del día y se volvió para meter otra tanda de magdalenas en el horno.

En lugar de volver a casa, Nora se fue en su bicicleta a Water Street.

El Chevy Blazer de Jedediah Craig estaba aparcado enfrente de una casa de campo de color gris claro. Las ventanas delanteras estaban resquebrajadas y Nora oyó el sonido de la música procedente del interior de la casa. Plantada en la acera, vaciló unos instantes, preguntándose cómo reaccionaría Jed al verla allí.

Él nunca la había invitado a su casa. De hecho, le había dejado claro que no estaba en condiciones de recibir visitas, ya que las habitaciones seguían abarrotadas de cajas de mudanza que no había abierto aún. Se había ido a vivir a Miracle Springs hacía poco, procedente de algún lugar de la costa, y aseguraba que trabajaba demasiado como para molestarse en organizar su espacio vital.

«¿Qué estoy haciendo aquí?». De repente, decidiendo que aquello era un error, Nora empezó a dar media vuelta.

La puerta de Jed se abrió y el hombre salió al porche con una taza de café en la mano, mirándola fijamente. Le dedicó una sonrisa cálida y se apoyó en el poste.

—¿Me estás espiando, en plan acosadora? —le dijo.

—Había salido con la bicicleta a tomar mi dosis diaria de vitamina D, cuando he tenido la fuerte sensación de que algún vecino de por aquí acababa de terminar de preparar una cafetera. ¿Eras tú? —Nora señaló hacia la acera—. ¿O mejor paso de largo?

—Depende de lo que lleves dentro de esa bolsa blanca —repuso él—. ¿Es de la Gingerbread House?

La librera levantó la bolsa y la sacudió un poco.

—Por aquí tenemos la costumbre de hacer trueques. Traigo una magdalena de arándanos recién salida del horno. ¿Qué tienes tú?

—Café. Y cualquier otra cosa que te apetezca —dijo Jed con una sonrisa juguetona.

Nora aparcó la bicicleta junto a la camioneta de Jed.

—Si la gente ve mi bici aquí, empezará a haber habladurías. Jed fingió consternación.

—Mabel Pickett seguro que se da cuenta. Creo que me tiene echado el ojo para que me convierta en su cuarto marido.

Nora se echó a reír. La señora Pickett tenía más de ochenta años y, según sus hábitos de lectura y compra de libros, estaba más interesada en el ganchillo, la ficción histórica y la inversión en bolsa que en casarse por cuarta vez.

—Dime cuándo tienes que irte a trabajar. No quiero que llegues tarde —dijo al entrar en la casa.

Jed la condujo directamente a la cocina y le acercó una silla a una mesa con vistas al jardín trasero. Nora examinó la espartana habitación mientras él servía el café.

—Mis tazas no son tan pintorescas como las tuyas —dijo, sentándose con Nora en la mesa.

—Por cada taza que ha acabado en el tablón de la pared de Miracle Books, he rechazado otras cien. —Nora cogió la sencilla taza blanca que le había dado Jed. Le pareció demasiado ligera en la mano—. Un alfarero local vende sus productos en el mercadillo, deberías echarles un vistazo. Seguro que te gusta su estilo.

Jed parecía apesadumbrado.

—Sí, seguro que me gustaría, pero tengo un presupuesto bastante limitado.

Al darse cuenta de que había tocado un tema delicado, Nora preguntó a Jed por su perro. Su crestado rodesiano seguía aún en la costa, viviendo con su madre, y Nora sabía que el perro padecía ansiedad.

—Está mejor desde que mi madre introdujo algunos cambios en su dieta. Echo de menos a esa pedazo de bestia grandota babeante. Me refiero a Henry. Mi madre no babea. —Jed adoptó una expresión melancólica—. Henry Higgins y yo hemos pasado por muchas cosas juntos.

«Segunda metedura de pata», pensó Nora. Por lo visto, esa mañana no daba una con los temas de conversación.

Jed interrumpió el silencio con una pregunta.

—¿Cómo tiene la mano Abilene?

—Parece que se está curando. Tendrás que ir a verla a la panadería o a su nuevo piso encima de El Genio Virtual cuando llegue el momento de quitarle los puntos. Ya no vive conmigo.

El hombre ladeó la cabeza.

—¿Y eso es bueno? ¿Que se haya ido?

—Tú has estado en la Casita del Vagón de Cola. No tengo sitio para un solo cacharro más, conque mucho menos para otra persona. —Nora dio un sorbo a su café antes de añadir—: Así que sí, es bueno.

Siguieron charlando, pero el flirteo de minutos antes en la acera había desaparecido en cuanto Nora entró en la casa, así que le dijo a Jed que tenía que ir a recoger los bolsilibros e ir a abrir la tienda. Él no le insistió para que se quedara más tiempo y a ella le sorprendió la intensidad de su propia decepción.

Cuando se dirigía a la puerta, Nora echó un rápido vistazo al salón. Allí no había rastro de cajas de mudanza. Todo estaba despejado. No se veía ni un mueble. Era un espacio completamente vacío.

No entendía por qué él le había mentido, pero sospechaba que tenía algo que ver con el limitado presupuesto que había mencionado antes. Sabía que él enviaba dinero a su madre con regularidad y que se sentía en deuda con ella.

A juzgar por el aspecto de su salón y por su raquítica cocina, Jed enviaba a su madre todo lo que ahorraba. Tal vez incluso más de lo que podía ahorrar.

Mientras se alejaba de la casa de Jed, Nora recordó la cantidad de horas que había pasado sentado junto a su cama en el hospital. No hacía tanto desde que aquel sanitario tan sensible y sexi le había dejado claro que sentía algo por ella. «¿No será que se arrepiente de haberme dicho lo mucho que le importo? —se preguntó Nora—. ¿Y qué siento yo? No he tenido tiempo de pensar en Jed desde que encontré a Abilene escondida en mi librería».

Nora se detuvo en un semáforo en rojo y vio su reflejo en la ventanilla de un coche aparcado. Vio a una mujer de labios carnosos y mandíbula elegante. Llevaba el pelo suelto por debajo de la gorra de béisbol, formando una cortina brillante de color castaño. La visera de la gorra proyectaba una sombra sobre la cicatriz de la quemadura de su mejilla derecha, y su blusa de algodón azul claro le ocultaba las cicatrices del brazo. Por un segundo, Nora vio a su antiguo yo. La Nora de antes de las quemaduras.

La sobresaltó el brusco sonido del claxon de un coche. Volvió la cabeza, dispuesta a fulminar con la mirada al impaciente conductor.

—¡No quería asustarte! —gritó una de las clientas de Nora detrás del volante de su Mustang descapotable *vintage*—. Solo quería decirte que más tarde me pasaré por la librería. Dicen que ahora ofreces una pasta de hojaldre nueva solo para nosotros, los amantes de los libros.

—¡Hasta luego entonces! —se despidió Nora, sonriendo mientras la mujer la rodeaba con cuidado con el coche.

Escrutó su reflejo en el siguiente semáforo en rojo, pero esta vez, como ya había doblado la esquina, el sol le daba en un ángulo distinto. Los rayos matutinos resaltaban las cicatrices de las quemaduras en la mejilla y el cuello. Nora sonrió al ver su imagen. No cambiaría aquella versión de sí misma por su versión más joven, sin quemaduras. Aunque se le apareciera el genio de la lámpara maravillosa y le concediera un solo deseo, no elegiría volver atrás en el tiempo.

Últimamente, el tema de los genios que conceden deseos está muy presente en su vida. El día anterior, sin ir más lejos, una madre con cara de agotamiento absoluto entró en Miracle Books con tres niños a cuestas. Dos de sus hijos, que parecían de la misma edad, empezaron a discutir sobre qué libro de la popular serie de los Bailey School Kids leer a continuación. La niña quería uno sobre unos genios que montan en bicicleta, mientras que el chico quería otro sobre alienígenas.

—La última vez elegiste tú —se quejó la niña—. Ahora me toca a mí.

Después de decirles a los hermanos que dejaran de discutir o no les iba a comprar nada, la madre rebuscó en el bolso hasta localizar su teléfono. En cuanto les enseñó algo en la pantalla, el niño se sumió en un silencio de derrota y la niña llevó el libro que quería a la caja.

—¡Qué bien que compartas libros con tu hermana! —le dijo Nora al niño más tarde. Estaba esperando junto a la puerta mientras el resto de su familia examinaba los puntos de libro del expositor—. Me parece que este te gustaría. —Le ofreció un ejemplar de *Los caballeros de la mesa de la cocina*, de Jon Scieszka—. Forma parte de una serie sobre los viajes en el tiempo. Hay un montón de escenas un poco asquerosillas que creo que dan mucha risa.

El chico cogió el libro y miró la cubierta con interés.

—No tengo dinero, pero puedo pedírselo a mi madre.

—No hace falta, este te lo regalo —le dijo la librera—. Es de segunda mano y creo que solo pagué veinticinco centavos por él. Si me dices cuál ha sido tu parte favorita la próxima vez que vengas, eso para mí ya vale veinticinco centavos. ¿Trato hecho?

El niño accedió y corrió a reunirse con su familia para presumir de su botín. Nora se escondió entre las estanterías hasta que se fueron porque no quería que la madre del niño se sintiera como si Nora se hubiese compadecido de ella y le devolviera el libro. Por suerte para el niño, la mujer no se entretuvo buscando a Nora, y todos sus hijos salieron de allí con una sonrisa en la cara.

Recordar aquella escena hizo que Nora se pusiese de mejor humor, aunque no demasiado. Entre la falta de sueño, la preocupación por Abilene y la inquietante visita a casa de Jed, ya tenía ganas de que se acabase aquel día, y eso que ni siquiera era mediodía.

El tema del genio volvió a salir mientras Nora estaba leyendo el periódico durante su descanso para almorzar. Había varios clientes paseándose por la tienda, pero tras saludarlos con alegría desde la taquilla, Nora les dejó curiosear sin molestarlos.

Como siempre, la portada del periódico estaba acaparada por las habituales noticias catastrofistas: conflictos en el plano internacional, malestar político en el ámbito nacional, caídas en picado de la bolsa y un jugoso escándalo relacionado con el mundillo de los famosos. Nora hojeó los titulares y siguió leyendo. En mitad del periódico, le llamó la atención un anuncio de la feria de tasación de El Genio Virtual. Se estaba celebrando en ese preciso momento.

Nora se quedó mirando la lámpara de latón del anuncio y se dio cuenta de que le apetecía mucho ver de qué iba aquella feria.

En concreto, quería saber qué papel desempeñaba Abilene en el evento.

Los días anteriores no había habido mucho movimiento de clientes en Miracle Books entre las cinco y las seis de la tarde, que era la hora a la que muchos de los lugareños salían a comprar los ingredientes de la cena o empezaban a prepararla. En cuanto a los turistas, a las cinco era la *happy hour* en el hotel. A partir de las seis, Nora veía un breve pero provechoso aumento de la afluencia de público lector, porque muchos turistas venían al centro a cenar o para ir de compras después de una ronda de cócteles.

Como no había tenido ningún cliente desde las cinco menos cuarto, la librera cerró la caja registradora, colocó un cartel de aviso en el mostrador y salió de la tienda.

Al cruzar el parque, se dio cuenta de que no quedaba ni una sola plaza de aparcamiento libre por los alrededores, y cuando se acercó a El Genio Virtual, descubrió por qué: había una cola de gente que iba desde la puerta del local hasta la ferretería, que estaba a dos manzanas de distancia. Cada persona de la cola cargaba con algún objeto en los brazos, que iba cambiando de posición o que apoyaba un momento en el suelo hasta que la cola volvía a ponerse en movimiento.

Mientras esperaban que les tocase el turno de la tasación de sus objetos, todas esas personas parecían cansadas y ansiosas, pero las que salían de El Genio Virtual se veían completamente transformadas. Salían con los rostros radiantes de esperanza y caminaban con energía renovada.

Nora se preguntó qué promesas exactamente les habría hecho Griffin Kingsley a esas personas.

Se dirigió al principio de la cola, respondiendo amablemente a los saludos de sus paisanos. Mientras andaba, se fijó en los tesoros que la gente llevaba en los brazos. Vio una tetera de peltre, una guitarra, una muñeca *vintage* Shirley Temple, un molinillo de café antiguo, un tren de juguete cargado en un remolque clásico Red Ryder, una lámpara estilo Tiffany y una colcha de *patchwork* con un diseño de anillos entrelazados. Su experiencia en la compra de objetos antiguos para la librería le había enseñado a tener buen ojo para esas cosas, y calculó que un tercio de los objetos que había visto valían como mucho unos pocos cientos de dólares.

«Y eso antes de descontar la comisión del genio», pensó.

Cuando llegó al principio de la cola, le dijo a un hombre con una maleta de ruedas que no había venido a participar en la feria de tasación. El hombre asintió y le abrió la puerta.

Una vez dentro, la librera sintió de inmediato que la envolvía un aura de paz. Supuso que se debería a una combinación del aire fresco, la lujosa decoración y la relajante música de cuerda, pero había algo más. En aquel espacio reinaba una sensación de profunda calma, de que realmente uno podía tomarse todo el tiempo del mundo. Era un bien escaso en aquellos tiempos, y Nora se dio cuenta de que todas las personas que entraban allí agradecían enormemente la posibilidad de sentarse y relajarse unos minutos.

La librera reconocía a casi toda la gente cómodamente instalada en los sillones o los divanes. Todos tomaban té chai helado o escogían bombones de chocolate belga de la caja dorada situada en el centro de una bandeja de plata.

Los dos socios de El Genio Virtual estaban ocupados. Tamara estaba sentada detrás de su escritorio, enseñando a un cliente la imagen de una estatuilla de Lladró en su ordenador. Griffin, de pie junto a su cliente, le daba instrucciones para rellenar el contrato de consignación.

Nora se acercó a Griffin, pero esperó a que la mirara antes de hablar con él.

—Siento interrumpir —dijo la librera—. Estoy buscando a Abilene.

El hombre no pareció molestarse lo más mínimo por la interrupción.

—Nuestra experta en relojes está en la otra habitación. ¿Recuerda el camino, señora Pennington?

—Sí, gracias. Y no tardaré —añadió, aunque no estaba segura de por qué lo hacía.

Tras dedicarle una sonrisa cortés, Griffin volvió a centrar la atención en su cliente.

—Déjelo todo en nuestras manos, señor Bailey. Para eso estamos aquí. Espero volver a verle el sábado.

El señor Bailey estrechó la mano de Griffin y dejó allí sus candelabros de plata. Nora comprobó por sí misma que El Genio Virtual estaba adquiriendo una extensa nueva cartera de clientes. A juzgar por la cantidad de artículos que abarrotaban las mesas y estanterías de la trastienda, el evento había sido un éxito rotundo.

Abilene estaba sentada en una de las mesas de trabajo examinando la esfera de un reloj con una lupa de relojero y no oyó a Nora acercarse.

—Hola —la saludó en voz baja.

Abilene soltó la lupa y se apresuró a ocultar el reloj con la mano. Fue una reacción tan furtiva que la curiosidad de Nora, que estaba espoleada de por sí, se transformó en otra cosa. Algo parecido a la sospecha.

—¿Puedo? —preguntó la librera, señalando una silla.

Abilene respondió encogiéndose de hombros con aire indiferente, pero Nora sabía que la indiferencia podía ser otra manifestación de la ira. Señaló el reloj.

—¿Crees que puede tener mucho valor?

Retirando la mano del reloj, Abilene cambió de actitud de repente. Un brillo asomó a sus ojos y se le iluminó todo el rostro.

—Pues sí, entre seiscientos y ochocientos dólares. Es un reloj Omega de señora —explicó—. Es oro de catorce quilates con la esfera rodeada de diamantes. Los diamantes tienen un color y una pureza excelentes y el reloj está en muy buen estado, salvo por la esfera, que está algo oxidada, y unos leves arañazos en el cierre.

—Vaya. Lo tuyo es increíble —dijo Nora, hablando en serio—. Cocinas como la chef de un restaurante, eres una grandísima lectora y sabes tasar joyas.

Abilene se sonrojó.

—Los relojes se me dan mejor, pero sí, también me defiendo tasando joyas.

—No sé cómo aprendiste todo eso, pero me imagino que fue por obligación. Debías de necesitarlo.

La luz se extinguió de su rostro. El brillo de sus ojos se apagó y Abilene se quedó mirando el reloj con expresión lúgubre. Arrepintiéndose de sus palabras, Nora intentó reparar el daño.

—Parece que disfrutas con este trabajo. Tanto como trabajar en la panadería. ¿Te alegras de haber decidido quedarte?

La chica cogió un bolígrafo y anotó algo en un bloc de notas amarillo.

—¿Por qué has venido?

—Porque estaba preocupada por ti —contestó Nora en voz baja. A pesar de las ganas que tenía de tocarle el brazo, con su lenguaje corporal la joven le estaba enviando una señal muy clara de que no quería ningún tipo de contacto físico—. También me gustaría disculparme por mi comportamiento. No era mi intención que te fueras así. Me porté como una idiota y lo siento.

Abilene le sonrió.

—No pasa nada. Y ya no tienes que preocuparte por mí. —Volvió a concentrarse en su bloc de notas—. Estoy bien.

Sabiendo que había dicho aquello a modo de despedida, Nora se dispuso a marcharse.

—Me gustaría ser tu amiga —le dijo, deteniéndose en la puerta—. Me falta práctica, así que es muy probable que cometa más errores como el de anoche, pero si quieres tomarte un café mañana por la mañana o cenar esta noche, podría prepararte yo la cena a ti, para variar. Ven cuando quieras. Siempre eres bienvenida.

Abilene murmuró unas palabras de agradecimiento y Nora regresó al espacio principal de El Genio Virtual. Cuando vio a Jedediah Craig hablando con Tamara, por poco tropieza con la esquina de una alfombra persa. ¿Cómo no lo había visto fuera en la cola?

Era inútil fingir que no se había dado cuenta, así que se acercó a él y levantó las manos en un gesto de rendición.

—Vale, supongo que ahora ya me he convertido oficialmente en tu acosadora...

A pesar de su sonrisa, Jed seguía mostrando cautela en su mirada.

—Una acosadora que se pasea por ahí con piezas de bollería mágicas en la cesta de su bicicleta. —Dedicó su sonrisa a Tamara—. Nora me ha traído la magdalena de arándanos más rica del mundo esta mañana. Si aún no has ido a la Gingerbread House, tienes que ir. Mañana mismo. En cuanto abra. Después de conocer hoy a la mitad del pueblo, vas a necesitar al menos dos magdalenas. Tal vez tres.

—Creo que he conocido a más de la mitad del pueblo —le corrigió Tamara con aire un tanto jactancioso—. Pero nadie tiene un juguete tan fantástico como el que ha traído usted.

Nora miró el objeto que Tamara tenía encima de la mesa.

—No se parece a uno de esos soldaditos de plomo antiguos con los que jugabas de niño.

—No, pero igual que los soldaditos, fue mi madre quien me regaló esta hucha mecánica.

Jed parecía tener remordimientos. Una vez más, Nora se preguntó qué clase de dificultades económicas estaría atravesando.

—He visto huchas como esa antes, pero siempre estaban muy por encima de mi presupuesto —dijo Nora—. ¿Funciona?

—Perfectamente —respondió Tamara por Jed—. ¿Te gustaría verla en acción?

Intrigada, Nora asintió con la cabeza.

Tamara depositó una moneda en la parte superior de un tronco de árbol hecho de hierro y accionó una palanca metálica. Un búfalo de hierro levantó la cabeza y golpeó las nalgas del niño que estaba agarrado al tronco. Cuando el búfalo movió la cabeza, un mapache asustado salió de entre las ramas superiores del árbol y se encontró cara a cara con un niño tan asustado como él.

Era un viejo juguete entrañable.

—¿Estás seguro de que tienes que desprenderte de él? —le susurró Nora a Jed.

—Puede que al señor Craig no le importe cuando vea por cuánto se vendió uno de estos hace muy poco en internet —se apresuró a decir Tamara—. Y el suyo está en mejores condiciones, se lo aseguro.

Intuyendo que Jed necesitaba un poco de intimidad para cerrar el trato, Nora le deseó suerte y salió de la tienda.

Una vez de vuelta en la librería, ordenó un poco la tienda y se sentó en su taburete detrás del mostrador. Acababa de abrir el libro que estaba leyendo, *El sol también es una estrella*, cuando un grupo de mujeres entró en el local.

—¡Estamos de viaje de chicas! —exclamó una mujer con el pelo lila al ver a Nora—. Cinco «chicas» de sesenta años que nos hemos dejado a los maridos en casa. Estamos comiendo demasiado, bebiendo demasiado y gastando demasiado dinero, así que ¡cuidadito con nosotras!

Y vaya si gastaron dinero... La mujer del pelo lila compró un montón de libros y embellecedores de estanterías, entre ellos un juego de escritorio lacado en negro, un tope de puerta con forma de león y un espejo de mano de latón con el mango de flores.

—¿Podrías enviármelo todo por correo, querida? —le pidió a Nora, dejando un billete de cincuenta dólares sobre el mostrador—. Esto debería cubrir los gastos de envío y las molestias.

Cuando cerró la tienda, Nora decidió buscar una caja para enviar el paquete. Iba de camino al almacén cuando recordó que Abilene había recortado unos trozos de las cajas de cartón que había allí para hacer su escaparate y al día siguiente había tirado el resto al contenedor de reciclaje.

Como hacía poco que habían vaciado el contenedor, las cajas aplastadas estaban esparcidas por todo el fondo. Nora las miró y frunció el ceño. Iba a tener que meterse dentro y coger la caja más adecuada.

—Tendría que haberle cobrado más por el envío —refunfuñó mientras se metía en el contenedor de un salto.

Después de elegir una caja y arrojarla a la calle, fuera del contenedor, Nora estaba a punto de salir de nuevo cuando vio un trozo de tela asomando por debajo de una de las cajas aplastadas. Movida por la curiosidad, tiró de la tela y esta se quedó enganchada en una esquina de la caja, pero después de sacudirla con fuerza, se soltó.

Cuando lo sostuvo a contraluz bajo la farola, lo reconoció enseguida. Era el vestido que llevaba Abilene la noche que se había escondido en Miracle Books.

—¿Qué haces tú en este contenedor? —le preguntó Nora al vestido.

Cuanto más lo miraba, más raro le parecía. Había algo inquietante en el hecho de que Abilene hubiera tirado el vestido al contenedor de reciclaje, más allá del hecho de que no fuera de cartón o de plástico. ¿Habría tirado deliberadamente el vestido al contenedor equivocado?

Una corriente de aire barrió el interior del receptáculo metálico y, cuando hinchó la falda del vestido sucio del estampado de flores, a Nora le recordó a las setas gigantes que salían en el bosque después de una tormenta.

La librera empezó a sentir un hormigueo en el hueco donde antes estaba parte de su meñique. Haciendo caso omiso de la sensación, intentó concentrarse en otro hormigueo, un cosquilleo mental. Nora sintió que el vestido le resultaba familiar, como si lo hubiera visto antes en alguna parte.

—Pero ¿cómo puede resultarme familiar? No conozco a nadie que haya llevado nunca un vestido como este. —Su voz retumbó en las paredes metálicas y, cuando volvió a ella, le sonó muy extraña. Como si fuera la voz de otra persona.

A lo lejos, Nora oyó el silbido solitario de un tren.

Volvió a mirar el vestido como si fuera un ser vivo.

—Creo que ya sé de dónde has salido.

CAPÍTULO SEIS

Teme al hombre de un solo libro.

Santo Tomás de Aquino

Cuando el timbre del teléfono la despertó, Nora sintió una especie de *déjà vu*. No era una sensación agradable, sino más bien angustiosa. Se dio cuenta entonces de que estaba reviviendo la llamada telefónica de la mañana de varias semanas antes, cuando June la llamó para decirle que habían detenido a Estella acusada de asesinato.

Esta vez, mientras buscaba a tientas el teléfono, Nora vio que una luz suave y cálida se colaba por los bordes de la persiana de su ventana. El timbre cesó antes de que pudiera enfocar con la vista el nombre de la persona que llamaba. Rodando por encima de la cama, Nora se incorporó a medias, encendió la lámpara y entrecerró los ojos para mirar la pantalla.

Jed le había dejado un mensaje de texto:

Últimamente tengo muchas cosas en la cabeza, pero en lo único en lo que quiero pensar es en ti. Necesito hacerte una pregunta, pero vas a tener que salir a la terraza para que te la haga.

Se le aceleró el pulso. ¿Estaba Jed ahí fuera en ese momento?

Tras apartar las sábanas, Nora se fue derecha al cuarto de baño a ponerse un poco presentable. Se cepilló el pelo y los dientes a toda prisa y se puso una sudadera encima de la camiseta de tirantes con la frase: Los amantes de los libros nunca se van a la cama solos.

Jed no estaba esperándola en la terraza, pero era evidente que había estado allí. Y lo que vio dejó a Nora sin aliento.

Primero se fijó en las flores: unas guirnaldas de flores silvestres rodeaban la barandilla de la terraza y había una alfombra de pétalos multicolores desplegada en el suelo. Un mantel blanco cubría la mesita de centro y Jed había preparado la mesa para un solo comensal. El set incluía cubiertos, un vaso de zumo de naranja y un plato cubierto por un bol colocado del revés. Cuando Nora levantó el bol, se encontró con su desayuno.

Lanzó una exclamación de maravillada sorpresa.

Jed había hecho un ramo comestible con fruta fresca, queso y pan. Había creado una dalia con trozos de piña, mango y melón, y unas rodajas de fresa y sandía formaban un clavel rojo con hojas de kiwi. Debajo de una tostada en forma de mariposa había una margarita hecha de huevo duro. Las alas doradas de la tostada estaban espolvoreadas con canela y decoradas con un chorrito de miel.

Nora miró a su alrededor, preguntándose si Jed estaría por allí cerca.

«Si sigue por aquí, debería dejarle bien claro lo mucho que me ha gustado su sorpresa», pensó, e hizo algo que nunca había hecho antes: usar su teléfono para fotografiar la elaborada y artística creación gastronómica. La presentación era tan bonita que a Nora le daba cosa comérsela, pero la fruta parecía fresca y jugosa y tenía hambre. Además, a Jed no le gustaría que dejara ese fabuloso desayuno de adorno, querría que lo disfrutara.

Abrió la servilleta que envolvía los cubiertos y, cuando iba a extenderla sobre su regazo, vio un mensaje escrito entre los pliegues del papel.

¿QUERRÁS SER MI PAREJA EN EL FESTIVAL
DE LOS FRUTOS DEL HUERTO?

Nora dejó escapar una risa chispeante. El sonido era como si estallaran unas burbujitas en el aire de la mañana. La servilleta le recordó a las notitas que los niños se pasaban en primaria. Siempre eran muy directas: «¿Te gusto?», «¿Quieres ser mi novia?», «¿Te sientas conmigo en el autobús?». Si la nota de Jed hubiera incluido alguna casilla, Nora habría marcado gustosa la del sí. En lugar de eso, le envió un mensaje de texto diciéndole que pronto le daría su respuesta. No quería aceptar por teléfono, eso no era lo bastante creativo. Quería darle una respuesta mágica, digna del gesto que había tenido preparándole aquel desayuno.

—Un desayuno mágico y afrutado —bromeó en voz alta.

Sonriendo ante su propia cursilería, pinchó una rodaja de fresa con el tenedor.

Nadie había hecho nunca algo así por Nora. Nadie se había esforzado tanto por impresionarla, por hacer que el corazón se le hinchara de gozo y alegría.

Como estaba tan concentrada en la sorpresa de Jed, la librera se olvidó durante un rato del vestido que había encontrado en el contenedor de reciclaje. Incluso mientras colocaba en su sitio la hornada diaria de bolsilibros, su cabeza solo pensaba en Jed. Abilene había quedado relegada a un segundo plano.

Nora se llevó consigo su alegría al trabajo y comprobó que su sonrisa misteriosa y sus ojos chispeantes eran buenos para el negocio. Aunque siempre había sabido escuchar a los demás, nunca se le habían dado bien las conversaciones triviales. Ese día, sin embargo, estaba más habladora que de costumbre, y preguntaba por la salud de los clientes, sus familiares y sus mascotas. Pasó todo el día animándolos a quedarse un rato más a tomar café y pastas. Cuando se iban de la tienda, todos salían con una bolsa de Miracle Books cargada de libros.

Acababa de cobrar una transacción cuando el hijo de Amanda Frye se acercó al mostrador de caja. De cerca, su corpulento físico era aún más imponente. Cuando Nora lo había visto hablando con Griffin Kingsley delante de El Genio Virtual, no se había fijado demasiado en su tamaño. Pensó de nuevo en el Bluto de Popeye. La principal diferencia entre los dos hombres era su vestimenta: Bluto llevaba camisa y pantalones, mientras que el voluminoso torso de Frye iba embutido en una americana. La americana parecía cara, pero era un poco justa para el amplio pecho de Frye y sus poderosos brazos. Si tiraba demasiado en una dirección, estaba segura de que la americana se le desgarraría con la misma violencia que exhibía Bruce Banner al transformarse en el Increíble Hulk.

El rostro de Frye estaba marcado por una expresión perpetua de insatisfacción; unos profundos surcos le atravesaban la frente y su boca estaba rodeada de arrugas aún más profundas. La ausencia de patas de gallo demostraba lo poco que sonreía, pero los surcos de su entrecejo evidenciaban un enfado constante. Nora no sabía si iba a poder atravesar aquel muro de ira y decepción, pero no perdería nada por intentarlo.

Lo saludó con una sonrisa amable.

—Buenos días.

Frye, que estaba a punto de dejar una bolsa de plástico sobre el mostrador, se quedó paralizado. Dejó la bolsa suspendida en el aire y miró a Nora a la cara como embobado, con la mirada impertinente de un crío pequeño. Aquella reacción podía excusarse en los niños, ya que tras su curiosidad no había juicio de ninguna clase. Sin embargo, Frye no era ningún niño, y no había excusa para que la mirase boquiabierto ni para el modo en que curvaba los labios con una mueca de asco.

—¿Por qué no me hace una foto? Así la tendrá de recuerdo.

—Nora ladeó la cara para que el hombre pudiera verle mejor las cicatrices.

—¿Qué demonios le ha pasado, señora? —le preguntó Frye.

Ni siquiera había pestañeado aún.

Nora le devolvió la mirada.

—Antes trabajaba en el circo. De hecho, era una tragasables. Al final de mi número, siempre les prendía fuego a mis espadas. El público se quedaba completamente mudo, esperando a que me tragara el sable en llamas. —Esbozó una sonrisa desquiciada—. El caso es que en mi última actuación me pasé un poco con el combustible. Cuando encendí el mechero... ¡zas! Mi futuro profesional como artista de circo y mis posibilidades de encontrar marido acabaron siendo pasto de las llamas.

Frye abrió la boca medio centímetro más. Nora estaba mirando fijamente aquella bocaza abierta y pensando lo mucho que le gustaría encasquetarle una pelota de golf cuando otro cliente entró en la tienda, haciendo sonar las campanillas.

El ruido sacó a Frye de su estupor. El hombre cerró al fin la boca y consiguió colocar la bolsa sobre el mostrador.

—¿Esa historia es verídica? —le preguntó con suspicacia.

Haciendo caso omiso a la pregunta, la mujer señaló la bolsa.

—¿Quiere enseñarme algo o seguimos hablando de mi cara?

Por suerte, Frye captó la indirecta.

—¿Puede decirme cuánto vale este libro? Solo un cálculo aproximado. No necesito que me ponga nada por escrito.

«En otras palabras, que no quieres pagar una tasación profesional», pensó Nora. Pero se moría de ganas de ver qué había dentro de la bolsa, así que le dijo al hijo de Amanda que haría lo posible por ayudarlo.

Frye miró a la pareja que acababa de entrar en la tienda.

—¿Dispone de algún otro sitio más privado, donde podamos hablar?

Nora no le iba a poner las cosas fáciles, sobre todo después de haber sido tan grosero. Además, quería ver su expresión cuando le mencionara El Genio Virtual.

Cruzando con firmeza los brazos sobre el pecho, dijo:

—Tal vez sería mejor que acudiese a El Genio Virtual. Se dedican a la tasación de objetos de todo tipo. Yo solo soy una simple librera.

El rostro de Frye se ensombreció.

—¿Y darles el veinte por ciento de los beneficios, además de aceptar una lista larguísima de comisiones injustificadas? ¿Cuánta gente lee realmente la letra pequeña del contrato que ofrece ese estafador? Pues aquí el menda sí la ha leído. No he prosperado en el mundo de la empresa saltándome la letra pequeña. Ahí es donde se gana o se pierde el dinero de verdad.

A Nora le vino a la mente de inmediato la imagen de Jed y su hucha mecánica. Pensó en toda la gente que había visto haciendo cola, esperando con ansia a averiguar si sus tesoros podrían contribuir a aliviar su situación económica, aunque solo fuera un poco. Esas personas eran vecinos de Nora, y lo único que buscaban era una oportunidad para poder seguir llegando a fin de mes. ¿Griffin y Tamara los estaban ayudando, o eran igual de indecentes que los estafadores que habían engañado a los habitantes del pueblo, para empezar? La gentuza del banco y la inmobiliaria que estafó a los vecinos del pueblo para que compraran un sueño que en realidad no era más que una pesadilla.

El Club Secreto de la Lectura y la Merienda iba a tener que llevar a cabo su propia investigación para averiguarlo, pero mientras tanto, Nora le dijo a Frye que la siguiera a la taquilla de venta de billetes.

Mientras caminaban, Nora se presentó y le pidió que la tutease.

—Yo me llamo Kenneth —respondió Frye. Examinó la mano llena de cicatrices de la librera y se metió rápidamente la suya en el bolsillo de los vaqueros.

A Nora le pareció interesante que hubiera omitido su apellido. Miracle Springs era un pueblo pequeño y la madre de Kenneth era una gran lectora, así que debía de saber que la librera y Amanda se conocían. ¿Lo había hecho a propósito? La respuesta quedó clara en cuanto sacó el ejemplar de la bolsa.

Nora lo reconoció inmediatamente como uno de los libros de Amanda, pues recordaba muy bien qué lugar ocupaba en la estantería, y también recordaba los otros libros de la serie.

—Si esto es tuyo, tienes un gusto excelente para la lectura —le dijo a Kenneth Frye—. Por algo se consideran clásicos algunos libros.

Kenneth no dio la menor muestra de sentirse culpable por haber robado un libro que su madre había dejado en herencia a otra persona, sino que se limitó a mirar con desdén el ejemplar forrado de plástico de *Las dos torres*, de J. R. R. Tolkien.

—Yo soy un ejecutivo, un hombre de negocios. No pierdo el tiempo con libros. Leo el *Wall Street Journal*.

Nora entendía perfectamente por qué Amanda no le había dejado su biblioteca a su hijo. Tal vez su antiguo vecino era otro amante de los libros. O tal vez Amanda sabía que su hijo vendería su colección en cuanto le hubiese puesto las manazas encima.

—¿Puedo? —Nora señaló el libro.

—Haz lo que quieras —dijo Kenneth.

Nora examinó primero la sobrecubierta. Estaba en muy buen estado. Aunque había visto y tenido en sus manos muchas versiones de aquel título, esa edición le pareció un poco inquietante por el ojo rojo de la portada, rodeado de runas rojas. En el centro de aquel fondo blanco brillante estaba el infausto anillo de oro, el origen de todos los problemas de la Tierra Media.

La librera abrió el volumen con cuidado y buscó la información sobre los créditos. Comprobó que se trataba de la undécima reimpresión de la primera edición, impresa en 1965. A continuación, buscó una inscripción. Al no encontrar ninguna, examinó los bordes de las páginas y otras partes del libro para comprobar su estado. Aparte de algunas marcas muy leves, estaba en lo que los coleccionistas de libros considerarían un buen estado.

—Para darte una idea aproximada de su valor, tengo que consultar los precios en mi portátil. ¿Te apetece un café mientras esperas?

Kenneth miró con recelo su cafetera expreso.

—No te ofendas, pero soy de Chicago. Tenemos cafeterías muy buenas. ¿Tu café es fuerte? Porque aquí el menda necesita un café bien fuerte.

Después de volver a meter con cuidado el libro de Amanda en la bolsa, Nora se fue al tablón para elegir una taza para el café de Kenneth. Sintió la tentación de recordarle al «menda» que él mismo era de Miracle Springs, y que la gente por allí era perfectamente capaz de preparar una taza de café, pero se contuvo.

—Si quieres un expreso doble, te lo preparo con mucho gusto.

Kenneth se sacó la cartera del bolsillo trasero del pantalón y dejó unos cuantos billetes en la repisa donde Nora dejaba las bebidas una vez preparadas. El hombre pidió sin consultar el menú de la pizarra:

—Tomaré un café *latte* con la leche entera. Expreso doble, sin mucha espuma. No me gusta que se me quede la espuma en el bigote.

La referencia a la espuma le recordó a Nora a la madre de Kenneth, a la que habían encontrado flotando en su estanque verde lleno de espuma. Pensó en el cariño con que Amanda había envuelto sus libros en plástico y los había expuesto en su salón. Seguramente los contemplaba todas las noches. Sus libros eran su escudo contra la soledad; eran sus compañeros, su familia.

Le procuró cierta satisfacción servir a Kenneth su *latte* en una taza de color mostaza con un cerdo de colores y el texto ME IMPORTA UN GORRINO. Sospechaba que ni siquiera se fijaría en el diseño, y no se equivocaba. El hombre estaba demasiado pendiente de lo que había dentro de la taza como para fijarse en la parte de fuera.

—No está mal —dijo tras un sorbo vacilante.

Nora cogió el dinero del café y se concentró en su portátil. Tras acceder a la página web de una prestigiosa librería internacional, introdujo el título del libro de Tolkien y el año de publicación en el cuadro de búsqueda de la página. Encontró dos libros que coincidían casi exactamente con el de Amanda.

Frye intentó mirar por encima del hombro, pero ella cerró el portátil antes de que pudiera ver nada.

—Tu ejemplar de *Las dos torres* vale unos quinientos dólares. Sin embargo, si tuvieras los otros libros de la trilogía, *La comunidad del anillo* y *El retorno del rey*, el conjunto valdría aún más.

—Observando con atención a Kenneth, le preguntó—: ¿Tienes los otros dos libros?

—Puede que sí —respondió Kenneth con cautela—. Si así fuera, ¿dónde podría venderlos? ¿Quién me daría más dinero?

Nora negó con la cabeza.

—No sabría decirte. Como ves, vendo libros nuevos, usados y algunos de colección. Mis libros más caros cuestan mucho menos que el que has traído, así que no soy la persona indicada para aconsejarte sobre la venta de tu... ¿biblioteca? ¿O son solo unos cuantos títulos?

En lugar de responder a sus preguntas, Kenneth dejó la taza vacía sobre la mesita de centro y se despidió de Nora.

—A partir de aquí, ya me encargo yo. Gracias por tu ayuda. Está bien conocer a una persona decente en esta mierda de pueblo.

Kenneth Frye cogió su libro y chocó con otro cliente al salir.

En cuanto se hubo ido, Nora envió un mensaje de texto a las integrantes del Club Secreto de la Lectura y la Merienda, diciendo: «Reunión de emergencia esta noche. Tenemos que detener a un ladrón de libros».

Antes incluso de verlas, Nora oyó el ruido de sus amigas al entrar por la puerta de atrás. Se dirigieron al corro de sillas cargadas con platos tapados y con bolsas en la mano.

—Deberíamos comernos esto antes de que se enfríe —dijo June, dejando una cazuela sobre un salvamanteles en el centro de la mesita.

Nora olisqueó el aire.

—¿Y ese olor tan increíble?

June destapó la cazuela.

—Preparaos para vuestra ración diaria de lácteos, chicas. Y aún hay más. Os traigo mi famosa receta de macarrones con queso. Ahora os diré cuáles son dos de los tres ingredientes secretos: queso munster y huevos.

—¿Huevos? ¿En los macarrones con queso? —Estella parecía alarmada.

—Adelante, sírvete un buen cucharón de gloria hecha queso en tu plato. —June le dio a Estella una cuchara—. En cuanto lo pruebes, me lo agradecerás.

La contribución de Nora a la cena, una ensalada de verduras mixtas aliñadas con vinagreta casera, ya estaba en la mesa. Estella depositó una fuente de tomates asados con albahaca y tomillo junto a la ensaladera.

—Qué maravilla —exclamó Hester—. ¿Los tomates son de tu huerto?

Estella lanzó un resoplido y extendió los dedos en el aire.

—¿Tú crees que estas manos tienen pinta de escarbar la tierra? No, la verdad es que hoy una clienta me ha dado una cesta de productos frescos como propina. Preferiría dinero en efectivo, pero me alegro de seguir teniéndola como clienta. Creo que me precipité al contratar a una ayudante a tiempo parcial después del follón del banco y la constructora. Me he dado cuenta de que muchas de mis nuevas clientas solo eran clientas esporádicas: periodistas locales o curiosas atraídas por el escándalo. Cuando nuestro pueblo dejó de ser noticia, todas desaparecieron. Y por si fuera poco, mi lista de clientas habituales se está reduciendo a ojos vistas.

—Este pueblo necesita algún promotor inmobiliario honrado que compre los Meadows —comentó June—. Si les pagaran lo que les deben a los electricistas, los fontaneros y las empresas madereras, mucha gente podría volver a vivir mucho más desahogadamente.

Hester se puso una servilleta de papel en el regazo.

—Como Roy Macklemore, por ejemplo. Se pasaba por la panadería todas las mañanas, pero hace semanas que no lo veo.

Ayer vino a hacerme el mantenimiento del aparato de aire acondicionado antes de ir a El Genio Virtual para que le tasaran el camafeo de su abuela. Parecía hecho polvo. Es la única herencia que le queda de su abuela, pero va a ser padre en noviembre. Necesita dinero para cuando nazca el bebé.

Nora se sirvió una cucharada de macarrones con queso, dejando sin querer un reguero de hilillos de queso colgando como trozos de alambre entre el borde del plato y el de la cazuela. June cortó los hilos de queso con el tenedor.

—Me alegro de que menciones El Genio Virtual. Tenemos que investigar ese sitio. —Nora repitió lo que Kenneth Frye había dicho sobre la lista de comisiones injustificadas.

Estella dejó de comer.

—¿Kenneth Frye? ¿El hijo de Amanda Frye? —Al ver el gesto afirmativo de Nora, siguió hablando entusiasmada—. Es de Chicago, ¿verdad? Dicen por ahí que tiene mucho éxito. ¿Cómo es?

—Es un capullo —dijo Nora—. Un capullo maleducado, muy voluminoso y con barba.

—Me gustan los hombres con barba —murmuró Estella.

Nora miró a su amiga con dureza.

—Ni se te ocurra malgastar tus armas de seducción con ese tipo. No tiene clase.

Eso hizo que el brillo de los ojos de Estella se apagara.

—Debería haberlo adivinado por la manera en que trató a su madre.

—No sé qué fue lo que pasó entre madre e hijo, pero está claro que Kenneth la consideraba responsable de la muerte de su padre.

Nora repitió lo que había oído a Kenneth decirle a Griffin Kingsley sobre que su madre había matado a su padre. También les contó lo que el ayudante Andrews había dicho sobre la dinámica de la familia Frye.

June hizo una mueca.

—Parece que el pequeño Frye se ha puesto a juzgar el matrimonio de sus padres con los ojos de un solterón empedernido. ¿Qué narices sabrá él del tira y afloja que requiere la dinámica de un matrimonio? ¿Qué sabrá él de sacrificios? Nada. Simplemente decidió que una era la mala de la película y el otro una víctima y verlo todo en blanco y negro cuando vivimos en un mundo de luces y sombras.

—¿No eran cincuenta sombras? —preguntó Estella, dando un toque a June con la punta del zapato.

Sonriendo, esta le devolvió un golpecito con la servilleta.

—Gracias, cielo. Ya estaba a punto de montar en cólera, pero ¿por qué voy a dejar que Kenneth Frye me estropee mis increíbles macarrones con queso?

—Pues espera, porque puede que acabes montando en cólera de todos modos —dijo Nora—. Parece que Kenneth pretende seguir faltándole al respeto a su madre, incluso después de muerta, robándole los libros que le dejó a otra persona en su testamento.

Nora tomó otro bocado de macarrones antes de hablar a sus amigas de *Las dos torres*.

Cuando terminó, Hester hizo un gesto pidiendo tiempo muerto.

—¿Y no creéis que nos estamos precipitando un poco, condenando a un completo desconocido sin tener ninguna prueba? En serio, no sabemos nada de él, pero ya estamos dando por sentado que es un hijo terrible y que se coló en casa de su madre para robarle un libro y ver si tiene valor. —Extendió las manos—. ¿Os parece que es así como se comporta un ejecutivo de éxito? ¿Por qué iba a arriesgar su carrera por un libro?

Estella miró a Nora.

—En eso tienes razón.

—Puede que vender esos libros no tenga nada que ver con el dinero —señaló June—. Puede que tenga que ver con la rabia que siente hacia su madre, una rabia que no tuvo la oportunidad de expresarle antes de que muriera.

Hester se levantó, se fue a la taquilla y volvió al corro de sillas con una tarta espectacular. Unas láminas de pera asomaban a través de la fina corteza de hojaldre, y Nora, que pensaba que iba a estar demasiado llena para el postre, supo que aún encontraría hueco en su estómago.

—Tarta de pera con mantequilla y corteza de galleta. —Hester empezó a cortar el postre en porciones uniformes—. Supongamos que tienes razón, June. ¿Cómo podemos demostrar que el libro ha desaparecido, para empezar?

—Muy fácil —dijo Nora, cogiendo gustosa el plato que le ofrecía la panadera—. Yendo a casa de Amanda. Podemos aprovechar para entregar otra ronda de bolsas de Detallitos Secretos. Parece que a Roy Macklemore le vendría bien, para que se anime.

—Me apunto —dijo June—. Pero no me metas prisa para que me coma el postre. Pienso saborear cada bocado. Hester, Hester, Hester... Tus pasteles son gloria bendita para mi alma, pero van fatal para mis caderas.

Estella hizo oídos sordos a su comentario.

—No sé por qué te preocupas: lo quemarás saliendo de excursión con tus gatos dentro de cuatro o cinco horas. —Un brillo travieso asomó a sus ojos—. Es una pena que no le saques más provecho a toda esa energía que malgastas con los gatitos. Serías una mujer rica.

—¿Y quién dice que mi objetivo en la vida es hacerme rica?
—replicó June—. ¿Sabes lo que me gustaría? Me gustaría que

mis calcetines cubrieran los pies fríos y cansados del mundo entero. Eso es lo que me gustaría. Me encanta cuidar de la gente. Nací para eso.

Nora abrió cinco bolsas y las puso en fila en el suelo.

—Muy bien. Decidamos adónde vamos a ir esta noche. Ya nos encargaremos del mundo entero más adelante, June. Por ahora, tenemos un montón de pies cansados en nuestro propio pueblo.

Las miembros del Club Secreto de la Lectura y la Merienda pudieron llevar a cabo su segunda ronda de entregas con mucha más tranquilidad que la primera. Pocos vecinos corrían a responder al timbre de la puerta después del anochecer, lo que daba a Hester tiempo de sobra para volver al coche de June sin tener que echar a correr. Esta descubrió que no le hacía falta salir zumbando a toda pastilla y dejar marcas de neumáticos en el asfalto. Conducía despacio, con los faros apagados, hasta que perdían la casa de vista.

Una vez hecha la entrega de las cinco bolsas sin incidentes, June se dirigió a casa de Amanda.

A diferencia de las otras casas de la calle, la suya estaba completamente a oscuras. Ni siquiera había una luz encendida en el porche ni un aparato eléctrico para mantener a los insectos nocturnos a raya.

June vaciló al llegar al final del camino de grava.

—¿Estás segura de esto, Nora? —preguntó en voz baja.

—Solo será un minuto. —Nora procuró no mirar al bosque que las rodeaba. Por alguna razón, esta vez le parecía que los árboles estaban más cerca. Y que eran más altos. Parecían cernirse con aire amenazador sobre el espacio abierto del jardín de Amanda, apoderándose de él sin la presencia de seres humanos que fuesen testigos de sus movimientos—. No hace falta que salga nadie más del coche.

June giró el volante y avanzó por el camino de entrada a la casa, oyendo el crujido de la grava bajo los neumáticos. Detuvo el coche en un ángulo frente a la casa y los faros iluminaron el porche abandonado y los cúmulos de gigantescas telarañas.

—Más vale que te agaches cuando subas esas escaleras —susurró Estella. Nora ni siquiera tuvo que mirarla para saber que se estaba encogiendo en su asiento con cara de repulsión. A Estella no le gustaban las arañas.

La librera cogió la linterna y salió del coche, cerrando la puerta a su espalda. Aguzó el oído atenta a los perros de los vecinos y dio gracias en silencio cuando comprobó que ningún ladrido frenético quebraba la paz de la noche.

Con la precaución de no acercarse a las telarañas, enfocó el haz de luz de su linterna contra el cristal del ventanal delantero de la casa. Sus ojos tardaron unos segundos en acostumbrarse a los distintos objetos que ocupaban la oscura habitación, pero logró dirigir la linterna hacia los libros colocados en la hilera inferior de las cajas. Lo que vio confirmó su teoría. *La comunidad del anillo* y *El retorno del rey* estaban inclinados, en contacto el uno con el otro por la parte superior, cuando deberían haber estado en posición vertical. No podían estarlo porque faltaba el libro que había llenado el hueco entre ellos, el ejemplar que se había llevado Kenneth Frye.

Nora desplazó el haz de la linterna sobre el resto de los libros, buscando alguna señal de que Frye hubiera robado otros volúmenes. No podía estar segura, porque las sombras rodeaban la caja más próxima al pasillo, pero le pareció ver un segundo par de libros inclinados.

—Cabrón —masculló y volvió al coche.

A Hester no le hizo falta que Nora se lo confirmara de viva voz para saber lo que había visto. La ira de la librera inundó todo el coche como un nubarrón.

—¿Vas a denunciarle? —preguntó.

—Llamaré a Andrews por la mañana —respondió—. No quiero que les pase nada a esos libros. Amanda se los dejó a otra persona, seguramente a un lector empedernido como ella, y soy responsable de que sus libros le lleguen a esa persona, se lo debo.

June la miró.

—No hay ninguna garantía de que hubieras podido ayudar a Amanda, aunque se hubiera sincerado contigo. Sé que te sientes en parte responsable, pero creo que ella nunca habría confiado en ti. Tú misma lo dijiste. Iba a Miracle Books a evadirse. ¿Por qué iba a querer arrastrar su dura y terrible realidad al sitio hermoso, cálido y acogedor que había elegido para evadirse?

—Me habría gustado intentar combinar las dos cosas —contestó Nora, sonriendo a su amiga—. La naturaleza única y mágica de los libros es su capacidad para hacer que nos evadamos temporalmente de nuestra realidad y, al mismo tiempo, proporcionarnos formas de afrontar esa realidad cuando nos vemos obligados a regresar a ella.

—Creo que los amantes de los libros también lo hacen —dijo Estella—. ¿No es esa la verdadera razón por la que la gente va a los clubs de lectura? Sí, ya sé que quieren hablar del libro, pero buscan mucho más que eso. Quieren formar parte de una comunidad de personas con ideas afines, de personas que les acepten tal como son. Es lo que hacen los amantes de la lectura.

June lanzó un gruñido para mostrar que estaba de acuerdo con Estella antes de levantar un dedo de advertencia dirigido a Nora.

—La policía tiene que detener al hijo de Amanda ahora, antes de que se vaya a Chicago con una maleta llena de libros.

En cuanto empiece el Festival de los Frutos del Huerto, los agentes de la autoridad estarán demasiado ocupados disolviendo peleas y metiendo a los borrachos en el calabozo como para darte ni la hora.

—No te preocupes. Los llamaré en cuanto me haya tomado mi primera taza de café —le prometió Nora.

Estella le tocó el hombro a June.

—¿Podemos irnos ya de aquí? Es como si nos estuvieran mirando un millón de ojos.

—Eso es porque todas las arañas tienen ocho ojos —comentó June, dando marcha atrás. Sabía que Estella tenía aversión a los bichos y le encantaba chincharla con ellos.

La esteticista fulminó a June con la mirada.

—A veces te odio mucho, June Dixon.

Tras darles las buenas noches a sus amigas, Nora volvió a Miracle Books para recoger la zona de la cafetería. Mientras ponía orden, trató de pensar en una respuesta a la pregunta de Jed. Tenía que contestarle a la mañana siguiente, porque si no podría llegar a la conclusión de que no quería ir al festival con él.

Y aunque no estaba segura de que mantener una relación con Jedediah Craig fuera una buena idea, decidió que iba a hacerlo de todos modos. Cada vez que se encontraba con él o que escuchaba su voz, el sentido común y la lógica saltaban por los aires y otras partes de ella asumían el control. Partes de ella con ganas de reírse a carcajadas; partes con ganas de fundirse en un prolongado beso bajo la lluvia; partes que recordaban el placer de una conversación a la hora de la cena, de salir al cine y de excursión los fines de semana.

Quería todas esas cosas. También quería vivir nuevas experiencias, y quería vivirlas con Jed.

Mientras intentaba idear alguna forma creativa y memorable de responder con un sí a Jed, vio la fuente de porcelana con los tomates que había dejado Estella junto a la cafetera expreso. Decidió lavarla y dejarla debajo de la caja registradora hasta que su amiga pasase a recogerla.

Abrió el grifo y cogió la fuente. En la porcelana blanca había una mancha rosada, la misma mancha que June había visto en la encimera de Amanda.

Nora se vio transportada a aquel día de inmediato. Veía cada detalle de la cocina de Amanda como si no estuviera de pie junto a su fregadero en la librería, sino en el fregadero de aquella casa. También recordó lo que se veía a través de la ventana. Vio el jardín, la hierba crecida y los vestidos que colgaban del tendedero.

En ese momento, Nora no supo si eran camisones o vestidos de estar por casa, pero ahora sabía que eran vestidos. Estaba segura porque había visto otro vestido igual que los que había colgados en el tendedero de Amanda Frye... solo que el vestido que había visto ella colgaba del cuerpo desnutrido de una misteriosa chica.

Se quedó con la mirada fija en el vapor del agua caliente que salía del grifo, como hipnotizada. Incapaz de moverse. Permaneció en un estado de absoluta confusión mientras un nombre resonaba una y otra vez dentro de su cabeza.

Abilene. Abilene. Abilene.

CAPÍTULO SIETE

Un libro es el único lugar donde se puede examinar un pensamiento frágil sin romperlo.

EDWARD P. MORGAN

A Nora le habría gustado idear una respuesta más ocurrente para el fabuloso desayuno de Jed, pero con la atención dividida entre los libros de Amanda y el vestido de Abilene, tenía que salir del paso como fuese. Así que, a las seis y media, se fue a la tienda de comestibles, llenó la cesta de la bicicleta con fruta fresca y se dirigió pedaleando a la casa de Jed.

Al llegar acercándose de puntillas al porche con las bolsas de fruta en la mano, Nora formó la letra ese con pieles de naranjas curvas, la letra i con un plátano, y la tilde de la i con un trozo de tira de una lima. Eligió deliberadamente esas tres frutas porque podía utilizarlas para preparar cócteles de verano sin alcohol. Tras varios años de sobriedad, Nora había vuelto a caer en la tentación hacía poco y desconfiaba de su relación con el alcohol. Por el momento, decidió que lo mejor era no consumir ni una gota.

Después de acabar su respuesta temática sin que Jed ni sus vecinos la descubrieran, se dirigió a la Gingerbread House.

—Llegas demasiado pronto —protestó Hester cuando acudió a abrirle la puerta—. Los bolsilibros aún están en el horno.

—No importa —dijo Nora—. ¿Puedo entrar y esperar?

Hester estudió a Nora un momento antes de apartarse.

—Claro. ¿Has tomado café?

—No, pero mataría por una taza —contestó—. He ido a comprar a la tienda de comestibles a las seis y media esta mañana.

La panadera arqueó una ceja.

—Si te saltaste el café, debe de haber sido una emergencia.

—Fue por una buena causa, enseguida te lo cuento. Pero antes...

—Café —dijo Hester con una sonrisa.

Sirvió a Nora una taza decorada con dibujos de *macarons* de colores pastel. La librera se echó un poco de crema de leche en el café y observó el hilo blanco mezclarse formando espirales con el líquido marrón oscuro.

Abilene, que había estado colocando los rollos de canela en las vitrinas de la parte delantera, entró en el obrador y se quedó helada al ver a Nora.

La librera levantó su taza a modo de saludo.

—Buenos días.

—Buenos días —respondió la chica y se puso a amasar una bola de masa encima de la mesa de trabajo espolvoreada de harina.

Bajo la cálida luz del obrador, Abilene tenía un aspecto muy distinto al de la muchacha pálida, delgada y muerta de miedo que se había escondido entre las pilas de libros de Miracle Books no hacía mucho. En solo una semana, ya no quedaba rastro de su aire enfermizo; tenía las mejillas más sonrosadas y el pelo más brillante, y aunque seguía estando extremadamente delgada, su aspecto ya no era demacrado. Después de siete días en Miracle Springs, estaba floreciendo como una florecilla de las postrimerías del verano.

Si Nora estaba sorprendida por lo rápido que Abilene se había adaptado a su nueva vida, le sorprendía aún más que el resto de las mujeres del Club Secreto de la Lectura y la Merienda la hubiesen aceptado en su círculo íntimo.

Hester salió del almacén con medio kilo de mantequilla y una caja de huevos. Al ver la expresión de Nora, le preguntó:

—Bueno, cuéntame qué ha pasado. ¿Es por lo de anoche?

Al ver que su amiga no contestaba enseguida, la panadera dejó las cosas sobre la tabla de cortar y se ató el delantal con estampado de cerezas. A continuación se alisó repetidas veces el delantal, a pesar de que no tenía una sola arruga. Aquella era una señal de ansiedad.

Aunque a Nora no le gustaba ser la causa de aquella ansiedad, no tenía más remedio que seguir adelante con su plan.

—¿Puedes dejar que Abilene se tome un descanso? Tengo que preguntarle algo.

La confusión de Hester era más que evidente, pero asintió con un movimiento de cabeza.

La chica, por su parte, no apartó la mirada de la masa.

—Podemos hablar mientras trabajo —propuso.

—No, no podemos. —El tono de Nora era suave pero firme—. Quiero que nos miremos a la cara mientras hablamos.

Se oyó el aviso de un temporizador y Hester se dirigió rápidamente al horno para apagarlo. Cogió un guante de cocina, sacó una bandeja de bolsilibros y la colocó sobre una rejilla.

Como el aire que se extiende por una habitación al abrir el horno, la tensión fue inundando poco a poco el obrador de calor. Era una sensación abrasadora e incómoda, y en las mejillas de Hester afloraron unas manchas del color de las frambuesas maduras.

Abilene se limpió las manos llenas de harina con un paño y miró hacia la puerta. Por un momento, pareció que iba a salir corriendo, pero volvió a mirar a Nora y se sentó en el taburete de enfrente.

—Mi pregunta es muy sencilla —dijo la librera, mirándola fijamente—. ¿Conocías a Amanda Frye?

La expresión de Abilene era absolutamente impenetrable. Era como si, dentro de su cabeza, se hubiera ido a otro lugar, muy lejos.

—No —contestó.

Nora decidió reformular la pregunta.

—Vale. ¿Has visto alguna vez a Amanda Frye? ¿Has estado alguna vez en su casa?

—No sé por qué me preguntas eso.

Hester abrió la boca para protestar, pero Nora levantó una mano para disuadirla. Presentía que Abilene le estaba mintiendo. Por omisión de información. Percibía la presencia de la mentira. Era como un animal, un roedor escurridizo y rastrero, una criatura que vivía en las sombras y que se alimentaba de las sobras.

—Responde a la pregunta, por favor. —Nora seguía mirando fijamente a Abilene. Manteniendo un tono relajado, continuó hablando—: Solo es una pregunta. ¿Has estado alguna vez en casa de Amanda Frye?

Abilene se volvió hacia Hester.

—No entiendo...

—No hagas eso —la interrumpió Nora. Estaba perdiendo la paciencia—. No intentes desviar la atención. ¿No te das cuenta de que el hecho de que no quieras responderme hace que me pregunte qué más estás ocultando? Teniendo en cuenta que Amanda murió hace poco, es muy preocupante que no puedas decirme si has estado alguna vez en su casa.

Abilene se cruzó de brazos y la fulminó con la mirada, como una niña desafiante, antes de escupir las palabras:

—Nunca he estado en su casa. ¿Ya puedo volver al trabajo?

Hester no pudo seguir conteniéndose.

—Vale, Nora, ya te ha contestado. ¿Vas a decirme de qué va todo esto? Si va a haber que interrumpir el trabajo en mi panadería, tengo derecho a saber por qué.

De pronto, al mirar a su amiga, a Nora le asaltaron las dudas. ¿Y si Abilene decía la verdad? ¿Y si el vestido que había tirado al contenedor no era de Amanda Frye?

Sin embargo, su instinto le estaba diciendo a gritos que Abilene estaba mintiendo. Probablemente estaba acostumbrada a fingir, a actuar y a enseñar distintas caras como forma de supervivencia y arma de defensa. Pero Nora sospechaba que había algo más.

—Ojalá pudiera explicarlo todo, pero no puedo —le dijo a Hester—. Solo Abilene puede decirnos de dónde sacó el vestido que llevaba la noche que la encontramos en Miracle Books.

La expresión de desafío en los ojos de Abilene se desvaneció. En su lugar, Nora vio miedo. Rápida como un rayo, la chica apartó la mirada, ocultando su pavor. Pero era demasiado tarde. Nora lo había visto.

Hester también lo vio y corrió a abrazar a Abilene.

—Tranquila, no pasa nada —susurró—. Estás a salvo. No pasa nada.

La joven no respondió. Bajó la mirada a su regazo y se replegó sobre sí misma como tratando de hacerse más pequeña.

El denso silencio del obrador se vio bruscamente perturbado por el pitido del temporizador del segundo horno.

—Eso es el resto de tus bolsilibros. —Hester lanzó una mirada acusadora a Nora—. Voy a dejar que se enfríen un momento antes de meterlos en las cajas. Después, creo que deberías irte.

Tras recibir la orden de marcharse, Nora esperó fuera hasta que su amiga le dio la caja de pastas calientes.

—No sé qué te pasa, Nora, ni por qué le haces esto a Abilene. Se supone que debemos ayudarla, no acosarla. Nosotras también hemos estado ahí, ¿recuerdas? ¿En ese lugar aislado de todo y de todos, horrible y terrorífico? ¿Al borde del abismo?

Nora estaba a punto de confiarle su teoría sobre el vestido cuando se oyó un fuerte estruendo procedente del interior del obrador.

—¡Lo siento! —gritó Abilene y, acto seguido, añadió—: ¡No se ha roto nada!

Hester ya estaba volviéndose hacia su protegida, así que Nora dejó que se fuera.

En cuanto entró en la librería, dejó las pastas en la taquilla y llamó al ayudante Andrews.

—Han venido dos personas preguntando por los libros de Amanda Frye en los últimos dos días —explicó cuando el policía se puso al teléfono—. ¿No le parece un poco raro? Y sí, usted era una de esas dos personas.

Hubo una pausa mientras Andrews procesaba la información.

—¿Quién era la segunda?

—Kenneth Frye. Quería que tasara un libro que había robado de casa de su madre.

—¿Robado? Eso es...

Nora no le dejó terminar.

—¿Me llevaría a casa de Amanda? Puedo demostrar lo del robo. Dispongo aún de una hora larga antes de tener que abrir la librería.

—¿Por qué me siento como si me estuvieran manipulando, señora Pennington? —preguntó Andrews sin rastro de animosidad.

Nora metió el vestido de Abilene en su bolso.

—Le prometo que solo intento ayudar —le dijo—. Ni siquiera tengo que tocar los libros de Amanda. Si los abre por la página de créditos, podré comparar dos de los libros que hay en su casa con el que me enseñó Frye. De esa manera, podré confirmar que el libro que tenía proviene de la biblioteca de Amanda.

Andrews hizo un ruido dando a entender que lo estaba pensando.

—Está bien, señora Pennington. Tengo mis propias razones para volver a visitar la casa, así que no me importa que me acompañe. Estaré en la puerta de la librería en cinco minutos.

Andrews era un hombre de palabra. Para cuando el joven ayudante del *sheriff* apareció delante de la tienda, Nora había tenido tiempo de colocar los bolsilibros en una bandeja, envolverlos en film transparente e imprimir una descripción del ejemplar de *Las dos torres* que Kenneth Frye le había enseñado.

—Todos los policías en activo del condado están preparándose para el festival de este fin de semana menos yo. Yo, en cambio, tengo que ir a mirar unos libros.

El ayudante Andrews sonrió a Nora mientras la mujer se deslizaba en el asiento del pasajero.

—Confíe en mí: no sale perdiendo, ni mucho menos. El tiempo que uno pasa con los libros es tiempo bien empleado. Además, creo que merece la pena echar un vistazo a la biblioteca de Amanda.

Nora le dio una estimación del valor de su trilogía de *La comunidad del anillo*. Andrews lanzó un silbido.

—¿No tenía como cien libros en esa biblioteca?

—Sea cual sea la cifra, no le corresponden a su hijo.

—Va a impugnar el testamento —le confió Andrews frunciendo el ceño—. Nos ha comunicado que ha contratado a un abogado y nos ha dicho que no nos acerquemos a la casa de su madre. Pero la casa no es suya y el *sheriff* no ha cerrado aún el caso de la señora Frye, así que vamos a entrar.

Andrews atravesó el pueblo con el coche. A medida que iban dejando atrás el distrito de oficinas y la zona comercial, y empezaban a desplegarse ante sus ojos los bosques bañados por la luz del sol, las colinas ondulantes y las verdes extensiones del campo, Nora pensó en lo mucho que les habría gustado a los *hobbits* de Tolkien aquella parte de Carolina del Norte. Sus enanos y sus elfos también se habrían sentido como en casa. La mayor parte de la región seguía siendo territorio virgen, tierras intactas sin carreteras interestatales, centros comerciales o urbanizaciones.

Era aquella belleza pura y única la que atraía a Miracle Springs a excursionistas, espíritus creativos, turistas y personas que querían curar sus heridas emocionales.

Recordando otra serie de la biblioteca de Amanda Frye, Nora reflexionó sobre los personajes de Philip Pullman. A ellos, en cambio, no les gustaría nada Miracle Springs y lo más probable es que intentasen escapar de un pueblo que defiende su propio gobierno local y la posibilidad de múltiples lugares de culto, igual que Lyra Lenguadeplata había escapado en *La brújula dorada*.

Rebuscando en lo más recóndito de su memoria, Nora recordó la descripción que Pullman había hecho de Lyra. Era una chica delgada, con el pelo rubio ceniza y los ojos azul claro.

«Como Abilene».

Nora se abrazó el bolso y miró a Andrews.

—¿Considera el *sheriff* la muerte de Amanda un suicidio? Sé que en el periódico publicaron que fue una muerte accidental, pero supongo que habrán llevado a cabo más pruebas desde que apareció la noticia. Vi el bote de pastillas en la cocina de Amanda. ¿Se las tomó antes de salir de su casa andando para ahogarse en ese horrible estanque? Porque, la verdad, eso me parece bastante inverosímil.

Andrews apretó la mandíbula.

—No puedo hablar de eso con usted, señora Pennington.

Como la librera quería seguir manteniendo una relación cordial con el joven ayudante del *sheriff*, no insistió más sobre el tema.

Una vez en casa de Amanda, Nora se apartó a un lado mientras Andrews abría la puerta. En ese momento, sintió un atisbo de duda, una sensación muy parecida a la que había experimentado al interrogar a Abilene en la panadería. ¿Y si Kenneth ya había devuelto *Las dos torres* a su sitio? De ser así, Nora perdería toda credibilidad ante Andrews, así como la oportunidad de averiguar más información sobre la mujer que conocían como Abilene Tyler.

El ayudante le aguantó la puerta para que pasara y, al entrar en el salón, Nora comprobó que el hueco entre los libros de Tolkien seguía estando allí. Suspiró aliviada y Andrews la miró confundido.

—Por un momento, he dudado de mí misma —explicó—. Ya sé que es un poco retorcido sentir alivio al confirmar que alguien ha cometido un delito, pero el espacio entre esos dos libros demuestra que no estoy loca.

Sacó el papel impreso de su bolso y se lo dio a Andrews antes de ponerse en cuclillas junto a las otras novelas de Tolkien.

—Por favor, no toque nada —le advirtió él.

—Si pudiera cotejar la información de los créditos de ese impreso con los datos que aparecen en las páginas de créditos de estos dos volúmenes, creo que podremos sacar la conclusión de que Kenneth tiene en su poder el libro que falta de esta serie.

Andrews señaló al camino de acceso a la casa.

—Voy a buscar mis guantes y el resto del equipo al coche.

Nora se levantó.

—¿Puedo ir al baño? Esta mañana me he tomado un café muy largo...

—Claro, claro —dijo Andrews antes de salir rápidamente.

Nora fue corriendo al dormitorio de Amanda y, utilizando un pañuelo de papel para abrir la puerta del armario, sacó un vestido, lo que liberó un aroma fresco del interior de una bolsita atada con una cinta púrpura y deshilachada. Nora, a quien nunca le había gustado el olor a lavanda, arrugó la nariz y salió del vestidor con el vestido en la mano. Lo acercó a la ventana para inspeccionar la etiqueta.

Después de volver a colocar el vestido exactamente donde lo había encontrado, examinó tres vestidos más. Amanda usaba la talla catorce y prefería las mezclas de algodón. También le gustaban los estampados florales en tonos pastel. Todos sus vestidos eran de la misma marca, una tienda que se llamaba Casual Her.

Oyó a Andrews moverse por el salón, así que cerró la puerta y entró de puntillas en el cuarto de baño. Dejó correr el agua del lavabo durante unos segundos mientras sacaba el vestido que había metido en el bolso. Como el resto de los que había visto en el armario de Amanda, era de la talla catorce y la etiqueta lucía el nombre de Casual Her.

Nora se quedó mirando el vestido. Aunque aún no sabía qué secreto escondía, de repente sintió repulsión. No quería tocarlo.

Permaneció unos minutos más en el cuarto de baño, furiosa con Abilene por haberle mentido, y se quedó mirando la jabonera en forma de ángel hasta que se hubo calmado lo suficiente como para volver con Andrews.

Cuando regresó al salón, él le enseñó la página de créditos de *El retorno del rey*.

—¿Es de la misma serie que el libro que el señor Frye le pidió que tasara?

Nora inspeccionó la página.

—Sí —contestó.

Andrews intentó reprimir su entusiasmo, pero no lo consiguió. Aunque mantuvo el mismo tono de voz, le brillaban los ojos.

—¿Falta algún otro libro?

Nora escudriñó el otro extremo de las estanterías, recordando el hueco que creía haber visto la noche anterior. Efectivamente, allí estaba: un espacio vacío detrás de *La joven Mallen*, de Catherine Cookson. Se lo señaló a Andrews.

—Puede que falte otro libro, uno de esta serie. Si no recuerdo mal, se trataría de *La marca de los Mallen*.

Andrews sacó una foto de esa parte de la estantería con su teléfono.

—¿El señor Frye no mencionó ese libro?

—No. Solo el de Tolkien —dijo Nora—. Y no quiso compartir más detalles sobre otros libros de la biblioteca de su madre. Se cerró en banda en cuanto se dio cuenta de que no pensaba decirle cómo vender «sus» libros por internet ni cómo encontrar un vendedor barato pero de buena reputación que se los vendiera por él.

Andrews recorrió las estanterías con aire pensativo.

—¿Ese otro libro que puede haberse llevado Frye vale tanto como el Tolkien? ¿El libro de los Mallen?

—No para un coleccionista —dijo Nora—. Catherine Cookson es una escritora maravillosa y tiene millones de fans, pero incluso una primera edición de una novela de Cookson con la sobrecubierta original no es tan rara como una primera edición de Tolkien con la sobrecubierta original.

—¿Entonces por qué lo robaría Frye? —preguntó Andrews.

Nora se encogió de hombros.

—¿Porque no sabe distinguir un Cookson de un Tolkien?

—¿Ese es el equivalente literario de no saber distinguir entre su propio culo y un agujero en el suelo?

—Eso sería tremendamente insultante tanto para la señora Cookson como para el señor Tolkien —respondió Nora.

—Ya, pero es que Frye es un capullo. No lleva aquí ni dos días y ya se ha hecho enemigos en todo el pueblo —dijo Andrews, olvidando por un momento su profesionalidad—. El señor Kingsley acudió ayer a la comisaría para ver si podía presentar una denuncia. Por lo visto, Frye ha ido diciendo por ahí que el señor Kingsley es un estafador. Cuando una de nuestras nuevas ayudantes pidió explicaciones al señor Frye, se puso tan grosero con ella que salió hecha una furia de la sala. Le habló en un tono que no era apto para oídos femeninos. Nuestra compañera nos dijo que si tenía que pasar un minuto más con él en la sala de interrogatorios, no respondía de sí misma.

A Nora no le costaba nada imaginar a Kenneth Frye utilizando palabras extremadamente groseras.

—¿Qué pasó después?

—Frye se marchó, pero el *sheriff* no estaba dispuesto a tolerar que nadie hablara así a una de sus ayudantes, así que se fue a verlo a su hotel para hablar con él. Ginny Pugh es la recepcionista, que está saliendo con otro ayudante del *sheriff*, Fuentes, y le dijo que a Frye no le había gustado ni un pelo la visita del *sheriff* McCabe. A pesar de que los dos hablaron dentro de la habitación de Frye, este gritaba tan fuerte que hizo que la máquina expendedora de chocolatinas del vestíbulo se desprendiera de la pared.

Andrews se quitó los guantes y apagó la luz del salón. Era hora de irse.

—El *sheriff* no levantó la voz en ningún momento —continuó el relato mientras cerraba la puerta principal—. Él no es así. Y sé que va a reaccionar con mucho interés cuando se entere de que Frye ha estado llevándose libros de su madre sin esperar a la resolución oficial sobre su testamento. Gracias por informarme, señora Pennington.

—Solo cumplo con mi deber de ciudadana, ayudante.

Nora sonrió a Andrews antes de subir a su coche. Sentía el poder de atracción que ejercía sobre ella el estanque desde el otro extremo del jardín y no quería mirar hacia allí.

Andrews y Nora pasaron el trayecto de vuelta al pueblo sumidos en sus pensamientos. La mujer miraba por la ventanilla preguntándose qué era lo que demostraba, si es que demostraba algo, su descubrimiento sobre el vestido de Amanda. Las preguntas sobre Abilene y sobre la muerte de Amanda no habían hecho más que multiplicarse en número. La diferencia era que ahora los dos asuntos, aparentemente tan alejados entre sí, parecían estar relacionados.

Nora había silenciado su teléfono mientras estaba con el ayudante Andrews, así que no se había enterado de que Jed le había enviado dos mensajes de texto en quince minutos. Esperó a estar dentro de Miracle Books para leerlos, y aunque lograron arrancarle una sonrisa, ni el humor ingenioso de Jed ni su tono de coqueteo consiguieron distraerla de sus pensamientos obsesivos. Tenía que compartir lo que había averiguado con las únicas personas en las que confiaba, porque era un secreto demasiado rocambolesco para poder digerirlo ella sola.

—Lo siento, chicas, pero no me apetecía nada volver a quedar en la librería —dijo Estella mientras se sentaba en un reservado del restaurante Pink Lady Grill—. Hay momentos en que lo que quiere una mujer es que la vean, sobre todo cuando acaba de arreglarse el pelo y las uñas. Porque a ver, miradme: no me digáis que no es un desperdicio lucir esta obra de arte solo delante de vosotras tres.

Nora hizo lo que decía y la miró. Estella iba muy bien peinada, como siempre. Esa noche, no obstante, tenía el pelo pelirrojo aún más brillante, llevaba las uñas de un vivo tono rojo manzana y estaba tan bien maquillada que podría pasar por una mujer diez años más joven.

—¿Por qué vas tan arreglada? ¿Es que tienes esperanzas de ligarte a algún turista rico en el hotel esta noche? —Era evidente que June solo lo decía de broma, pero cuando Estella apartó la mirada, su sonrisa se esfumó y June frunció el ceño—. ¡No me lo puedo creer! ¿Es que no aprendiste la lección después de que tu última conquista intentara ahogarte en la piscina de aguas termales?

—Lo intentó, pero no lo consiguió. Seguro que te acuerdas. De todos modos, una tiene sus necesidades —dijo Estella—. Necesito la atención de los hombres. —Separó las manos y se examinó las uñas—. Vaaale, no la necesito, pero me gusta. Lo que no me gusta es que me juzguéis. —Se dirigió a Nora—. Esta noche no estoy de humor para el batido de fresa de siempre, quiero algo sexi, como un martini. Me encanta sacar las aceitunas de la punta del palillo con la boca, muy despacio, cuando sé que un hombre me está mirando. Los vuelve locos. Deberías probarlo con el guapetón del ayudante del *sheriff* alguna vez, Hester.

La panadera se sonrojó y de repente se concentró en el menú.

—Pues yo sí quiero un batido —declaró June—. Tú quédate con tus aceitunas y tus hombres, Estella. Y que conste que no te juzgo, solo me preocupo por ti. —Miró hacia la cocina—. Ah, ahí viene Jack.

Jack Nakamura era un chef americano-japonés de Alabama que cocinaba comida tradicional sureña como si su familia hubiera hecho galletas, pollo frito, sémola de maíz y filetes de jamón durante generaciones. El nombre y la combinación de colores del Pink Lady eran un tributo a la difunta madre de Jack. Después de su muerte a consecuencia del cáncer de mama, Jack se convirtió en un activo defensor de la prevención de la enfermedad. En el restaurante se exponían cartas y fotografías de mujeres que habían luchado contra la neoplasia, y un porcentaje de los beneficios del restaurante se donaba a las mujeres de la población local que necesitaban someterse a pruebas de detección precoz.

Ese verano, Jack había construido un jardín conmemorativo como anexo de los terrenos del restaurante. A pesar de que no era muy grande, se trataba de un lugar tranquilo donde poder recordar y honrar la memoria de todas esas mujeres a las que tanto habían querido y a las que habían perdido por culpa del cáncer. El chef invitó a sus amigos o familiares a escribir el nombre de su ser querido en una piedra y añadirla al río de piedras que había creado en el centro del jardín. También había colocado una pequeña campana que sonaba cada vez que soplaba aire. Debajo de la campana había una placa con un haiku de Bash:

La campana del templo enmudece,
pero el sonido sigue saliendo de las flores.

Jack era un hombre amable y tranquilo que solía pasarse por la librería en su día libre. Sus aficiones en materia de lectura se centraban en la salud y el bienestar, la cocina, la jardinería y la poesía.

Esa noche, sin embargo, parecía más interesado en Estella.

—Esta noche voy a ser vuestro camarero además de chef —les informó, con la mirada fija en Estella—. ¿Os comento los platos que hay fuera de la carta?

Estella se echó un mechón de pelo por encima del hombro, dejando al descubierto la piel clara y suave de su cuello.

—Estamos deseosas de que nos comentes todo lo que quieras.

Jack les describió la sopa y el pescado del día con todo lujo de detalles. Estella lanzó un gemido de satisfacción mientras él recitaba los platos y luego pidió una ensalada Cobb.

—Tengo que cuidar la línea —le explicó a Jack en tono de disculpa.

—Eres perfecta tal como estás —comentó Jack antes de dirigirse a la cocina.

June señaló las puertas batientes.

—Eso, amiguitas, es lo que cualquiera debería aspirar a oír de labios de su pareja. Es el mejor cumplido del mundo.

Estella sacudió la muñeca con gesto displicente.

—Solo lo ha dicho porque no me conoce. —Desvió la mirada hacia Nora—. ¿Vas a decirnos de una vez por qué has convocado esta jubilosa reunión? Tus mensajes de texto parecían el *teaser* de una novela apasionante, pero tengo la sensación de que no estamos aquí para hablar de libros.

Nora sacó el vestido de Amanda, que estaba doblado dentro de una bolsita de plástico, y lo puso encima de la mesa.

—¿Reconocéis este vestido?

—Pues claro —soltó Hester—. ¿Se puede saber qué mosca te ha picado con esta caza de brujas?

—Hester —empezó a decirle Nora con delicadeza—, cuando miras a Abilene, ves a una joven que necesita ayuda, y lo entiendo. Tú también fuiste en el pasado una chica como ella. No te trataron de forma justa y te juzgaron mal. Y nadie acudió en tu auxilio, sino que tuviste que ser tu propia heroína. —Al ver que la ira encendía una llama en los ojos de su amiga, Nora habló aún más deprisa—: Necesito que dejes de verte a ti misma en Abilene. Ella no es como tú. Es una desconocida. Y puede ser peligrosa.

June levantó un dedo.

—Vamos a ver. Abilene y la palabra «peligrosa» no pegan ni con cola. Imposible.

—Pero ¿de dónde has sacado eso? ¿Lo dices porque tiró esa porquería de vestido en el contenedor equivocado? —le preguntó Estella a Nora—. Recuérdame que no te deje acercarte a mis cubos de reciclaje; no siempre me acuerdo de aclarar con agua mis cartones de leche.

Nora estaba a punto de decirle que se callara cuando apareció una camarera con sus bebidas, que sirvió de una en una antes de informarles alegremente de que sus platos no tardarían en salir de la cocina.

—Creo que este vestido era de Amanda Frye —dijo Nora después de beber un sorbo de agua con gas para calmar sus nervios. Luego les contó a sus amigas la visita de Andrews y ella a la casa.

Cuando terminó su relato, Hester señaló el vestido y se encogió de hombros.

—¿Cuántas mujeres tienen vestidos de esa misma marca? Abilene podría haber sacado ese vestido de cualquier parte.

—Tal vez sí —concedió Nora—. También llevaba unas chanclas la noche que nos conocimos. Eran del número cuarenta, demasiado grandes para ella. Sé el número de pie porque volví a meterme en el contenedor de reciclaje y las encontré en el mismo sitio donde tiró el vestido. —Hizo una pausa para beber más agua—. Adivinad quién calzaba un cuarenta.

—Madre del amor hermoso, no me digas que era Amanda Frye —susurró June.

Hester dio un golpe con la mano encima de la mesa con el rostro encendido de ira.

—¡Basta ya! Por el amor de Dios, Nora, ¡para ya! ¿A quién le importa de dónde sacó Abilene ese vestido o las chanclas? ¿Por qué no puedes dejarla en paz? ¿No ves que necesita cariño? ¿No ves que necesita ayuda? —Sacudiendo la cabeza, Hester miró a Nora con ojos tristes—. Creía que lo que querías era intentar sanar las heridas de la gente, pero supongo que me equivocaba.

Estella, que para su desgracia estaba sentada junto a Hester, le puso una mano en el hombro. La panadera se la apartó de un manotazo.

—¡Déjame salir! —exclamó, dándole un fuerte empujón.

Hester tenía los poderosos brazos de una panadera, y Estella tuvo que levantarse de un salto del reservado o arriesgarse a que la otra la sacara de allí a empujones.

—¡Hester! ¡No te vayas! —le pidió June.

Haciendo caso omiso de sus palabras, la panadera pasó corriendo junto a una pareja que se dirigía a la puerta. Al moverse bruscamente para evitarla, chocaron contra Jack o, mejor dicho, contra la bandeja que el chef llevaba cargada al hombro.

La bandeja se inclinó a un lado y tres fuentes de horno blancas se estrellaron contra el suelo, haciéndose añicos. La comida salió disparada patinando por el suelo brillante de baldosas. Una mujer gritó del susto.

—¿Qué demonios ha sido eso? —exclamó Estella, mirando el suelo hecho un asco.

—Era nuestra cena, que se ha caído al suelo —masculló June.

Nora miró por la ventana.

—No. Era nuestra amiga, derrumbándose por completo.

CAPÍTULO OCHO

O bien el misterioso imán está ahí dentro,
enterrado bien hondo en algún lugar
por detrás del esternón, o no lo está.

ELIZABETH GILBERT

Vosotras dos quedaos aquí, que yo iré tras ella —dijo June—. Os llamaré luego si puedo.
June pasó por encima de los platos rotos y salió del restaurante. Nora la observó irse.

—Ahora mismo, lo único que quiero es una copa gigante de vino, y por eso sé que tengo un problema con el alcohol.

—No es un problema de alcohol. Hay momentos en los que los batidos de fresa no dan la talla, simplemente. Este es uno de esos momentos —le dijo Estella—. ¿Te das cuenta de que ahora tenemos que investigar dos cosas? Tenemos que descubrir qué historia hay detrás del vestido de Abilene y también tenemos que averiguar si lo de El Genio Virtual es un atraco a mano armada o no. Medio pueblo está empeñando cosas allí, y aunque Kenneth Frye es un capullo integral, hasta los capullos integrales dicen la verdad de vez en cuando.

—Jed llevó una hucha antigua a la feria de tasación de la tienda. No sé si se ha comprometido a venderla, pero creo que tiene problemas económicos.

Estella movió un dedo de un lado a otro.

—No le preguntes por el tema. No hay forma más fulminante de acabar con la pasión que hablar de dinero. Déjalo por ahora. Aún no le habéis dado lo suficiente al molinillo, así que no hace falta que os pongáis a comparar los saldos de vuestras cuentas bancarias. No me imagino nada más eficaz para que no se le levante la manivela que...

—Ya me hago una idea —la interrumpió Nora—. Yo no tengo nada que vender, así que me va a costar averiguar si en El Genio Virtual están haciendo las cosas como deben o no. Los objetos que compro para Miracle Books son maravillosos, pero no son caros. ¿Y tú?

Estella negó con la cabeza.

—Invierto hasta el último céntimo en mi negocio. Es mi mayor activo. Además de mi físico, claro. Y ambas sabemos cuál de las dos cosas va a resistir mejor el paso del tiempo...

La llegada de una camarera interrumpe su conversación. Tras ofrecerles a cada una una ración gratis de albóndigas de pollo picantes, les prometió que sus platos no tardarían en estar listos.

—No las he probado nunca. —Estella miró con recelo las bolitas de masa—. Normalmente no me gustan las cosas picantes. Fuera del dormitorio, me refiero.

Nora se fijó en las decorativas semillas de sésamo espolvoreadas en el plato y en la guarnición de cebolleta picada sobre la salsa de guindilla con soja y jengibre antes de pinchar una albóndiga con el tenedor y metérsela en la boca. Le encantaba el picante.

—Está buenísima. —Le hizo un gesto a Estella animándola a que probara la suya.

Al cabo de unos minutos, Jack les sirvió los entrantes. Su chaqueta blanca de cocinero era como una paleta de pintor llena de manchas, y era evidente su preocupación por los sitios vacíos en la mesa.

—Lamento el retraso. ¿Se han ido vuestras amigas?

—No es culpa tuya —dijo Estella con una sonrisa—. Hester ha salido pitando como si la persiguiera un toro, por eso llevas la chaqueta perdida con nuestra comida. El rojo te sienta muy bien, por cierto.

—June ha ido a buscar a Hester —añadió Nora, al ver la expresión de confusión en el rostro de Jack—. No van a volver, pero nosotras pagaremos sus platos, no te preocupes.

Jack no quiso ni oír hablar del asunto. No solo se negó a que se los pagaran, sino que sorprendió a ambas mujeres preguntándoles si podían hablar en privado cuando terminaran de cenar.

Ellas aceptaron de buen grado y, cuando Jack hubo atendido al resto de sus clientes, les hizo una señal para que le siguieran al jardín.

—Las dos regentáis negocios y tenéis mucha experiencia, así que se me ha ocurrido que tal vez podríais aconsejarme —empezó a decir Jack—. Estaba pensando en vender un artículo a través de El Genio Virtual, pero me han llegado algunos rumores sobre ellos. No suelo prestar atención a las habladurías, pero tengo la intención de donar el dinero de la venta de este artículo a una persona que necesita tratamiento médico, así que quiero sacar el máximo provecho. Ninguno de mis empleados tiene experiencia con El Genio Virtual. ¿Alguna de vosotras sabe algo de ellos?

—Sí —le contestó Nora. Compartió su impresión favorable de Griffin Kingsley, así como la convicción de Kenneth Frye de que el contrato incluía demasiadas comisiones.

Cuando terminó, Jack juntó las manos y se quedó mirando las piedras del jardín con aire pensativo.

Tras un momento de silenciosa contemplación, se volvió hacia las dos mujeres.

—Voy a llevarles el objeto que quiero vender. Debería darles la oportunidad de ver cómo funcionan.

—Pero si el señor Frye tiene razón, hay que hacer algo al respecto —dijo Estella con vehemencia—. No podemos permitir que nadie más se aproveche de nuestros vecinos. Por eso me gustaría ir contigo, Jack.

Al chef se le iluminó la cara.

—¿De verdad?

—Sí. Muchas de mis clientas venden cosas a través de El Genio Virtual. Alguien tendrá que protegerlas de posibles estafas. —Estella abrió la aplicación de calendario de su teléfono—. Mañana tengo el día muy lleno, con el festival y todo eso, pero ¿podríamos buscar un hueco para escaparnos un momento a la tienda de subastas?

Jack asintió.

—Sí, sí. Perfecto.

—¿Qué quieres vender? —preguntó Estella cuando hubieron acordado la hora.

—Una caja de esmalte vidriado —dijo Jack—. Es muy antigua. Del período Meiji.

Al ver las caras de confusión de las mujeres, dio más detalles.

—La caja es obra de un artista japonés llamado Kyoto, quien la hizo en la segunda mitad del siglo XIX. Está decorada con un fénix y con flores de peonía esmaltadas. Una mujer a la que no he conocido nunca me la envió cuando falleció mi madre. Mi madre se llamaba Peonía.

—Qué detalle más bonito —dijo Estella—. Las peonías son mis flores favoritas.

Jack le sonrió.

—¿Queréis ver la caja? La guardo debajo del mostrador.

Estella dijo que sí, pero Nora era reacia. No quería abandonar aún el apacible jardín, así que se despidió de Estella y Jack y los vio volver a entrar en el local.

Nora se sentó en el banco frente al riachuelo de piedras. El aire zarandeó el badajo de la campanita de latón y un coro de notas nítidas y agudas inundó el aire. Mientras Nora contemplaba cómo la luz iba menguando en el jardín y oía el inquietante sonido de la campana, sintió un fuerte y repentino deseo de estar en compañía de otra persona. Y sabía perfectamente quién era esa otra persona.

Sacó el teléfono y marcó el número de Jed.

—¿Quieres venir a mi casa? —le preguntó sin más preámbulos.

—Sí —respondió él con la misma franqueza.

Nora abandonó el riachuelo solitario bajo los últimos vestigios de luz.

Una vez en casa, era muy consciente de lo que pasaría cuando llegara Jed. Una corriente eléctrica le recorría el cuerpo por la expectación. Era una sensación muy parecida al calor abrasador que había sentido en el obrador de Hester cuando la tensión se había ido acumulando poco a poco en el ambiente, aumentando como la masa del pan, solo que esta vez la tensión era diferente. Su avidez no estaba alimentada por la sospecha o la ira, sino por el deseo.

Nora fue desplazándose por la casa, abriendo las ventanas de par en par para invitar a los olores y sonidos nocturnos a concentrarse en su interior. Solo encendió la luz de un farol a pilas, sabiendo que, si se ponía delante, la luz le traspasaría la tela del fino vestido de verano, delineando las curvas de su cuerpo.

Como había dejado la puerta entreabierta, oyó el ruido de las botas de trabajo de Jed al subir las escaleras de la terraza. En cuanto entró en la casa, a ella se le puso la piel de gallina y el corazón empezó a palpitarle desbocado.

Cuando Jed la vio, no sonrió ni habló. Se quedó en el umbral y la miró fijamente. Le recorrió todo el cuerpo con la mirada, muy despacio, entreteniéndose en cada rincón. Era como una caricia. Un preludio de lo que vendría luego, cuando la tocara.

Justo cuando Nora creía que no podía esperar ni un segundo más, su mirada se encontró con la de ella. Lo que vio en sus ojos fue una aceptación de su invitación silenciosa: Jed había comprendido que su llamada telefónica, las ventanas abiertas, la ausencia de palabras y sus pies descalzos lo invitaban a entrar en acción. Ella quería que la tocara.

Sin hablar, salvó la distancia entre ambos, la cogió entre los brazos y la besó. Su boca estaba hambrienta. Sus manos estaban hambrientas. Las deslizó por sus hombros y por debajo de los tirantes del vestido. Las yemas de sus dedos le bajaron por la espalda, apresurándose a buscar apoyo en la curva de sus caderas, que utilizó como palanca para presionar su cuerpo contra el de él. Nora no se resistió. Él le tiró del pelo, obligándola a arquear el cuello, y cuando la besó en la garganta, ella gimió y se fundió con él.

Las manos de Jed eran fuertes y encallecidas. La barba incipiente que le cubría la barbilla y las mejillas era áspera. Le gustaba el tacto de su cuerpo. Todo él. Aquello era exactamente lo que ella había querido, aquel alivio febril y audaz.

No se dio cuenta de que su vestido se había caído al suelo hasta que Jed la levantó, se rodeó la cintura con las piernas desnudas de ella y la llevó al dormitorio.

Más tarde, mientras yacían enredados el uno en el otro en la penumbra de la habitación, Nora habló por primera vez desde que Jed había entrado en la casa.

—¿No habrás traído por casualidad la fruta que te dejé en el porche? Podría prepararnos un batido revitalizante —bromeó.

Él se rio.

—Si ni siquiera paraba en los semáforos en rojo... Estaba ardiendo de deseo por ti. Llevo ardiendo por ti desde el día en que nos conocimos. —Le puso la mano en la mejilla a Nora—. Vaya una analogía de mierda. Lo siento.

—Puedes usar metáforas con el fuego, no pasa nada. Podré soportarlo. —Le dio un golpecito en las costillas para recuperar el tono juguetón de la velada—. Ya me has puesto a prueba. No me rompo fácilmente.

—No, eso es verdad. Y tu dureza me resulta muy sexi. —La sonrisa había vuelto a su voz—. Eso, y muchas otras partes de ti. Pero prefiero demostrártelo en vez de decírtelo con palabras.

Haciendo uso de sus manos y su boca, le demostró cuánto le gustaban esas otras partes de Nora, de una forma tan concienzuda que pasó bastante tiempo antes de que alguno de los dos hablara de nuevo.

Fue Jed quien finalmente interrumpió el silencio.

—¿Significa eso que estás lista para contarme tu historia? Cuando estabas en el hospital, me preguntaste si quería escucharla. Quería escucharla entonces y sigo queriendo escucharla ahora.

—Estoy a punto de quedarme dormida, cosa que es culpa tuya por dejarme agotada, así que voy a contarte la versión abreviada —dijo ella.

—Cuéntame lo que tú quieras —la animó Jed con voz suave—. Yo me limitaré a cerrar los ojos y escucharte.

A ella le gustó que se hubiera ofrecido a cerrar los ojos. La oscuridad y el contacto del cálido cuerpo de Jed junto al suyo permitieron que las palabras brotaran desde el profundo pozo en el que las tenía guardadas.

—Antes era bibliotecaria. Y estaba casada. Estaba muy contenta con mi vida hasta que descubrí que mi marido tenía una aventura. Una aventura muy seria. Fue en Nochevieja cuando me enteré de que llevaba una doble vida. También me enteré de que su amante estaba embarazada.

—Dios... —susurró Jed.

—Aquello me dejó completamente destrozada —siguió hablando Nora—. La gente utiliza esa expresión sin saber realmente lo que significa, pero yo sé lo que se siente cuando la vida te destroza. Me habían partido el corazón. Fue como estar medio muerta. En una sola noche, dejé de reconocer mi vida. Y antes de que acabara esa misma noche, perdí mucho más que mi matrimonio. Perdí mi trabajo, mi casa y mis amigos... Mi reflejo en el espejo tampoco volvería a ser el mismo. Pero eso fue culpa mía, no del cabrón de mi marido.

Nora hizo una pausa antes de contarle a Jed la terrible verdad sobre cómo se hizo aquellas cicatrices.

—Cuando mi marido no volvió a casa aquella Nochevieja, hurgué en su ordenador y descubrí cosas que me hicieron tanto daño que fue como si me asestaran mil puñaladas —continuó—. Quería anestesiar aquel dolor insoportable, así que me puse a beber. Y seguí bebiendo una copa tras otra. Cuando ya había bebido demasiado, cogí el coche y fui a casa de la otra mujer para enfrentarme a mi marido.

Nora miró hacia arriba, donde la luz de la luna que se colaba por la ventana había pintado un ópalo resplandeciente en el centro del techo. Jed percibió su vacilación y le puso la mano en el brazo. Fue una caricia reconfortante y tranquilizadora, capaz de infundirle el valor necesario para terminar su historia.

—Me puse como una furia y les grité a los dos, pero sabía que era inútil. Mi marido ya no me quería. Cegada por la furia y el dolor, volví a subirme al coche. Mis emociones me hicieron perder el control y choqué contra otro coche en la autopista. El coche se incendió y tuve que sacar a una madre y a su hijo pequeño de entre las llamas. La madre estaba bien, pero el niño sufrió quemaduras en la parte inferior de las piernas. Al final las heridas se le curaron sin problemas. Las heridas de los más pequeños se curan tan bien...

Nora podía decirle más cosas a Jed. Podía explicarle que la culpa se le había metido en lo más hondo de los huesos y que siempre la acompañaría. Podía decirle que aquella noche le había quitado las ganas de vivir, que había pasado semanas ingresada en la unidad de quemados pidiendo morirse. Pero no le dijo nada de eso.

Escuchó la rítmica respiración de él y se alegró de que no hubieran pronunciado una sola palabra durante la primera parte de aquella noche. Una cosa era que Hester, Estella y June aceptaran a Nora después de oír su secreto, porque ellas también tenían sus propios secretos. ¿Pero Jed? Fuese lo que fuese lo que estaba ocultando, difícilmente podía compararse con lo que le había ocultado ella.

Se mentalizó para verlo levantarse y marcharse. Puede que no se fuese inmediatamente, pero seguro que querría escapar de ella con el amanecer.

Jed le cubrió la mano con un gesto protector.

—No sé los detalles de tu matrimonio ni me hace falta saberlos. El que sale ganando gracias a ese idiota de tu marido soy yo. Tampoco sé cómo eras antes, ni necesito saberlo. Para mí, eres la mujer más hermosa sobre la faz de la tierra. Y no te lo digo por decir, Nora. Ya te lo he dicho antes: yo no veo tus cicatrices, solo te veo a ti. ¿Sabes por qué?

Nora sintió sus ojos clavados en ella en la oscuridad y se acercó a él. Sus rostros estaban a apenas un palmo de distancia, el aliento de la respiración de ambos mezclándose. Él le rodeó la cintura con el brazo y ella hizo lo propio. Tocándose con las rodillas y las puntas de los pies, parecían un solo cuerpo en lugar de dos.

—¿Por qué? —susurró.

—Porque mi madre es preciosa. Y es una víctima de quemaduras —dijo—. Me mataría si me oyera llamarla víctima, pero he elegido esa palabra por una razón. Una víctima resulta herida por un accidente, un suceso o los actos de otra persona. En el caso de mi madre, esa otra persona fui yo: yo provoqué el incendio que le produjo esas quemaduras. Fue un accidente, pero ¿qué importa eso? Si hay alguien en Miracle Springs capaz de entender qué significa que te reconcoma el sentimiento de culpa, ese soy yo. He visto a June y a sus gatos paseándose por la calle de noche, porque yo tampoco duermo bien. Un recuerdo de mi pasado no me deja dormir. Yo provoqué un incendio. Provoqué una víctima. Dos, en realidad: mi madre y Henry Higgins. Por eso te pedí libros sobre la ansiedad en los perros cuando nos conocimos. Él no puede dormir, y yo tampoco.

Nora pasó la mano por el pelo de Jed y le hizo callar.

—Esta noche dormirás. Vas a dejar que esos pensamientos que tanto te pesan se vayan flotando como si fueran globos. Déjalos. Mira cómo se alejan flotando en un cielo claro y azul.

Jed dejó escapar un largo suspiro. Nora siguió acariciándole la cabeza, cada vez más despacio.

—Los globos suben remontándose en el aire cada vez más —le susurró—. Son de todos los colores: morados, rojos, verdes, amarillos, naranjas, azules... A la luz del sol, brillan como luces de Navidad. Son como bolas de chicle que se elevan hacia el espacio. Cada vez son más pequeñas. No hacen ruido. Todo está en silencio. Solo se ve la luz del sol, una luz radiante y la inmensidad del cielo.

Jed se quedó dormido antes de que ella terminara de hablar, y Nora esperaba que siguiera inmerso en un plácido sueño hasta la mañana siguiente. No esperaba una noche tranquila para ella. Hacía años que no compartía la cama con un hombre, y había una gran diferencia entre darse un revolcón entre las sábanas con alguien y dormir toda la noche junto a esa persona.

Ella estaba acostumbrada a tumbarse boca abajo, estirar una pierna sobre el borde de la cama y meter un brazo bajo la almohada, pero nada de eso era posible con Jed durmiendo en lo que normalmente era su lado de la cama.

Aun así, había sido un día largo. Nora había tenido las emociones a flor de piel y su cuerpo había hecho bastante ejercicio, así que consiguió dormir algunas horas antes de que una sensación de frío la devolviera al estado consciente. Mientras palpaba la sábana encimera buscando la punta para taparse, se topó con la cadera desnuda de él. Tardó un segundo en recordar por qué no llevaba pijama y que no estaba sola.

Tenía la piel fría al tacto y no lograba entrar en calor con aquel trocito de sábana, así que se dio la vuelta y se acurrucó junto a Jed hasta que los dos cuerpos parecían dos cucharas.

Cuando se despertó por segunda vez, no había rastro de Jed y ella estaba boca abajo con el pie derecho y la pantorrilla colgando del lado de la cama. La luz de la habitación era intensa. Demasiado intensa.

Nora se abalanzó sobre el reloj, presa del pánico. Cogió una camiseta y unos pantalones cortos del cesto de la ropa y se los puso a toda prisa.

Jed estaba en la cocina. Se había vestido y tenía el pelo húmedo. La miró con una sonrisa.

—¿Te has duchado? —le preguntó ella, con un tono ligeramente acusador.

—Me declaro culpable —contestó él—. Y también he hecho café. Dime cómo te gusta y te prepararé una taza. No espero que te comportes como una persona civilizada antes del primer café. No se puede esperar eso de nadie.

Aquello le valió una cálida sonrisa. Nora le dijo que el café le gustaba con una cucharadita de azúcar y un chorrito de leche.

—Lo he preparado con el doble de café —le dijo, ofreciéndole una taza—. Por si necesitas un poco más de energía. Yo no. He dormido como un tronco. Hacía siglos que no dormía tan bien, y se lo debo a tu magia, te agradezco eso y todos los demás trucos que me enseñaste anoche. Después de agradecértelo un poco más de cerca, te dejaré en paz para que sigas con tu día. —Soltó la taza, atravesó la habitación y besó suavemente a Nora en los labios impregnados de café—. Mmm, no hay nada como el sabor del café para empezar el día con buen pie.

Nora, cohibida por no haberse lavado aún los dientes ni el pelo y por llevar la ropa sucia, retrocedió un paso.

—Continuará, ¿verdad? ¿En el festival de esta noche?

Jed sonrió.

—Me muero de ganas.

Nora lo vio dirigirse a la puerta. La abrió, se detuvo y se volvió hacia ella.

—Eres preciosa. Todas y cada una de las partes de ti: tus cicatrices, el pelo alborotado, tu doloroso pasado, tu camiseta arrugada, tus pies descalzos, tus ojos ardientes, tu boca perfecta... toda tú. Eres increíblemente hermosa.

Y lanzándole un último saludo de despedida con la mano, se fue.

Nora se quedó plantada en la cocina, con el café en la mano. Nunca nadie le había hablado así. Nadie la había mirado así ni la había tocado como Jed la noche anterior. Era una sensación desconcertante, aterradora y estimulante. Sintió ganas de vomitar. Sintió ganas de ponerse a cantar. Sintió ganas de esconderse.

Aquella tarde, June asomó la cabeza por la esquina de la sección de libros de misterios y dijo hola, haciendo que Nora se sobresaltara.

—¿Quién es el responsable de que los ojos te hagan chiribitas? —preguntó June.

—¿Qué quieres decir? —Nora clavó la mirada en la contraportada de un libro de misterio de Louise Penny.

June se llevó una mano a la cadera.

—Tú a mí no me engañas. Llevo quince minutos observándote desde mi sillón morado favorito y he visto que a ti te pasa algo. De hecho, creo que hasta te he oído tararear.

—No es de mí de quien tenemos que hablar, sino de Hester.

Nora señaló el sillón morado y June volvió a sentarse.

Después de mirar fijamente a Nora, se encogió de hombros y se llevó la mano a la espalda para ahuecar el cojín con la inscripción: TÉ CALIENTE, BUENOS LIBROS, COJINES BLANDITOS, BUENA COMPAÑÍA.

—Cuando Hester me abrió la puerta anoche, pensé que todo iría bien. Pero no fue así —explicó June, arrellanándose en el sillón—. Cree que estamos sacando conclusiones precipitadas sobre Abilene, sin tener pruebas. Entiendo su punto de vista, Nora. Sí, hay algunas coincidencias extrañas, pero ninguna prueba.

—Ninguna de nosotras cree en las coincidencias. —Nora se sentó en el sillón de terciopelo carmesí junto a June—. No estoy diciendo que entienda nada de esto, pero hay una razón por la que Abilene no quiere decirnos de dónde sacó ese vestido. Hay una razón por la que el ayudante Andrews no quiere decirnos cuál fue la causa de la muerte de Amanda. Le pregunté directamente si se había tomado las pastillas del bote que tú y yo vimos en la encimera de la cocina, pero no quiso contestarme. Por último, hay una razón por la que Kenneth Frye contrató a un abogado para impugnar el testamento de su madre. Quiere la biblioteca de Amanda, y sospecho que ya la quería incluso antes de que supiese su valor. Todo parece conducirnos al mismo punto de partida: Amanda.

June levantó un dedo.

—Abilene solo estaría relacionada con eso si es cierto que llevaba el vestido de Amanda, pero ¿cómo podríamos estar seguras de eso?

—Voy a pedir ayuda —dijo Nora.

—¿Como hizo Jack anoche, pidiéndole ayuda a Estella? —June se rio—. Sé que tú estabas allí también, pero Estella no es de las que comparten la atención de un hombre.

Nora se inclinó más hacia su amiga.

—¿Te ha llamado?

—No, me los encontré cuando salían de El Genio Virtual. Hoy no tenía que ir a trabajar a las aguas termales, así que he estado haciendo recados en el pueblo. Si tuviera algo que vender, podría haber ido a investigar a la tienda de subastas yo misma, pero invierto todo lo que tengo en mi casa y en una cuenta de ahorros para mi hijo. No ha retirado nunca dinero de esa cuenta, pero no pierdo la esperanza.

Inmediatamente, el brillo se extinguió de los ojos de June y Nora respondió con un gesto de comprensión. No sabía qué otra cosa hacer. ¿Qué consuelo podía ofrecer ella, una mujer sin hijos, a una madre que cambiaría todo lo que tenía por una sola palabra de su hijo?

Aunque June llevaba más de una década distanciada de Tyson, nunca había dejado de intentar recuperar su relación con él. Le escribía cartas y le enviaba regalos de cumpleaños y por Navidad. La mayoría de las veces, el servicio de correos le devolvía los paquetes sin abrir, pero June insistía y seguía enviándoselos.

Aunque la habían ascendido recientemente a un puesto de dirección en la zona de las aguas termales gestionadas por el hotel, sus ingresos seguían siendo modestos. Nora no sabía que su amiga había abierto una cuenta bancaria para su hijo, y le entristecía pensar que June pudiera estar privándose de pequeños placeres materiales con el fin de ahorrar para un hombre hecho y derecho que había dejado muy claro que no quería volver a ver a su madre ni en pintura. Tyson culpaba a June de haber dado al traste con su oportunidad de cursar estudios universitarios y de haber truncado para siempre su futuro. La culpaba, se negaba a perdonarla y, en definitiva, negaba su existencia.

—Bueno, ¿y qué dices que pasó con Jack y Estella? —Nora cambió disimuladamente de tema.

—¿Aparte del hecho de que Jack ha caído presa del malvado hechizo de Estella, quieres decir? Que Dios le ayude. —June juntó las manos como rezando y miró al techo. Luego reanudó su relato—. Como Jack tenía que volver deprisa al Pink Lady para la hora de la cena, Estella me explicó su visita a la tienda antes de tener que ir a atender a su siguiente clienta. Parece ser que Jack le dio su caja a Griffin Kingsley para que la vendiera, y Estella me ha dado a mí una copia del contrato de consignación para que lo revise con lupa.

June sacó una hoja de papel rosa, la puso sobre la mesita y las dos mujeres se inclinaron sobre el documento y empezaron a leer.

Nora se saltó las líneas en blanco donde se solicitaban los datos personales del consignante y fue desplazándose hasta la mitad de la página. Los términos del contrato no eran largos ni difíciles de entender. El consignante aceptaba repartir la cantidad a un sesenta cuarenta: el sesenta por ciento del precio de venta sería para el consignante y el cuarenta por ciento para el consignatario, El Genio Virtual. Además, este correría con los gastos de envío exprés y del seguro de cada artículo. Los artículos se subastarían en línea durante una semana. Si no se vendían, volverían a ponerse en venta a un precio ligeramente inferior. Si, tras cuatro pujas, el artículo seguía sin venderse, contactarían con el consignante para que reclamara el artículo o para que El Genio Virtual rebajara aún más el precio.

—Me parece razonable —dijo Nora cuando terminó de leerlo—. Los únicos suplementos adicionales que he visto, aparte de los gastos de envío, están aquí. —Señaló la parte inferior de la página—. Si un consignante cancela una subasta en curso, tiene que pagar unos gastos por cancelación anticipada del cinco por ciento del precio de venta del artículo. Puede parecer demasiado, pero supongo que cancelar el artículo de una subasta en curso da mala imagen a El Genio Virtual, sobre todo si alguien ha pujado ya por el artículo.

June lanzó un gruñido.

—De momento, parece todo correcto. Hay más texto en la parte de atrás.

El reverso del documento incluía un párrafo escrito en jerga legal en el que se afirmaba que El Genio Virtual no garantizaba la seguridad de los artículos del consignante. La empresa solo incluía los seguros de incendio y responsabilidad civil, y la letra pequeña del reverso dejaba bien claro que no se hacían responsables de la pérdida de un artículo por robo, inundación o catástrofe natural.

—Aunque no es muy tranquilizador, tampoco me sorprende —comentó Nora—. Imagínate las primas del seguro si El Genio Virtual tuviera que proporcionar cobertura por cada objeto que aceptara vender hasta el momento del envío.

—Después de leer esto, creo que podemos confirmar que la tienda de subastas está limpia, que Kenneth Frye es un capullo, que Abilene sigue siendo un misterio absoluto y que esas chiribitas en tus ojos solo pueden deberse a una cosa.

Nora se libró de tener que dar una respuesta porque justo en ese momento una clienta apareció en la taquilla con la intención de pedir un té.

—¿Le gustaría probar un bolsilibro para acompañar su DanTÉ Alighieri? —le preguntó Nora a la mujer después de tomar nota del pedido.

—No, gracias —respondió la otra—. A menos que sean sin gluten.

Dándose cuenta de repente de que esa mañana no había ido a la Gingerbread House a recoger las pastas, Nora le dijo a la mujer que todos llevaban gluten.

—No pasa nada —dijo la mujer—. He comido mucho en el hotel. Aunque tener el estómago lleno no me impide querer arramblar con todos los magníficos manuales de cocina que tiene aquí. Soy una compradora compulsiva de libros de gastronomía, y eso que no cocino. Solo me gusta mirar fotos de comida.

—Así que le gusta la pornografía alimentaria —comentó Nora.

La mujer frunció el ceño.

—No me gusta ese término. La pornografía cosifica a las personas, sobre todo a las mujeres, mientras que la comida es nutritiva. No me parece bien combinar los dos términos.

Nunca se había parado a pensar en esa expresión, propia de las redes sociales, pero Nora de pronto sintió que estaba de acuerdo con la mujer.

—¿Prefiere «fetichista con la comida»? —bromeó, intuyendo que a su clienta le apetecía seguir hablando del tema un poco más.

La mujer se rio.

—Usted me recuerda a la madre de mi ex. Le gustaba inventarse nombres alternativos para mi adicción. También tenía mucho sentido del humor. De hecho, me llevaba mejor con ella que con su hijo. Supongo que por eso es mi ex. —Cogió el té con una mano y dirigió un dedo admonitorio hacia Nora con la otra—. No se le ocurra salir con un tipo que solo esté buscando una versión más joven de su madre. Es una señal de alarma como un piano. Aunque yo no supe darme cuenta en su momento.

—Seguiré su consejo, descuide —repuso Nora antes de darse media vuelta rápidamente. ¿Por eso Jed se sentía atraído por ella? ¿Porque le recordaba a su madre? ¿Porque ella y su madre habían sufrido las quemaduras de un incendio?

June y la clienta habían entablado conversación junto al corro de sillas. El murmullo de sus voces —la voz aflautada de soprano de la mujer y la cadencia melosa de la de June— llegaba flotando hasta la taquilla como la corriente reconfortante del riachuelo de un bosque. Nora pensó en servirse una taza de café y sentarse con ellas, pero cuando se fijó en la taza que tenía colgada más cerca y en la frase con que estaba decorada POR FAVOR, NO MOLESTAR: ESTOY DE CENA ROMÁNTICA CON MI LIBRO, optó por quedarse en el interior de la oficina expendedora de billetes.

Se quedó allí sentada, pensando en preguntas para las que no tenía respuesta, hasta que se le enfrió el café.

CAPÍTULO NUEVE

¿Acaso no somos como dos volúmenes de un mismo libro?

MARCELINE DESBORDES-VALMORE

El Festival de los Frutos del Huerto era uno de los acontecimientos más esperados del año. Era muy popular tanto entre la población local como entre los centenares de turistas que acudían a Miracle Springs para disfrutar de un acontecimiento con auténtico sabor sureño.

En tiempos anteriores, el festival era una celebración de la cosecha. Los agricultores llevaban sus cosechas de finales de verano al centro del pueblo con la esperanza de ganar un premio en las categorías de Mejor Patata, Manzana Perfecta, Tomate Glorioso, Calabaza Gigante o Sandía Jugosa. También había premios para el ganado y concursos de repostería. Se celebraban concursos de tartas saladas, pasteles y conservas. De hecho, muchas mujeres de la zona todavía se enorgullecían de su capacidad para encurtir cualquier cosa.

Sin embargo, el festival había ido evolucionando desde sus orígenes como feria del condado. Aunque los ganaderos también asistían al evento, sus animales ya no eran bienvenidos, pues ahora se trataba de una fiesta completamente vegetariana.

Para Nora, lo mejor del fin de semana fue la inmensa variedad de camionetas de comida. Habían venido de todas partes para deleitar a los habitantes de Miracle Springs con sus creaciones culinarias únicas, y la librera recordó cuánto le apretaban los vaqueros después del festival del año anterior. Aun así, no pensaba contenerse solo porque tuviese una cita romántica con Jed.

Nora lo esperaba delante de la librería, y en cuanto la vio, Jed aceleró el paso. Al llegar a su lado, la cogió de la mano de inmediato. Cruzaron la calle y entraron en el recinto al ritmo de la alegre música de violín que salía del quiosco.

Mientras hacían cola para comprar entradas, Jed echó un vistazo a la multitud de gente paseándose entre las camionetas de comida.

—Ya que eres una veterana del festival, ¿por qué no me cuentas cómo funciona? —le dijo, mirándola.

Nora señaló la taquilla.

—Si compras esa tarjeta de puntos, incluye un montón de comida. Puedes probar un plato de hasta diez camionetas. Cuando te has atiborrado de los manjares más deliciosos, te tomas un descanso y echas un vistazo a los puestos de artesanía o participas en los juegos de feria. También se puede bailar en el césped, junto a los músicos. Pero vaya —añadió rápidamente, por si a Jed se le ocurría querer bailar—, que todo el mundo vuelve a las camionetas a comerse un postre.

—Me gusta el plan —dijo Jed con aprobación. Echó otro vistazo a la larga hilera de puestos de comida—. ¿Cómo elegir?

Nora siguió su mirada.

—Ah, por si no lo sabías, es un festival vegetariano.

—Pues por ahí no paso, no señor. Me voy. —Jed hizo como que abandonaba la cola. Luego giró sobre sus talones y volvió junto a Nora—. Un momento. Vale que todo sea supersaludable, ¿pero hay algo frito?

Nora se rio.

—Hay un montón de fritos.

—En ese caso, me quedo. Me fríes el tacón de una bota y yo me lo como...

Al llegar a la taquilla, Jed compró dos tarjetas. También le dieron una hoja de papel con el horario del festival, un mapa y la lista de comerciantes. Le pasó la hoja a Nora y le dijo que eligiera su primera parada.

—Espero que te gusten los garbanzos —dijo Nora, dirigiéndose a una camioneta de comida llamada Falafel Exprés. Cuando le tocó el turno, pidió una muestra de falafel y entregó al restaurador su tarjeta. Cuando le llegó el turno a Jed, le dijo a Nora que siempre había querido pedir un *baba ganoush*.

—Es que me encanta cómo suena el nombre —explicó tanto a Nora como a la chica que tomaba nota de los pedidos.

La joven le dedicó una sonrisa tímida.

—Es un nombre en árabe. Hay quienes dicen que la traducción es «papá presumido». ¿Eres un papá presumido?

Jed se examinó los dedos.

—No sabría decirte. Hace siglos que no me hago una manicura, por ejemplo.

La mujer se rio y se metió en el interior de la camioneta para transmitir el pedido al cocinero.

—Ahora te toca a ti —dijo Nora cuando se zamparon la primera ronda de comida.

Jed señaló una camioneta amarilla.

—Empanada de macarrones con queso. Necesito un poco de comida basura para compensar lo de esa berenjena. Deberían darme muchos puntos extra solo por comer berenjena. Tiene la consistencia de una esponja húmeda. No estoy del todo convencido de que sea comida de verdad.

—¿Puntos extra? Por comerte un puñado de chiles fantasma, aún, pero ¿unas berenjenas? —Nora sacudió la cabeza fingiendo indignación—. Vaya con estos hombres de hoy en día. Si John Wayne levantara la cabeza...

De sopetón, Jed se la llevó de la camioneta de las tartas saladas hacia el puesto de *curries*.

—¿Qué es lo más picante que tienes? —le preguntó al hombre de la ventanilla.

El hombre miró a Jed de arriba abajo antes de responder.

—Podemos hacer cualquier cosa todo lo picante que quiera, pero nuestro *wrap* de *paneer* lleva jalapeños y *curry*. Normalmente lo servimos suave, pero puede pedir que se lo hagamos más picante si quiere.

—Sí, claro que quiero, suba el picante a tope, buen hombre.

Sin dejar de sonreír ni un minuto, Nora pidió una samosa de verduras. También pidió un pequeño recipiente de *raita* por si Jed necesitaba apagar el fuego que estaba a punto de incendiarle la boca.

Él se comió su *wrap* en tres bocados, dijo que apenas le había parecido picante, y ya estaba mirando la fila de camionetas en busca de su siguiente parada cuando le asomaron unas gotitas de sudor en la frente.

—¿Efectos retardados? —exclamó Nora, tratando de contener la risa.

Jed asintió y se secó la frente con una servilleta. Luego, dándole la espalda a Nora, se pasó la servilleta por la lengua. Cuando volvió a mirarla, tenía las mejillas encendidas.

—Debería haber pedido algo de beber.

Nora le dio el envase de *raita*.

—Cómete esta salsa de yogur. Te ayudará a neutralizar el picante.

Jed cogió la salsa con un gemido de agradecimiento y, echando la cabeza hacia atrás, se empapó la lengua con el yogur. Tragó, esperó un momento y sonrió.

—Eres un genio.

—Qué va —repuso ella—. Antes vivía muy cerca de un restaurante que servía auténtica comida india. Comía allí una vez a la semana.

Nora se puso a mirar inmediatamente el mapa que tenía en las manos, desconcertada por haber mencionado su vida anterior. Nunca hablaba de ella, o al menos con nadie que no perteneciese al Club Secreto de la Lectura y la Merienda.

—¿Lo echas de menos alguna vez? —le preguntó Jed—. El lugar donde vivías.

Nora negó con la cabeza y señaló la camioneta de la freiduría, hacia el final de la fila.

—Vamos ahí. Tal vez tengan esos tacones de bota fritos que querías.

Diez minutos más tarde, Jed y Nora se sentaron en una mesa de pícnic con unos champiñones fritos al estilo cajún, pepinillos fritos con salsa ranchera de búfalo y unas botellas de agua.

—¿Hay alguna camioneta donde vendan antiácidos? —bromeó Jed. Se había terminado su comida y observaba a Nora mojar un pepinillo frito en la salsa picante. De pronto, la sonrisa se borró de su rostro y la miró con una expresión solemne—. Escucha, nunca sacaré el tema de lo que compartiste conmigo anoche. Tu pasado es tuyo, es a ti a quien le pertenece. En cuanto a mi historia, solo te conté una parte. Era muy tarde, pero me parecería injusto no contarte el resto. Cuando quieras oírlo, pídemelo.

Nora contempló a la multitud apiñada en torno a una camioneta de pizzas de leña. La noche era un hervidero de ruido, olores y energía eléctrica.

—No hablemos de cosas serias esta noche. Vamos a divertirnos. —Tras una pausa, añadió—: Nunca se me ha dado bien divertirme. Se me da bien trabajar. Pero estoy intentando cambiar.

Jed sonrió.

—Yo puedo ayudarte. —Le quitó el mapa de las manos y deslizó el dedo por la lista de puestos ambulantes—. Vale. Ya está. Acábese los pepinillos, doña Librera, porque nos vamos a un puesto especializado en libaciones.

—¿A cuál? —preguntó Nora, reprimiendo una punzada de pánico.

Jed se negó a responder, y cuando Nora quiso hacerse con el mapa, él lo mantuvo fuera de su alcance.

—Si lo quieres, tendrás que recuperarlo por la fuerza —dijo, provocándola.

—No me tientes —respondió ella sonriendo para disimular su nerviosismo.

De repente, una sombra atravesó la mesa.

—¿Algún problema por aquí, amigos?

Era el ayudante Andrews. Iba de uniforme, llevaba los pulgares enganchados en el cinturón y le rondaba una sonrisa por la comisura de los labios.

—¿Le apetece ser testigo ocular de un asalto con resultado de lesiones? —le preguntó Nora, dando una palmadita en el banco, a su lado.

Andrews negó con la cabeza.

—Una oferta muy tentadora, pero tengo que ir a hacer de juez en el concurso de Miss Abeja Infantil. Las niñas tienen que responder a unas preguntas muy difíciles sobre cultivos sostenibles, producción ecológica de alimentos y el papel de las abejas en la cadena alimentaria.

—Es mejor que les hagan preguntas difíciles que hacerlas desfilar con coquetos vestidos mientras saludan con la mano y esbozan esas sonrisas falsas —dice Nora—. Así al menos pueden presumir de cerebro.

—Pero siguen desfilando con los vestidos. Las ganadoras de los concursos Miss Abeja Infantil y Miss Abeja Juvenil encabezarán mañana el desfile de coches antiguos. Todas las chicas del pueblo se mueren por sentarse en la parte trasera del Corvette de época. Pero si hasta yo también me muero por sentarme en ese coche.

Jed y Andrews se pusieron a hablar de coches y Nora se levantó para ir a buscar más agua. Tanta comida salada le había dado sed.

Estaba en la cola cuando Andrews reapareció a su lado.

—¿Ha visto el periódico de esta mañana?

Nora había estado demasiado ocupada para leer nada aquel día y así se lo hizo saber a Andrews.

—Usted y sus amigas salen en él —le dijo Andrews, mirando a su alrededor para asegurarse de que no le oyeran.

—¿Por qué? —exclamó Nora, mirando a ver qué hacía Jed. Estaba de pie junto a la papelera, hablando con un compañero. El otro sanitario iba con el uniforme. Ambos se reían y parecían muy relajados.

—Las bolsas secretas. —Andrews bajó la voz hasta hablar en un susurro—. La señora Washington le ha hablado a medio pueblo de las suyas. Ahora trabaja en el supermercado —añadió, refiriéndose a una de las antiguas cajeras del Madison County Community Bank—. Ella llama a las autoras sus Ángeles

Nocturnos, y ese es el nombre que les ha puesto también el periódico. Me parece que deberían ustedes empezar a ponerse algún disfraz.

Nora suspiró. Lo último que les interesaba a ella y a sus amigas era la publicidad.

—Por favor, no se lo diga a nadie —le suplicó—. Nuestro objetivo es dar regalos anónimos a nuestros vecinos.

—Su secreto está a salvo conmigo. Hester ya me hizo prometer que no se lo diría a nadie, ni siquiera al *sheriff*. Me amenazó con no volver a hacerme ninguna de sus maravillas en el horno si me iba de la lengua. —Sacudió la cabeza—. Eso sí que no podría soportarlo. Me encanta todo lo que hace esa mujer.

Al oír el nombre de Hester, Nora sintió una opresión en el pecho. ¿Qué pasaría con sus bolsas de Detallitos Secretos si la panadera dejaba de contribuir con sus panes, galletas y rollitos? A aquella reflexión le siguió otra, mucho más inquietante: ¿qué sería del Club Secreto de la Lectura y la Merienda si Hester dejaba de asistir a sus reuniones? No sería lo mismo sin ella. Nora no creía que las demás pudieran soportar la embestida de semejante pérdida; la suya era una amistad demasiado nueva, demasiado reciente, y precisamente por eso, también era frágil.

—¿Se encuentra bien, señora Pennington?

Nora miró al ayudante con indecisión. Podía confiar en Andrews, era un buen hombre. Él sabría ver la importancia del hecho de que Abilene apareciera aquella primera noche en Miracle Books con una pulsera de hospital y un vestido que tal vez había sido de Amanda Frye. Sin embargo, confiar en el ayudante significaba hacerlo a espaldas de Abilene y, por alguna razón, traicionar a la chica era como traicionar a Hester. Nora no podía hacerle eso a su amiga.

Al ver que Jed se dirigía hacia ellos, Nora cambió de tema.

—La señora Washington me recuerda a otra persona muy criticona.

—Me dijo usted que Kenneth Frye ha estado poniendo verdes a los dueños de El Genio Virtual, diciendo que eran unos estafadores, pero he estado examinando el contrato que usan y sus quejas son infundadas.

—Lo sé. ¿Se acuerda de que el *sheriff* fue a ver a Frye a su hotel? —Andrews esperó a que Nora asintiera antes de continuar—. Cuando terminó de leerle la cartilla a Frye, se fue a la tienda de subastas y repasó todas sus cuentas y su documentación de arriba abajo. El señor Kingsley y la señora Beacham se mostraron muy serviciales y colaboraron en todo momento. En el contrato se especifican claramente los términos y las comisiones. El *sheriff* McCabe se quedó tan impresionado que él mismo va a utilizar los servicios de El Genio Virtual, cosa que debería ayudar a mejorar su reputación. El *sheriff* tiene más influencia que cualquier forastero charlatán.

—Eso es verdad —convino Nora—, aunque Griffin y Tamara también son forasteros. Hace falta vivir en Miracle Springs durante al menos una década para que dejen de considerarte alguien de fuera.

Jed llegó a tiempo de oír el comentario de Nora.

—Entonces, ¿eso te convierte a ti en una forastera? —le dijo—. Porque a mí me parece que eres tan de aquí como cualquiera.

Nora se encogió de hombros.

—Supongo que todavía estoy en período de prueba.

—Se equivoca —dijo Andrews—. Usted y su librería forman parte del alma de este pueblo. Se lo he oído decir a mucha gente. —Se tocó el ala del sombrero—. Será mejor que me vaya. Que disfruten de la velada.

Jed observó a Andrews alejarse.

—Me cae bien ese hombre. El *sheriff* también es un buen tipo. Supongo que Miracle Springs necesitaba un forastero. Los cambios siempre son buenos; coger algo que lleva existiendo toda la vida y renovarlo de arriba abajo. Como el aguardiente casero de tarta de manzana y canela, por ejemplo.

Era una comparación tan marciana que Nora miró a Jed con expresión atónita.

—¿Qué?

La respuesta de Jed quedó sofocada por una voz atronadora que salía de un altavoz junto a ellos. Un locutor anunció que el concurso de Miss Abeja Infantil iba a empezar en cinco minutos. Nora no le pidió a Jed que repitiera lo que había dicho. Pasaron por debajo de un arco adornado con frutas artificiales y las palabras «Comercio de proximidad: compra productos de Blue Ridge», y siguieron adelante hasta llegar a un puesto muy popular. Nora examinó el cartel luminoso que colgaba encima del mostrador principal. Tenía la forma de un tarro con el tapón de rosca y las letras azules de neón decían «Destilería Blowing Rock».

—¿Has probado el aguardiente casero alguna vez? —le preguntó Jed.

—Después de oír a la gente decir que sabe a trementina, no —dijo Nora. Cuando vio la expresión de decepción en la cara de Jed, hizo una puntualización—. Aunque imagino que se habrá puesto tan de moda por algo. No paran de aparecer destilerías y cócteles artesanales hechos con aguardiente casero. O no es verdad que sabe a trementina, o toda esa gente está haciendo cola porque se muere de ganas de quemarse el esófago.

Jed se rio.

—Yo lo probé una vez, un brebaje casero que había hecho mi amigo y, ¡puaj, qué asco! Olía a maíz, pero sabía al interior de la taquilla del gimnasio de un adolescente. Como mínimo, debía de tener mil grados de graduación. Después de tres tragos, empecé a tener alucinaciones y a ver familiares muertos.

Un grupo de señoras mayores que iban de punta en blanco, vestidas con trajes de chaqueta, medias y tacones salían tambaleándose del mostrador del puesto de la destilería, desternillándose de risa con cada paso que daban.

—¡Jedediah Craig! —exclamó una de ellas, arrastrando las palabras—. Me parece que vas a tener que llevarnos en tu ambulancia luego. Nos hemos tomado un montón de cerezas «especiales».

—¿Nos haces un favor, guapo? —intervino otra de las mujeres—. Danos una vuelta en la ambulancia, pero no enciendas esa sirena tan horrorosa. No creo que sea capaz de soportar más ruido. Tú átame a la camilla y sujétame fuerte cuando el conductor dé algún giro brusco. Aunque solo sea un aceleroncito.

El comentario provocó una nueva carcajada entre las mujeres, que se fueron dando trompicones hacia las camionetas de comida.

—Conque cerezas especiales, ¿eh? —murmuró Jed con aire divertido—. Más bien serían cerezas al marrasquino...

Cuando llegaron al principio de la cola, Nora no sabía qué hacer. No creía que mojarse los labios con el aguardiente de Blowing Rock fuese a resultar un problema, pero sabía que tenía que ir con cuidado. Había sido una semana muy intensa y no quería que un cúmulo de emociones fuertes jaleadas por una dosis de alcohol de alta graduación tomaran el control de su vida en ese momento.

—Aquí tiene el menú, señora. —Un chico con mono vaquero y botas de *cowboy* le ofreció una lista plastificada de las opciones disponibles—. Si quiere que le recomiende algo, no tiene más que decirlo.

—Pues la verdad es que sí —dijo ella antes de que el chico se pusiese a atender al siguiente cliente—. ¿Cuál es la opción menos cargada? Aunque le daba un aire a un joven Clint Eastwood, parecía carecer del ingenio de este.

—Eeeh... —murmuró, apartándose el pelo claro de la frente.

Nora señaló el menú.

—¿Cuál me va a quemar menos la garganta?

—¡Ah! —Se le iluminó la cara al comprender al fin lo que le decía—. Prefiere algo suavecito y que no le dé quemazón.

—Exacto —dijo Nora.

El joven Eastwood le dijo que probara las cerezas o los melocotones en aguardiente. Si le gustaban, podía probar un chupito de aguardiente de fresa o de limón, pero si solo iba a probar uno de los productos de la casa, le sugirió que eligiera el más popular de toda la destilería: el aguardiente de tarta de manzana y canela.

—Es alucinante —le dijo—. La mayoría de la gente se va a casa, entra en el ordenador y pide una caja entera después de probarlo. Nos cuesta un huevo tener existencias. —Sonrojándose ligeramente, añadió—: Perdón por el lenguaje, señora.

—Estoy seguro de que oirás cosas peores antes de que acabe la noche —le dijo Jed a Nora—. Aunque no de mi boca, porque mi madre no me dejaba decir palabrotas, sino de la gente que está probando bebidas en los puestos para mayores de edad con el estómago vacío.

La referencia de Jed a su madre le recordó a la clienta que había tenido aquella tarde, la que le advirtió que no saliera con un hombre que buscaba una figura materna sustituta. Sin duda, fue por eso por lo que Nora se acercó al mostrador de la destilería, miró el surtido de botes de colores y dijo:

—Quiero unas cerezas al aguardiente, y también el aguardiente de tarta de manzana y canela.

—Así me gusta —dijo Jed, y pidió un chupito de *whisky* casero y otro de aguardiente de naranja estival.

La pareja se trasladó a la zona de degustación, donde había una docena de mesas altas cubiertas con manteles de vinilo. La mesa que eligieron estaba pegajosa por las manchas de licor reseco. Nora pinchó su cereza con un palillo y la sostuvo en el aire.

—Como dijo lord Byron una vez: «¿Qué es beber? Una mera pausa del pensamiento».

Jed levantó su vasito diminuto, que parecía contener un dedal de alcohol, y apuró el contenido de un sorbo. Nora se metió en la boca la cereza emborrachada de aguardiente y estudió a Jed. Él cerró un ojo e hizo una mueca. Parecía un pirata enfadado.

Para no tragarse la cereza entera, la empujó hacia la mejilla con la lengua y mordió. Esperaba algo dulce, algo parecido a una cereza al marrasquino, pero un poco más fuerte. Sin embargo, aquella cereza era potente. Muy potente. Nora hizo una mueca, volvió a masticar y la engulló rápidamente.

Jed soltó un fuerte resoplido.

—Eso ha sido publicidad engañosa —murmuró—. En el menú decía que la naranja estival era como un caramelo de naranja. Pensaba que sería como una especie de Fanta al principio y que luego, al final, te dejaría un regusto de café con *amaretto* o algo así. —Levantó las manos—. No había ni rastro de caramelo, era todo naranja atómica desde el principio. Mi boca aún no sabe ni qué le ha pasado.

Nora le señaló el segundo vaso de chupito y arqueó las cejas.

—Pues espera a que pruebes ese *whisky* casero. ¿Estás seguro de que quieres hacerlo?

Jed se encogió de hombros.

—Total, ya no me noto ni la boca. ¿Qué hay de malo en tomarme otro?

«¿Cuántas veces se habrá hecho la gente esa pregunta antes de cometer una estupidez?», pensó Nora y cogió su vaso.

Olió el contenido y le sorprendió el agradable aroma a manzana. También detectaba un sutil toque de canela y, aunque pareciese una locura, un ligero aroma a mantequilla. Era como entrar en una habitación donde alguien acababa de sacar una tarta de manzana del horno.

«¿Cómo puede ser malo si huele tan bien?».

Estaba a punto de beber cuando Jed levantó la mano para detenerla.

—Otro brindis —dijo—. Me gustan tus brindis.

Nora trató de pensar en otro brindis literario, pero lo único que se le ocurrió fue una frase de F. Scott Fitzgerald. No inspiraba jovialidad, precisamente, pero la citó de todos modos.

—Por el alcohol, las gafas de color de rosa de la vida.

Entrechocaron los bordes de los vasos y Nora se lo bebió de un trago. Sintió el sabor de la manzana, la canela y la masa de mantequilla, pero solo fue un segundo, porque los sabores agradables quedaron eclipsados de inmediato por la quemazón. Demasiada quemazón. Sintió como si se hubiera tragado una estrella fugaz. A través de unos ojos llorosos, vio que Jed estaba teniendo una reacción similar.

Ambos empezaron a reírse a carcajadas.

—Siento como si acabara de castrar mi masculinidad —dijo Jed cuando recobró la compostura—. Creo que me tomaría otro.

Nora señaló la cola.

—Adelante. Yo ya he acabado con las degustaciones de aguardiente, así que me voy a quedar en ese banco que hay junto al puesto de sidra hasta que vuelvas con tu segunda ronda.

Se sentó en el banco, sintiendo cómo el aguardiente de tarta de manzana seguía propagando el calor por la parte superior de su cuerpo. No había ninguna luz que alumbrase aquella zona, lo que le permitía observar a la gente desde el refugio de las sombras. Era agradable poder sentarse allí, sin que nadie la viese, y mirar a la gente. Le gustaba observar su ropa, sus gestos, sus expresiones... todo. Era un tipo de *voyeurismo* único, pero inofensivo.

Estaba observando a una pandilla de adolescentes que se dirigían a la fila de camionetas de comida cuando oyó a un hombre gritar desde algún lugar por detrás del banco. Si la voz no le hubiera resultado familiar, no se habría molestado en darse la vuelta, pero al oír un estallido de ira y hostilidad, supo que era la voz de Kenneth Frye. Sin embargo, no logró ver a la persona a la que estaba gritándole porque el tronco de un árbol le tapaba la vista.

—Ya te lo he dicho, ¡no hay trato! No tienes nada que ofrecerme. ¡No has cumplido lo que prometiste, así que hemos terminado! —Amenazó con el dedo índice a la desafortunada persona destinataria de su ira. El gesto le hizo tambalearse, pero consiguió mantenerse en pie—. Y para que lo sepas, cuando encuentre lo que sea que has estado fingiendo que no buscabas, me lo quedaré. Es mío. Y ahora, lárgate.

Una botella de cerveza surcó el aire y se estrelló en algún punto de la oscuridad.

Todo el cuerpo de Nora se puso en tensión. Ya era bastante malo lidiar con Kenneth Frye cuando estaba sobrio, así que no podía imaginarse tener que enfrentarse a él borracho. El alcohol y la ira eran peligrosos compañeros, Nora lo sabía mejor que nadie. Aun así, quería saber a quién le había gritado Frye y, para eso, tenía que moverse de modo que el árbol ya no le bloquease la vista.

—Espero que este asiento no esté ocupado —dijo una voz, antes de que pudiera levantarse.

Nora alzó la vista y vio a Jed. Aun en la relativa oscuridad, la miraba con ojos relucientes.

—Seguro que este chupito no será tan bueno como el tiempo que podría haber pasado contigo, pero estoy decidido a recuperar mi reputación como hombre. ¿Estás preparada para ver mi cara de póquer?

Jed se bebió el chupito. Aparte de apretar la mandíbula, no dio señales de que el alcohol le estuviese quemando la boca ni la garganta.

—Ya vuelves a ser todo un macho —dijo Nora—. Casi estás a la altura de Ernest Hemingway.

—No te rías de mí —la regañó Jed con aire solemne—. Ese tipo sí era un machote. Corría delante de los toros, cazaba piezas de caza mayor, fue conductor de ambulancia durante la Gran Guerra y sobrevivió a un accidente de avión.

Nora estaba impresionada.

—¿Eres fan de Hemingway?

—Escribí un trabajo sobre él en el instituto. Elegí a Hemingway porque era el que había escrito el libro más corto de la lista de lectura, *El viejo y el mar*. Odiaba la historia, pero me gustaba el autor. Al tipo se le daban muy bien muchas cosas.

—Salvo las relaciones —dijo Nora, y se volvió para ver si Frye seguía allí.

No, ya no estaba.

Nora se quedó mirando las sombras, esperando que la otra persona saliera a la luz. Al cabo de un momento, quedó claro que no había nadie.

Jed, que no se había dado cuenta del lapsus de atención de Nora, siguió hablando de Hemingway.

—Recuerdo que decía que la del escritor era una vida solitaria. Me pareció extraño porque se había casado muchas veces. Hubo muchas mujeres que quisieron estar con él, pero no fue feliz con ninguna mucho tiempo. —Hizo una pausa y, cuando volvió a hablar, su voz tenía un deje de tristeza—. ¿Crees que hay personas que están destinadas a estar solas?

La pregunta le recordó a Amanda Frye. Nora visualizó la humilde casa de Amanda, con sus electrodomésticos viejos y sus muebles maltrechos. Vio la hilera de vestidos de su armario. Su cocina anticuada, pero ordenada. Sus maravillosos libros. Y entonces, aunque trató de evitarlo, vio a Amanda flotando en el estanque de espuma verdosa. Se acordó de cuando las moscas se habían arremolinado en torno al cadáver hinchado de la mujer.

—Lo siento. —Jed agitó las manos como si quisiera borrar su pregunta—. Hoy no íbamos a hablar de cosas serias; esta noche nos toca divertirnos. Te toca escoger la siguiente parada.

Le pasó el mapa a Nora.

Eligió visitar el puesto del apicultor local. Aunque probaron distintas variedades de miel y asistieron a una animada demostración culinaria, de algún modo, el hechizo del festival se había roto, y Nora no tenía ni idea de cómo reavivar la magia.

Después de que Jed la acompañara a casa, Nora se quedó en su terraza contemplando las estrellas distantes del firmamento.

—Muy típico de Hemingway, estropearme así la primera cita romántica que he tenido en años... —se quejó a las lucecillas parpadeantes.

Como era de esperar, no tenían ningún consuelo que ofrecerle.

CAPÍTULO DIEZ

> Estaba viendo lo rápido que caía y
> ya sabía lo que le esperaba allí abajo.
>
> GEORGE R. R. MARTIN

Aunque era sábado, Nora puso el despertador a las seis y media porque quería salir a caminar un rato por el bosque antes de ir al mercadillo.

Como de costumbre, preparó el café mientras se vestía y se tomó una taza antes de salir. También cogió su fiel bastón. Aún faltaban varias semanas para que las serpientes se metieran en sus madrigueras o en los troncos huecos para pasar el invierno y Nora no quería pisar ninguna víbora ni una serpiente de cascabel.

El bastón de Nora era uno de sus objetos favoritos. También era una de las pocas cosas que había comprado en el mercadillo y que no había vuelto a poner a la venta inmediatamente en Miracle Books.

Su bastón era especial por su temática literaria. El ebanista que lo había tallado no solo era culto, sino también increíblemente hábil. Había creado una escena vertical en la que aparecía un zorro corriendo por un campo repleto de flores y mariposas. El zorro se desplazaba corriendo de la parte inferior del bastón hacia arriba, donde quedaba inmortalizado para siempre saltando por encima de un arroyo de aguas revueltas.

Cuando la gente miraba de cerca el bastón de Nora, veía el zorro, las flores y los árboles, pero lo que no era tan evidente eran las palabras grabadas en los troncos de los árboles: «Y he aquí mi secreto», una cita, aunque incompleta, de *El Principito*.

La librera recitaba la cita íntegra a cualquiera que expresara curiosidad por su bastón. La frase era demasiado importante como para no compartirla.

—«Y he aquí mi secreto, que no puede ser más simple: solo con el corazón se puede ver bien; lo esencial es invisible a los ojos» —decía.

Su bastón solo se convertía en tema de conversación cuando se detenía a disfrutar de las vistas desde uno de los miradores del Sendero de los Apalaches y otro excursionista se encaramaba a un grupo de rocas gigantes. Los senderistas eran gente muy agradable y abierta, y muchos llevaban sus propios bastones. Aunque a Nora no le gustaba mucho hablar durante sus excursiones por el monte, le gustaba escuchar las historias que se escondían detrás de los bastones de los demás. Eran intercambios breves e interesantes, como Nora pensaba que debían ser todas las conversaciones.

Sin embargo, hoy no pensaba detenerse en el mirador. Tenía mucho que hacer antes de abrir la tienda. Cuando cruzó las vías del tren y se adentró en el bosque, eran poco antes de las siete.

El bosque reverberaba con el ruido blanco de la naturaleza. A Nora le gustaban esos sonidos, reconfortada por el hecho de que fueran tan previsibles. Mientras caminaba, la rodeaba el zumbido de los insectos, el parloteo de las ardillas y el susurro de las hojas. No había llovido mucho en agosto y las hojas empezaban a secarse y a separarse de las ramas. Caían de las copas de los árboles como confeti marrón y dorado y, de vez en cuando, Nora alargaba la mano y cogía una.

Ella también hacía ruido. Con los crujidos de las ramitas bajo sus pies, provocaba los ruiditos de las ardillas. Los animalillos, poniéndose en fila en las ramas y mirando fijamente a Nora, le recordaban a un grupo de ancianitas que habían quedado para ir juntas a la peluquería y poder pasar una o dos horas cotilleando. A Estella le encantaba estar con aquellas ancianas, a pesar de que cuchicheaban sobre ella a sus espaldas.

—Es lo que hacen las mujeres como ellas —le respondió Estella cuando le preguntó cómo podía disfrutar de semejante compañía—. No son malas, pero se aburren. Aunque me alegro de no ser familia de ninguna de ellas. Las cosas que dicen de sus familiares son lo peor. A veces, tener a tu único pariente en la cárcel no está tan mal. Mi padre solo sabe lo que yo quiero que sepa.

El comentario de Estella le recordó lo que no había querido compartir con el ayudante Andrews la víspera anterior. No se arrepentía de haber obrado así, pero eso significaba que ahora tendría que investigar a Abilene por su cuenta.

Siguió caminando hasta llegar a una bifurcación. Como hacía siempre al llegar allí, miró el reloj. Podía seguir andando y pasar menos tiempo en el mercadillo o coger el desvío que pasaba por detrás de las cabañas del hotel Tree House Cabins y volver al pueblo. Si tomaba el camino de vuelta, tendría tiempo de sobra para comprar embellecedores de estanterías y abrir Miracle Books a las diez.

Decidió seguir la ruta más corta y llegó hasta el límite de la propiedad del hotel cuando se dio cuenta de que no se había cruzado con nadie por el sendero. Era raro, sobre todo porque el hotel ofrecía excursiones diarias al amanecer, acompañadas de una sesión de yoga o meditación en la cima de la montaña.

Después de seguir un camino descendente desde el sendero principal y llegar a un claro próximo a la primera sección de cabañas en los árboles, Nora entendió de inmediato por qué no había visto a nadie. Había pasado algo en una de las cabañas más pequeñas, situadas en el centro del recinto. A través del follaje, Nora vio tres coches patrulla con barras luminosas intermitentes y una ambulancia aparcada. Aunque las luces de la ambulancia también estaban encendidas, la sirena estaba apagada. La presencia de los vehículos de emergencia resultaba inquietante, pero la ausencia de la sirena acentuaba aún más esa sensación. Era como si las luces repitieran el mismo mensaje, un mensaje que decía: «Demasiado tarde, demasiado tarde, demasiado tarde...».

Nora no tuvo más remedio que dirigirse allí, puesto que solo había un camino para atravesar la propiedad, un camino y una estrecha carretera de tierra. Al final, ambos convergían, lo que situó a Nora a dos cabañas de distancia de donde estaban aparcados los vehículos.

Mientras avanzaba, vio al *sheriff* McCabe bajar los dos últimos peldaños de una escalera de acceso a la cabaña del árbol y agacharse para pasar por debajo de un trozo de cinta amarilla policial sujeta a un par de troncos. Nora aún no podía ver lo que había en el suelo debajo de la cabaña, pero en cuanto lo vio, ralentizó el paso de una forma tan brusca que el *sheriff* la vio de inmediato.

El policía levantó el brazo, indicándole que se detuviera. Ella obedeció, demasiado conmocionada para hacer otra cosa. Fijó la mirada en el cadáver que había en el suelo debajo de la cabaña. Estuvo a punto de tropezar con una raíz mientras su cerebro procesaba los ángulos imposibles de la pierna derecha y el cuello del cadáver. No parecía real. Parecía más bien un maniquí de pruebas de choque que había salido despedido del interior de un coche.

—¿Señora Pennington? —El *sheriff* se acercó a ella, impidiéndole ver el cadáver. Se cruzó de brazos y la miró con gesto de desaprobación—. ¿Qué hace aquí?

Nora señaló por encima de su hombro, esperando que alguno de los ayudantes le hubiera hablado al nuevo *sheriff* del sendero para excursionistas.

—He salido a andar por el monte. Siempre vuelvo a casa por este camino. —Señaló hacia el cadáver. Aunque solo lo había visto un momento, creyó reconocer al hombre de la barba—. ¿Es Kenneth Frye?

La mirada de desaprobación del *sheriff* se transformó en un gesto de extrañeza.

—¿Lo conoce?

—No muy bien, no, pero lo conocí en mi librería —explicó—. Vino buscando una tasación gratuita.

La expresión en el rostro del *sheriff* cambió.

—El ayudante Andrews me lo comentó. ¿Ha visto al señor Frye desde entonces?

Nora tuvo que obligarse a concentrarse en la pregunta del *sheriff*. Todavía estaba intentando asimilar que aquel cuerpo inerte en el suelo era el de Kenneth Frye. Las preguntas se agolpaban atropelladamente en su cabeza y era difícil centrarse en una sola.

—¿Señora Pennington? —insistió el policía.

—Lo vi anoche —contestó, haciéndose al fin con el control sobre sus pensamientos—. En el festival. Estaba detrás del puesto de sidra, bastante lejos, de hecho. Y estaba gritándole a alguien. Parecía borracho y se tambaleaba. No pude ver con quién estaba porque un árbol me tapaba. Ojalá me hubiera asomado a mirar cuando tuve ocasión.

Lo decía de corazón: si hubiese podido identificar al blanco de la ira de Frye, tal vez podría ayudar al *sheriff* a entender por qué su cuerpo estaba tirado como un muñeco roto al pie de una cabaña en un árbol.

—¿Y si la cabaña la alquiló la persona con la que estaba discutiendo? —preguntó Nora, dirigiendo su mirada hacia la cabaña, construida sobre una plataforma a nueve metros del suelo.

El *sheriff* negó con la cabeza.

—La alquiló Kenneth Frye.

Aquello pilló desprevenida a Nora. Andrews le había hablado de la visita del *sheriff* al hotel de Frye, pero casi ninguno de los lugareños se refería a las cabañas Tree House Cabins como un hotel. De todos los lugares donde alojarse en Miracle Springs, los más famosos eran el hotel balneario y las cabañas Tree House Cabins. También había algunos pintorescos *bed and breakfast* y otros establecimientos que pertenecían a cadenas hoteleras, pero solo había un lugar donde alojarse en una cabaña de madera encaramada en lo alto de un árbol.

Kenneth había alquilado una cabaña individual. Eran las más baratas del recinto porque tenían menos metros cuadrados, pero todas incluían un balcón amueblado con dos sillas y una mesita auxiliar.

Nora señaló el balcón de la cabaña de Frye.

—¿Se cayó desde allí?

—Eso parece —respondió el *sheriff* McCabe y se dio la vuelta para responder a una pregunta de uno de sus ayudantes. Cuando se volvió, Nora vio a Andrews bajar corriendo por la escalerilla de madera de la cabaña. El *sheriff* levantó el brazo y lo llamó.

—Señora Pennington. —Andrews se tocó el sombrero a modo de saludo. Estaba un poco pálido y Nora se preguntó si habría sido el primero en llegar.

—¿Podría enseñarle a la señora Pennington una foto del libro que encontramos en la cabaña del señor Frye? —le pidió el *sheriff* a su ayudante.

Andrews sacó su teléfono y fue pasando varias fotos antes de entregarle el aparato a Nora. Al coger el teléfono, reconoció inmediatamente la imagen.

—Es el otro libro desaparecido: *La marca de los Mallen*, de Catherine Cookson. —Señaló la cabaña—. ¿Está ahí también la novela de Tolkien? ¿*Las dos torres*?

Andrews asintió con la cabeza.

—¿Por qué? —murmuró Nora para sí misma antes de dirigirse de nuevo a los dos hombres—: Anoche no oí casi nada de lo que dijo Frye, había demasiado ruido, pero parecía como si estuviese prescindiendo de los servicios de alguien. Dijo que ya no había trato y que la otra persona no había cumplido su promesa. Lo último que oí no tenía mucho sentido.

—Díganoslo de todos modos —insistió el *sheriff*.

A Nora no le extrañaba la impaciencia de McCabe. Detrás de él, el cuerpo destrozado de Kenneth Frye reclamaba silenciosamente atención. Kenneth Frye. Había venido a Miracle Springs porque su madre había fallecido de golpe y, ahora, él también estaba muerto. Su muerte también había sido repentina. E inesperada. McCabe, el *sheriff* interino contratado para reconstruir el departamento tras un escándalo, tenía ahora que investigar dos muertes sospechosas a los pocos días de aceptar el cargo.

—Frye le dijo a la otra persona que si encontraba lo que fuera que había estado buscando, se lo quedaría él —respondió Nora—. Creo que Frye no tenía ni idea de lo que era.

—¿Podría ser otro libro? —le preguntó Andrews al *sheriff*.

Nora fijó su mirada en McCabe.

—Hay algo raro en la biblioteca de Amanda Frye. No sé lo que es porque no he examinado todos los libros, pero tiene que haber una razón para que Kenneth se tomara tantas molestias para impedir que los heredase la persona que nombró su madre en el testamento.

—Andrews, tenemos que tomar declaración a la señora Pennington. También quiero que averigües con quién se vio Frye anoche. Aquí ya hemos terminado. Señora. —El *sheriff* inclinó la barbilla hacia Nora antes de dirigirse hacia donde los sanitarios rodeaban el cadáver de Frye.

—¿Se cayó Frye o lo empujaron? —susurró Nora cuando McCabe se hubo alejado lo bastante.

El ayudante no respondió, pero Nora vio cómo se le tensaba la mandíbula. Fueran cuales fueran las pruebas, Andrews creía que alguien había empujado a Kenneth Frye. Para él, aquella era la escena de un crimen.

—¿Podría alguien estar tan borracho como para caerse por un balcón? —preguntó Nora mirando a la cabaña.

Arrepintiéndose de inmediato de haber dicho aquellas palabras, Nora sintió un nudo de vergüenza en la garganta. ¿Cómo podía ella, que conocía tan bien el poder nocivo del alcohol, formular semejante pregunta?

—¿Está usted bien?

Andrews la miraba con preocupación. Ella le miró a los ojos y asintió.

—No estoy intentando sonsacarle información para ir difundiendo rumores por el pueblo. Estoy preocupada de verdad. Ha sido una semana muy intensa, con dos muertes y con la llegada al pueblo de gente nueva. Parece todo muy enrevesado, como a principios de verano.

Andrews ladeó la cabeza.

—¿Gente nueva? No me diga que cree que hay una conexión entre los dueños de El Genio Virtual y esto. —Señaló con la mano la escena del crimen.

«La gente nueva en la que estaba pensando es Abilene», pensó Nora, aunque no le dijo nada a Andrews, ya que había decidido buscar cualquier información sobre Abilene en internet en cuanto llegara a la librería. Si no encontraba ningún resultado, le hablaría del vestido a Andrews. No tenía otra opción. Si Abilene estaba implicada de algún modo en los sucesos que habían llevado a la muerte de Kenneth Frye, Nora no podía permanecer callada por más tiempo.

El ayudante estaba diciéndole dónde y cuándo debía ir a prestar declaración, pero ella no lo estaba escuchando. Estaba mirando al balcón, tratando de imaginarse a alguien empujando a Frye por detrás.

Aquel hombre era un armario; incluso estando ebrio, no podía ser fácil hacerle caer al otro lado de la barandilla sin darle un fuerte empujón. ¿Podía Abilene tener tanta fuerza? No, eso no podía ser.

«Y si no ha sido ella, ¿quién ha sido, entonces?».

—¿Le parece bien? —le preguntó Andrews.

Como Nora no lo había estado escuchando, se limitó a decir:

—Tengo que irme, que llego tarde.

Echó a andar para alejarse de las luces intermitentes, de los hombres y mujeres de uniforme y del cadáver de Kenneth Frye. Las preguntas se agolpaban en su cabeza, inundándole el cerebro con un zumbido incesante. Por muy rápido que se moviera, era imposible escapar del ruido.

Aunque no tenía tanto tiempo para comprar en el mercadillo como le habría gustado, Nora se fue de todos modos con su bicicleta al granero reformado donde se celebraba. Necesitaba ir al mercadillo esa mañana. Necesitaba mezclarse con el bullicio de la gente y oler el aroma de las palomitas y los frutos secos confitados que salía de la cafetería. Sobre todo, necesitaba que los objetos *vintage* le sirvieran de distracción para no pensar en las muertes de Amanda y Kenneth Frye.

Nora tenía sus vendedores favoritos en el mercadillo, hombres y mujeres que se habían acostumbrado a sus cicatrices y ya no se fijaban en ellas. Cuando hablaban con ella, la miraban a los ojos y regateaban con ella apasionada pero educadamente.

Como ese día no podía permitirse el lujo de escuchar la historia de cada uno de los artículos, Nora dijo a los vendedores que tenía prisa y empezó a regatear de inmediato. Cuando terminó, se marchó pedaleando con la cesta de la bicicleta y una mochila llena de nuevos tesoros para exponerlos en Miracle Books.

Le encantaba limpiar, poner precios y organizar los nuevos embellecedores de estanterías. En cuanto entró en la librería, encendió las luces y la radio, y desempaquetó sus nuevos tesoros. Retiró con cuidado las pegatinas con el precio de un diente decorado de cachalote, un jarrón de Limoges decorado con narcisos, un tarro de porcelana para tabaco con forma de capitán de barco, una botellita de rapé tallada en piedra, unos posavasos con el borde de plata y una caja japonesa de palisandro.

Después de preparar el café y abrir la puerta, Nora se dispuso a reorganizar toda la decoración de las estanterías. Era una actividad habitual los sábados por la mañana, pero ese día tuvo que posponerla porque una familia conocida entró en la tienda. Era la joven madre con sus tres hijos. No hacía mucho que Nora le había regalado un libro al mayor, el niño. Con la esperanza de que le hablara del libro, se sentó detrás de la caja y empezó a limpiar la botellita de rapé.

El niño esperó a que su madre y sus hermanos se dirigieran a la sección infantil antes de acercarse tímidamente a la librera.

—Hola —la saludó.

—Hola —respondió ella con una sonrisa cálida.

El chico se metió las manos en los bolsillos del pantalón.

—Me gustó mucho el libro que me regalaste. Quería saber si tenías más.

—Sí, creo que sí. Y me alegro mucho de que te gustara el primero. —Entrelazó las manos y le preguntó—: ¿A que eran graciosas las partes asquerosillas?

—¡Sí! ¡Me reí un montón! —exclamó el niño—. Me lo leí en dos días, pero no hemos podido venir hasta hoy.

Nora guio a su joven lector hasta los libros de Scieszka.

—Si me falta el siguiente libro de la serie, puedo pedirlo...

—¡No! Lo tienes aquí. —Con la cara radiante de alegría, el niño sacó el siguiente ejemplar de la serie y luego sacó el tercero.

—¡No puedes llevarte dos! —protestó inmediatamente su hermana desde la estantería de al lado.

—Los voy a pagar con mi dinero —contestó el niño, sacando con orgullo unos billetes de su bolsillo y enseñándoselos a su hermana—. He estado ayudando a la señora Pope en su jardín.

La hermana lo miró con los ojos como platos.

—¡No es justo! —exclamó, volviéndose hacia su madre, que estaba leyéndole *Abran paso a los patitos* a su hijo menor, y dijo—: ¡Harry tiene su propio dinero! ¿Por qué no puedo trabajar yo para la señora Pope?

—Porque a ti te dan miedo los gusanos, Delilah, y en el jardín de la señora Pope hay muchos.

Al oír hablar de los gusanos, la niña hizo una mueca.

—Puedes elegir tú si quieres —dijo Harry magnánimamente—. Me toca a mí, pero te cedo mi turno.

Delilah abrazó a su hermano y luego lo soltó apresuradamente. Harry se sonrojó, avergonzado por el gesto de gratitud de su hermana.

Más tarde, cuando Nora sumó el total de las compras de la familia, se dio cuenta de que Delilah había elegido el mismo libro que había querido llevarse su hermano la última vez que estuvieron en la tienda, cuando no le tocaba elegir a él.

—Sus hijos tienen muy buen corazón —le dijo Nora a su madre—. Ojalá tuviera piruletas o algo así en la librería. Me gustaría premiarlos por ser tan generosos.

La mujer sonrió a Nora.

—Lo que les das es mejor que un caramelo —repuso—. Esta librería es como su alfombra mágica. Las historias pueden llevarles a donde quieran, y cada viaje les hace mejores personas. Esta librería es un circo, un espectáculo de magia, una tienda de golosinas y un parque de atracciones, todo en uno. Debería darte yo a ti una piruleta cada vez que venimos.

Con una carcajada, dirigió a sus hijos hacia la salida.

La visita de la familia le recordó a Nora todas las cosas buenas de la vida. También despertó el dolor que había estado hibernando en su corazón, donde había escondido el sueño de ser una madre como la mujer que acababa de marcharse. La intensidad de ese dolor la cogió por sorpresa; era como si alguien arrojara una piedra a un pozo que se suponía que estaba seco y se oyera el chapoteo del agua en el tenebroso fondo.

En su afán por pensar en otra cosa, Nora se sirvió una taza de café y se llevó el portátil y la taza a la caja. Tomó un sorbo y empezó a buscar en internet a una mujer llamada Abilene Tyler. Llevaba navegando unos cuarenta minutos por el ciberespacio cuando una de las clientas habituales de Nora se acercó al mostrador.

—¿Te quedan bolsilibros? —preguntó la mujer—. Voy a invitar a unas amigas a merendar y me encantaría servirles esas pastas tan deliciosas, pero no he visto ninguna aquí.

—Todavía no me ha llegado el pedido de la Gingerbread House —dijo Nora—. ¿Te importa esperar echando un vistazo por la librería mientras llamo y averiguo qué ha pasado?

—Será un placer —dijo la mujer y se alejó.

Después de que el timbre sonara varias veces, Hester por fin contestó al teléfono. Nora esperaba no interrumpirla en plena faena, pues el sábado era el día en el que tenía más trajín.

—Siento molestarte —dijo, disculpándose de antemano. No quería que Hester colgara en cuanto reconociera su voz—. Tengo una clienta que quiere comprar varios bolsilibros. ¿Qué le digo?

—Si quiere esperar unos minutos, Abilene puede llevarte una caja. Hoy solo hay de manzana porque no le ha dado tiempo de hacer de otra clase. Estamos desbordadas de trabajo.

—Gracias, Hester.

Nora oía el bullicio de fondo y se imaginaba la cola de gente frente al mostrador de Hester, cada vez más larga.

—Sé amable con ella cuando la veas —le pidió Hester.

Nora intuyó que su amiga estaba a punto de colgar.

—¡Hester! —le dijo—. Seré amable con ella, de verdad. Y ya sé que tienes que colgar, pero quiero preguntarte una cosa: ¿le has hecho algún bollo reconfortante?

—Todavía no —fue la lacónica respuesta de la panadera.

—¿Lo harás? ¿Le harás uno hoy, si puedes?

Hester no contestó y, al cabo de unos segundos, la llamada se cortó.

Nora quería que Hester le preparase uno de sus famosos bollitos personalizados porque eso le permitiría ver a Abilene desde otra perspectiva. Así tal vez podría ver a otra chica distinta de la joven necesitada de ayuda y protección. Quería que Hester hiciera la magia que solo ella podía hacer. La panadera sabía cómo estimular los recuerdos de la gente a través de sus reconfortantes bollos, eligiendo unos ingredientes que conseguían transportar a cada persona hasta un poderoso recuerdo de su pasado. El aroma de las naranjas, la canela, la menta, las avellanas, las moras, el limón, el café, el chocolate y cualquier otra cosa que añadiera a uno de estos bollos se convertía en un medio para viajar en el tiempo.

A Nora le parecía muy significativo que Hester no le hubiera preparado todavía uno de sus bollos a Abilene. Porque, pensándolo bien, ¿no era eso precisamente, reconfortarla, lo que quería Hester para su nueva empleada? Más incluso que proporcionarle seguridad o un medio de ganarse la vida, Hester quería resultar reconfortante para la misteriosa chica.

Estaba colocando la botellita de rapé en un estante cuando Abilene entró por la puerta de atrás de la librería. Nora cogió la caja de pastas y le dio las gracias por haber venido.

—A mis clientes les encantan —añadió—. También les encanta tu escaparate. ¿Crees que podrías diseñar algún tema para el otoño? ¿Algo con mucho colorido e imaginativo?

Abilene, que había estado rehuyendo su mirada, se volvió hacia la entrada de la tienda.

—Claro —dijo con cautela.

—Si me dices qué materiales necesitas, yo te los compro. Papel para manualidades, cartulina... lo que tú me digas.

Aunque Abilene asintió con la cabeza, ya estaba casi en la puerta.

Nora dejó que se fuera y volvió a concentrarse en el portátil.

Tras pasar otros cuarenta minutos buceando en perfiles de redes sociales, obituarios y artículos de periódicos de pueblos pequeños, empezó a sentirse cada vez más frustrada.

Estaba a punto de abandonar la búsqueda cuando un resultado aleatorio le llamó la atención. Era un mapa que mostraba la distancia entre dos ciudades de Texas: Tyler y Abilene. Nora sintió un ligero cosquilleo en la zona del meñique. Al hacer clic en el enlace, Nora abrió la imagen del mapa. La interestatal 20 atravesaba ambas ciudades.

Miró fijamente el mapa y se planteó distintas teorías y posibilidades. No apartó la vista de la pantalla ni siquiera cuando oyó el tintineo de las campanillas en la puerta.

No dejaba de darle vueltas a la idea de que Amanda Frye le había dejado en herencia su biblioteca a un antiguo vecino. Ella había dado por sentado que ese vecino era de Miracle Springs, pero con el mapa que tenía ante sus ojos, se dio cuenta de lo absurda que era esa suposición. Tal vez no era el vecino quien se había ido a vivir a otro sitio, sino Amanda.

Nora había trabajado de bibliotecaria el tiempo suficiente para saber que era difícil ocultar las direcciones actuales o anteriores, y tardó menos de un minuto en encontrar una breve lista de los lugares donde había vivido Amanda.

Volvió a sentir el mismo hormigueo por encima del nudillo y se agarró la mano derecha con la izquierda. El hormigueo cesó, pero sintió que la adrenalina le recorría todo el cuerpo mientras miraba fijamente la dirección en la que Amanda había vivido durante quince años: Bluebird Lane, en Lubbock, Texas.

Buscó Lubbock en el mapa de Texas y vio que estaba justo en el camino de la ruta 84 hacia la interestatal 20.

Aunque Nora no podía sacar ninguna conclusión inmediata de esa información, se preguntó si Abilene habría huido de Lubbock. «¿Será Abilene Tyler un nombre inventado a partir de dos poblaciones de Texas? —pensó—. ¿Cabe la posibilidad de que ella y Amanda Frye se conocieran?».

Copió la dirección de Amanda en Lubbock y la pegó en el recuadro de búsqueda de Google, con la esperanza de obtener resultados de agencias inmobiliarias. Encontró varios resultados con imágenes. La casa, un rancho de una sola planta, se había construido a principios de los años sesenta. Un enorme árbol dominaba el césped delantero y los arbustos bajo las ventanas eran frondosos y parecían recién podados. Una bandera estadounidense ondeaba en el mástil integrado en el estuco montado junto al garaje, y unas macetas flanqueaban las escaleras que conducían a la puerta. Era una casa bonita, mucho más que la de Miracle Springs, donde Amanda había pasado el resto de su demasiado corta vida.

Quiso ver qué aspecto tenían las casas vecinas de Bluebird Lane, así que introdujo la dirección en Google Maps y le llamó inmediatamente la atención la casa de la izquierda. Era imposible que no llamara la atención, porque esa parte estaba completamente borrosa. Parecía como si alguien hubiera eliminado toda la imagen con una goma de borrar.

Nora había oído que se podía pedir a Google que difuminara el domicilio en la aplicación, sobre todo si la foto amenazaba la intimidad. Si en la foto aparecía un niño, la matrícula de una persona o cualquier otra cosa que atentara contra la intimidad, normalmente la empresa accedía a la solicitud de difuminarla.

No creía que en aquella casa viviera ningún niño. Tampoco creía que hubiera un coche aparcado en la entrada. Lo que Nora creía era que había otra razón para que el propietario o propietaria hubiese solicitado que difuminaran su casa.

Creía que se estaba escondiendo de alguien.

CAPÍTULO ONCE

Los libros son una buena compañía, tanto en los momentos de tristeza como en los de felicidad, porque los libros son personas, personas que han conseguido seguir con vida escondiéndose entre las tapas de un libro.

E. B. WHITE

—No quiero oír hablar de poblaciones de Texas —dijo Estella, sentándose en su sillón favorito de Miracle Books—. Quiero que me cuentes cómo fue tu cita con Jed. Y no te cortes un pelo. Estoy pasando por un período de sequía en el tema hombres, así que necesito vivir de forma indirecta a través de ti.

Nora la miró con gesto incrédulo.

—Ni que llevaras meses de abstinencia... Habrán sido como mucho unas semanas.

Estella se abanicó con el bolso.

—¡No me lo recuerdes!

En ese momento, June llegó al corro y Nora sintió alivio al ver que Hester iba detrás de ella. La panadera se sentó y se puso a hurgar inmediatamente en el trozo de cinta adhesiva que cubría un roto del cojín.

—Gracias por venir —dijo Nora, dirigiéndose a Hester en concreto, a pesar de incluir a las tres amigas en su comentario—. Sé que ha habido un poco de tensión en nuestro club últimamente.

Es culpa mía; siento haber sido tan insensible o hiriente. Sobre todo contigo, Hester.

Esperó a que la panadera la mirara. Cuando no lo hizo, siguió hablando.

—Me siento en la obligación de protegerte, igual que tú te sientes en el deber de proteger a Abilene. Me siento como si fuera tu hermana mayor. No soy más lista ni mejor que tú, solo soy un poco mayor. Me preocupo por ti, Hester. También me preocupan June y Estella —añadió, encogiéndose de hombros—. Eso es lo que pasa cuando te importan los demás: que te preocupas por ellos y tratas de cuidarlos a partes iguales.

Como Hester seguía sin mirarla, Nora alternó la mirada entre June y Hester, solicitándoles ayuda en silencio.

Estella lanzó un suspiro.

—Ya veo que no vas a contarnos los detalles jugosos de tu cita. Por lo demás, no tienes que disculparte por nada. Yo me siento igual que tú. ¿Y Hester?

La panadera levantó la vista al fin y se encontró con la mirada firme de Estella.

—No sentimos ese afán de protección que sientes tú por Abilene —acabó de decir Estella—. ¿Cómo íbamos a sentir algo así? Ni siquiera la conocemos. Mi pregunta es: ¿la conoces tú?

Hester frunció el ceño, enfadada.

—Sé que es buena persona. Las malas personas no pueden hacer las cosas que hace ella en el horno. Ella y yo no nos limitamos a sacar una hogaza de pan o una hornada de galletas tras otra como si fueran churros. Ponemos mucho esfuerzo en todo lo que hacemos. Nuestras piezas no serían tan dulces y ligeras si hubiera maldad en nosotras.

—¿Maldad? —repitió June, perpleja—. Nadie piensa que sea mala, cariño. Pero Estella te lo está preguntando de buena fe:

¿conoces mejor a Abilene ahora que la noche que apareció en esta librería?

La panadera se puso de pie como un rayo.

—¿Este es vuestro plan? ¿Os habéis compinchado estilo «todas contra Hester»? Porque preferiría estar en casa, viendo la tele, que aquí, jugando a este juego.

June también se levantó.

—Solo intentamos protegerte —le dijo con mucha delicadeza—. Puede que no lo parezca, pero es eso lo que hacemos. —Le cogió la mano—. Hester, cariño, ¿todo esto te ha hecho pensar en tu hija? ¿Has pensado mucho más en ella desde la llegada de Abilene?

Hester se derrumbó por completo. Se desplomó en la silla con todo su peso, enterró la cara entre las manos y empezó a llorar.

Nora miró atónita a June. ¿Cómo lo había sabido? Era experta en leer a la gente, era cierto, pero ¿cómo había sabido que Hester había estado pensando en la recién nacida que había dado en adopción hacía casi dos décadas?

Y entonces se dio cuenta.

Abilene tenía más o menos la misma edad que la hija de Hester. Cuando la panadera conoció a Abilene, vio a una chica perdida. Tal vez había visto a su hija perdida en Abilene.

—Podemos ayudarte a encontrarla si quieres —dijo Nora, arrodillándose a su lado.

—¡No sé lo que quiero! —gritó Hester. El dolor de su voz se extendió por el corro como un ciclón en el mar. Nora casi se imaginaba el líquido de su taza de café formando imponentes olas blancas y el pelo pelirrojo de Estella envolviéndole la cabeza en espiral como un torbellino.

—No pasa nada —la tranquilizó June—. Escúchame, cariño. No tienes que enfrentarte a estos sentimientos tú sola. Son demasiado abrumadores. Son del tamaño de una montaña. No tienes que lidiar con esto tú sola. Estamos contigo, a tu lado. Habla con nosotras.

Nora no creía que Hester fuese a responder a las interpelaciones de June, pero lo hizo. Estella le dio un puñado de pañuelos de papel y ella se limpió la cara y respiró hondo varias veces.

—Debería ser yo quien se disculpara —le dijo a Nora—. Ni siquiera sabía lo que me pasaba hasta que June lo ha expresado en palabras. Quiero decir, pienso en mi niña a todas horas, incluso cuando intento no hacerlo. A estas alturas, ya ha vivido toda su vida sin mí. ¿Por qué poner su mundo patas arriba? Parece egoísta. Pero desde que me quitaron a mi hija, siento un inmenso vacío en mi interior. Creo que he estado haciéndole de madre a Abilene para intentar llenar ese vacío.

Las demás miembros del Club Secreto de la Lectura y la Merienda comprendían perfectamente lo que quería decir Hester. Una experiencia traumática podía hacer algo más que dejar una cicatriz: podía abrir un pozo profundo y permanente en el alma. El paso del tiempo no podía llenar semejante abismo. Solo podía hacerlo el amor.

La amistad era una clase de amor muy poderosa. Era lo que Nora quería ofrecer a aquellas mujeres, la clase de amistad que era para siempre. De las que resistían los tiempos más difíciles y resaltaban los buenos momentos.

Estaba a punto de expresar ese sentimiento, pero cuando quiso encontrar las palabras adecuadas para hacerlo, se le escaparon, se fueron revoloteando como polillas cuando se apagan las luces del porche.

—No conozco a Abilene —dijo Hester—. No me deja acercarme. Me duele admitirlo, pero es verdad. Lo único que puedo deciros es que es una artista con el horno.

—Y sabe tasar joyas y relojes —añadió Nora—. Además de que ha leído mucho.

Estella señaló el escaparate de la librería.

—Y es muy creativa. No os olvidéis de cómo ha decorado el escaparate.

June tocó el portátil de Nora.

—No sabe nada de tecnología, le da miedo confiar en la gente y no baja la guardia en ningún momento. ¿Pero por qué está siempre en guardia? ¿De qué tiene miedo?

—O de quién. —Nora abrió el portátil y les enseñó la antigua casa de Amanda Frye. A continuación, les mostró la imagen borrosa de la casa del vecino—. El propietario de la casa borrosa es un tal Ezekiel Crane —explicó Nora—. Regenta un pequeño negocio en el centro de Lubbock.

Estella se inclinó hacia delante para ver más de cerca.

—A ver si lo adivino. Es el dueño de una tienda de antigüedades.

—Casi —dijo Nora, lanzándole una mirada de admiración—. Tiene una relojería. Vende y repara relojes antiguos. Su tienda se llama Maese Humphrey.

June gruñó con gesto de desaprobación.

—Vaya. Pues no sé a cuántos habitantes de Lubbock les puede gustar una tienda con ese nombre.

—En realidad es una referencia literaria, aunque dudo que se dé cuenta mucha gente. Yo no la conocía. Tuve que buscarla —dijo Nora—. Charles Dickens escribió un boletín semanal llamado *El reloj de maese Humphrey*. Maese Humphrey se sentía solo, así que fundó un club de aspirantes a escritores para tener compañía. Humphrey guardaba su manuscrito dentro de un reloj.

Hester miró fijamente a Nora.

—Tal vez Abilene conocía al dueño de la tienda, a ese tal Ezekiel Crane. Tal vez fue él quien le enseñó tantas cosas sobre literatura, a tasar relojes antiguos y... —Se calló.

—¿A hacer pastas de hojaldre? —June terminó la frase por ella—. Tal vez. Tal vez también sea la persona de la que tiene tanto miedo. Hay algo turbio en esa casa borrosa.

Nora sintió alivió al ver que sus amigas estaban dispuestas a barajar distintas teorías sobre Ezekiel.

—Crane tampoco parece muy partidario de la tecnología. No tiene página web ni dirección de correo electrónico para su tienda. Solo un teléfono fijo. En la casa borrosa no figuraba nadie más aparte de Ezekiel Crane como residente. Sin embargo, encontré otra web de una inmobiliaria en la que aparece una vista de la calle de su casa. Mirad.

Las tres amigas se apiñaron alrededor del portátil y observaron la imagen de la pantalla. Estudiaron los enormes árboles que se alzaban en el jardín delantero, los arbustos crecidos que tapaban parcialmente las ventanas, las persianas cerradas y la elevada valla perimetral que rodeaba los patios laterales y el trasero.

—Seguro que no hay ningún felpudo de bienvenida en esa entrada —comentó June.

Estella hizo una mueca.

—No serviría de nada. No sabía que un rancho de Texas pudiera parecer embrujado, pero este lo parece, desde luego. Eso sí que es una casa fea. Los ladrillos están llenos de moho, el jardín está cubierto de maleza, ¡y esas persianas! —Se volvió hacia Nora—. ¿Alguna foto del interior?

—No —respondió Nora—. Solo datos sobre la casa, como el año de construcción, y que sigue ocupada por el propietario original. También es la única casa de la calle con sótano.

Un silencio pesado y reflexivo se adueñó de las mujeres. Observando a sus amigas, Nora pensó que estaban llegando a la misma inquietante conclusión a la que ella ya había llegado. Estaban pensando en el sótano, en lo pálida y delgada que estaba Abilene. Y en su pulsera del hospital. Se preguntaban si la joven que vivía en el minúsculo estudio encima de El Genio Virtual habría estado encerrada en la casa del hombre que había sido vecino de Amanda Frye.

—¿Tiene Ezekiel Crane antecedentes penales? —preguntó Hester.

—Tendría que hacer una comprobación de antecedentes para saberlo, y habría que pagarla —dijo Nora—. A menos que pudiéramos convencer a cierto ayudante del *sheriff* para que lo comprobara por nosotras.

Hester negó con la cabeza.

—Querrá saber por qué, y aún no podemos decírselo. —Miró a Nora—. Primero tenemos que hablar con Abilene.

Aunque aquel era el resultado que Nora había estado esperando, no experimentó ninguna sensación de triunfo. Seguía preocupada por Hester y no tenía ni idea de cómo ofrecerle consuelo. Nunca le habían gustado los abrazos. Después de su accidente, evitaba el contacto físico más que antes. A menos que ese contacto viniera de Jed.

—Voy a decirle que venga aquí —dijo Hester, poniéndose en pie despacio—. Mañana por la noche. ¿Os parece bien a todas?

Nora y June asintieron, pero Estella preguntó:

—¿Y por qué no ahora?

—Porque tengo que hacer algo primero. Necesito hacerle a Abilene un bollo reconfortante.

June abrió los ojos como platos.

—¿Tienes un presentimiento?

—Ya sabía cuál tenía que hacerle la noche que la conocimos —explicó Hester en voz baja—, solo que aún no se lo he hecho porque creo que el bollo le va a hacer daño. —Hester extendió las manos en un gesto de impotencia—. Ya sabéis que mis bollos no siempre evocan en la gente un recuerdo agradable. A veces, los olores y sabores traen a la mente cosas que mis clientes preferirían olvidar. Intento insuflar energía positiva y esperanza en todos mis bollos reconfortantes, pero no es una ciencia exacta.

—Eso es porque es magia. Magia culinaria —dijo June, sonriendo a Hester—. Eres una persona maravillosa, Hester Winthrop, y hay belleza en cada miga de los alimentos que preparas. Si alguno de tus bollos resulta agrio para la boca de alguien, es porque la oscuridad de esa persona es mayor que la luz que tú le brindas. Eso es culpa suya, no tuya.

La panadera le devolvió la sonrisa, pero no pudo retenerla y se transformó en una mueca.

—Si Abilene estuvo implicada en la muerte de Amanda, lo sabremos. Lo sabremos en cuanto pruebe su bollo reconfortante. Si hizo algo malo, la oscuridad que haya dentro de ella saldrá a la superficie. Aquí, donde no nos escondemos las cosas las unas de las otras.

Estella se levantó y se puso las manos en las caderas.

—Somos los Ángeles Nocturnos, ¿recordáis? Somos las dueñas de la oscuridad.

Las integrantes del Club Secreto de la Lectura y la Merienda se echaron a reír. El sonido agudo y efervescente de su risa se fue flotando hacia arriba y hacia afuera, y acabó asentándose en los recovecos y los rincones de las estanterías.

Nora seguía oyendo el eco de esa risa aun después de que las otras mujeres se marcharan. No eran solo las risas, sino la conexión entre las cuatro. Le reconfortaba el cuerpo como una infusión con miel en un frío día de invierno.

Estaba paseándose por su querida librería, preparándose para apagar las luces del techo y las lámparas de lectura, cuando de repente sintió que la invadía un sentimiento de profunda gratitud. Aquel lugar era suyo. Aquel refugio maravilloso, entrañable y lleno de libros. Igual que su casita. Su acogedora parcela de tamaño perfecto. Y ahora, de una forma tan inesperada, tenía aquellas amigas tan increíbles. Tres mujeres fuertes, inteligentes y llenas de cicatrices que la aceptaban tal y como era.

Apagó todas las luces menos una, y la librería se quedó en silencio y a oscuras. Era una oscuridad confortable, porque Nora percibía la presencia de los libros. En compañía de mil historias, de mil voces, se sintió en paz.

Nora se llevó esa sensación a casa, donde, por primera vez en mucho tiempo, cayó en un sueño profundo vacío de sueños.

El periódico local no decía mucho sobre la caída mortal de Kenneth Frye. El departamento del *sheriff* emitió un comunicado más bien vago anunciando que había abierto una investigación e interrogaron al gerente de Tree House Cabins, pero ni él ni los miembros de su personal tenían mucho que añadir. Nadie había visto a Kenneth entrar en su cabaña y no sabían si había recibido o no visitas.

—Me habría fijado en su coche si hubiera pasado por delante de la oficina. Incluso de noche, es imposible no fijarse en ese amarillo tan chillón —le dijo el gerente al periodista—. Debió de volver muy tarde.

El gerente explicó que dejaba de trabajar en la recepción a las nueve y que prefería permanecer de guardia desde casa. Tanto la oficina como su residencia estaban en una pequeña cabaña a ras de suelo, y el salón donde pasaba una o dos horas viendo la televisión antes de acostarse estaba situado en la parte trasera, a salvo de los faros de los coches que llegaban al recinto.

Nora no esperaba descubrir muchas cosas en el periódico, pero sí algún que otro dato útil. ¿Nadie más había visto a Kenneth en el festival? Llevaba en Miracle Springs el tiempo suficiente para que los lugareños reconocieran su voluminosa figura y su actitud hostil.

«Esto va a ser la comidilla de las cotillas del pueblo», pensó Nora, mirando el titular.

Ya las estaba viendo, saliendo en tropel de la iglesia hacia la cafetería para ponerse a diseccionar las noticias con una taza de café aguado y galletas Lorna Doone. El resto de las chismosas estaría en el festival, junto a los puestos de artesanía y cuchicheando con fingido horror sobre la muerte del hijo de Amanda Frye.

Aunque Nora tenía el día libre, no le interesaban los servicios religiosos ni los festivales. No quería compañía. Ni siquiera la de Jed. Él le había enviado varios mensajes y ella le había contestado con respuestas breves, pero estaba demasiado preocupada por la muerte de Kenneth y la reunión con Abilene como para mantener una verdadera conversación con él.

Como era su día libre, Nora pudo aprovechar el aire fresco de la mañana y salir a andar hasta su mirador favorito. Era un claro cubierto de hierba y rodeado de enormes rocas planas. Si el día estaba despejado, un excursionista afortunado podía mirar hacia el oeste y ver tres estados a lo lejos: Carolina del Norte, Tennessee y Virginia se unían en un grupo de picos montañosos manchados de azul. Desde el mirador, las fronteras invisibles creadas por el hombre no significaban nada. Lo que las líneas de los mapas dividían, las montañas lo unían.

Se alzaban, imponentes y majestuosas en su silenciosa longevidad, ofreciendo consuelo y transformación a cualquiera que estuviera dispuesto a escalarlas.

Esa mañana de septiembre, una larga caminata era justo lo que Nora necesitaba. Se había llevado consigo el libro que estaba leyendo, *The Land Beyond the Sea*, la última novela de Sharon Kay Penman, y la historia no tardó en absorberla.

Era casi mediodía cuando se puso otra capa de protector solar antes de volver hacia casa.

Acababa de empezar a lavar la ropa cuando oyó el sonido de un mensaje de texto en el teléfono. Era June, invitándola a ir a bañarse en las aguas termales.

«Estella y Hester también vienen», había escrito, como si Nora no fuese a ir si no iban ellas.

Llamó a June.

—¿Te vienes a una sesión de relax con nosotras? —le preguntó June.

—No —contestó ella—. Es el único día que tengo para ponerme al día con la limpieza, la colada y la compra. —Nunca había querido admitir ante su amiga que sentía aversión por las aguas y las piscinas termales, pero decidió que había llegado el momento de ser sincera—. No te lo tomes como algo personal, pero no voy a ir nunca a los baños termales. No me gusta meterme en el agua caliente, me resulta incómodo. ¿Has visto alguna vez a alguien con el cuerpo lleno de cicatrices de quemaduras ahí dentro?

June admitió que no.

—Me sabe mal, cariño. Es que las aguas termales son tan estupendas para calmar el estrés que pensé que te vendría bien un baño antes de la reunión de esta noche.

—Y yo te agradezco la invitación —le dijo, y era cierto, razón por la cual sintió que le debía más explicaciones a June—.

Cuando estaba en la unidad de quemados, mis médicos me preguntaron si quería hidroterapia. Es una terapia controvertida en el campo del tratamiento de quemaduras: algunos médicos creen que las aguas sulfuradas reducen las cicatrices, el enrojecimiento y el picor, mientras que otros la consideran perjudicial por la posibilidad de infecciones bacterianas. Yo acepté someterme al tratamiento porque no me importaba lo que me hicieran. —Nora hizo una pausa antes de continuar; se acordaba de cada sesión como si hubiera sido el día anterior.

—¿Y cómo te fue? ¿La hidroterapia? —le preguntó June.

—Muy mal. Me resultó muy dolorosa —contestó Nora en voz baja—. Durante las sesiones diarias me cambiaban el vendaje y me limpiaban las heridas. Me daban calmantes, pero no hay calmantes capaces de anular el dolor por completo. No mientras estuviera despierta. Yo solo quería dormir, June. Dormir y no despertar nunca más. Pero no me dejaron.

—Vale, ya entiendo por qué no te entusiasma la idea de ir a mi lugar de trabajo —dijo June —. Bueno, pues en vez de eso, te haré un par de calcetines especiales. El aroma adecuado podría ayudarte a eliminar el estrés.

Nora le dio las gracias y volvió a sus quehaceres.

La tormenta anunciada por la previsión meteorológica estalló a última hora de la tarde y se instaló en el pueblo sin ninguna prisa por marcharse. Unos nubarrones oscuros encapotaron el cielo de Miracle Springs, descargando una lluvia torrencial acompañada de unos truenos ensordecedores y centelleantes relámpagos. La tormenta puso fin de inmediato a los actos al aire libre del Festival de los Frutos del Huerto, incluido el espectáculo de fuegos artificiales.

A Nora le encantaban las tormentas de verano, y tenía su lógica que ese año el verano terminara con un chaparrón. Había sido una estación muy tumultuosa para muchos de los habitantes del pueblo, y Nora sabía que no era la única que estaba deseando que llegara el otoño, una nueva estación llena de mañanas frescas, tonos dorados y aire vigorizante.

Inspirada por la tormenta, Nora puso unas velas gruesas en las estanterías que rodeaban el corro de sillas y sillones donde se sentaban siempre ella y sus amigas. No encendió ninguna lámpara, sino que prefirió dejar que la suave luz de las velas titilara sobre los lomos de los libros.

Las integrantes del Club Secreto de la Lectura y la Merienda entraron en tropel por la puerta trasera. Iban caladas hasta los huesos, con las chaquetas y el pelo por fuera de la capucha chorreando agua.

Abilene, detrás de Hester, no llevaba chaqueta, y su sudadera gris estaba tan empapada que había pasado de un peltre claro a un color carbón.

Nora corrió a sacar su mantita de debajo del mostrador de caja. La guardaba para esos fríos días de invierno en los que se quedaba sola en la tienda y quería aprovechar para acurrucarse unos minutos con un buen libro. La manta era suave y cálida. Nora se la puso sobre los hombros huesudos de la chica y se preguntó qué más podría hacer para que se sintiera más cómoda.

—Gracias —dijo Abilene antes de que Hester la condujera a un sillón.

June, Estella y Hester habían acordado de antemano que Hester le daría a Abilene su bollo reconfortante nada más llegar. Para que la maniobra fuese menos obvia, también había preparado otros dulces para sus amigas. Mientras Nora servía café o té descafeinado, Hester retiró el envoltorio de plástico de una pequeña fuente y la dejó sobre la mesita.

—Son *blondies* de mantequilla de jarabe de arce.

—Dios, cómo me alegro de que solo falten unas semanas para tener que sacar los jerséis holgados y los vaqueros —comentó June—. Con todo lo que como cuando estoy con vosotras, voy a tener que ponerles una cintura elástica a todos mis pantalones.

Hester le dedicó una sonrisa traviesa.

—Les he añadido unos trocitos de chocolate blanco y la salsa de arce está hecha de jarabe de arce puro, mantequilla, azúcar, vainilla y queso crema. —Luego se volvió hacia Abilene—. Y tengo otra cosa para ti. Un dulce personalizado.

Abilene se quedó mirando la caja que le ofrecía Hester, pero no hizo amago de cogerla.

—Es un bollito reconfortante —le explicó—. Me has visto hacerlos en la Gingerbread House.

Abilene cogió la caja con reticencia manifiesta.

Intuyendo que era un buen momento para distraer la atención, cogió un *blondie* y le dio un mordisco. Masticándolo, lanzó un gemido de placer y miró a Hester de hito en hito.

—Como siga comiendo así, me voy a convertir en una persona muy dulce, y ser dulce no es uno de mis objetivos en la vida, precisamente.

—Chicas, os quejáis mucho de mi comida, pero luego resulta que nunca sobra nada —dijo Hester. Sirvió los pastelillos a June y Nora y le hizo una señal a Abilene para que se comiera su bollo.

Aunque Nora y sus amigas hacían todo lo posible por actuar con naturalidad, la chica seguía mirando la caja con expresión recelosa. Sin embargo, ante la insistencia de Hester, no tuvo más remedio que abrir la tapa y, casi contra su voluntad, se asomó a ver lo que contenía. El aroma del bollo le invadió las fosas nasales y cerró los ojos de inmediato. Cuando volvió a abrirlos, los tenía anegados de lágrimas.

Estella estaba hablando sobre una de sus clientas para no centrar la atención en Abilene, pero no hacía ninguna falta: la joven parecía estar perdida en otro tiempo y lugar. Partió un trozo del bollo y se lo metió distraídamente en la boca.

Un silencio expectante se apoderó de las mujeres del Club Secreto de la Lectura y la Merienda. Ninguna podía hablar; todas estaban hipnotizadas por las emociones que desfilaban por el rostro de Abilene.

Sin embargo, una de las emociones se impuso sobre las demás, una que Nora reconoció de inmediato: dolor.

El recuerdo que el bollo había evocado en Abilene no era agradable. Sus ojos se inundaron de una expresión de dolor y le temblaban los labios.

—Lo siento —le dijo Hester, cogiéndola de la mano—. Se suponía que debía servir para reconfortarte.

Sin reaccionar al contacto de la mano de la panadera, la chica hizo una señal con el dedo índice, como diciendo «un momento», y, sorprendentemente, dio un segundo mordisco.

—Mi madre hacía galletas con dátiles troceados —dijo unos segundos después—. Este bollo me ha recordado esas galletas... y a mi madre.

Las mujeres aguardaron a que continuara hablando, pero no lo hizo, sino que se limitó a seguir arrellanada en el sillón, acunando la cajita blanca como si fuera un recién nacido.

—¿Dónde está tu madre ahora? —le preguntó June.

Abilene la miró.

—Murió. Y mi padre también. Yo era muy pequeña cuando murieron. Estaban en África. En un viaje como misioneros de la iglesia. Yo no iba con ellos.

—Pero están contigo —le dijo June. Nora le habría hecho más preguntas sobre su infancia, pero June tenía más mano izquierda—. Estoy segura de que tu madre vela por ti todos los días. Seguro que le gustaría poder hacerte esas galletas. ¿A qué sabían?

Una lágrima resbaló por la mejilla de Abilene.

—Ella las endulzaba con miel. Y había otro sabor...

—¿Era jengibre? Porque se lo he puesto a tu bollo —dijo Hester—. Solo una pizca.

—Sí, creo que era jengibre. Eran unas galletas tiernas, ligeras y dulces. Igual que mi madre. —Una segunda lágrima siguió a la primera mientras se volvía hacia Hester—. ¿Puedes echar de menos a alguien a quien apenas recuerdas?

A la panadera se le humedecieron los ojos.

—Sí. Con cada fibra de tu ser.

Estella esperó un momento para que las dos mujeres recobrasen la serenidad antes de hablar.

—Tengo la sensación de que la persona que te crio no se parecía en nada a tu madre. —Esperó a que Abilene negara con la cabeza antes de añadir—: Era un hombre, ¿verdad?

La chica se quedó muy quieta.

—Escucha, sé muy bien lo que es ser maltratada por un hombre. —Estella habló sin rastro de emoción—. Sé qué efectos tiene sobre la vida de una mujer. Cómo la moldea. Nunca puede relajarse. Siempre tiene miedo. He tardado años en dejar de mirar por encima del hombro para ver si alguien me sigue. Me ha llevado décadas recordar que no tengo que preocuparme por si hago demasiado ruido, si estoy demasiado callada, demasiado presente o demasiado ausente. ¿Era así como te hacía sentir ese hombre?

Abilene asintió de nuevo.

—Yo también he pasado por eso.

Estella cogió su taza de té humeante con ambas manos y Nora se imaginó a la niña asustada que debía de haber sido Estella, una niña abandonada por su padre biológico y maltratada por su padrastro.

«¿Por qué la vida tiene que ser tan dura?», pensó Nora, desplazando la mirada del corro de mujeres a la estantería más cercana. Sabía que no había una respuesta lógica. La vida era dura. Pero también era sorprendentemente hermosa. Nora sintió la belleza mientras miraba a las otras mujeres de la sala. A sus compañeras supervivientes.

—Crecí en un sótano —explicó Abilene, apretando la cajita de la panadería contra su pecho como si de ese modo pudiese absorber el aroma del bollo de miel y dátiles. Para ella, era el perfume de su madre.

Ninguna de las otras mujeres se movió ni habló. Sabían que Abilene estaba intentando revelarles su secreto. Intentaba liberarlo del lugar complicado y tenebroso donde había estado encerrado. Pero, como todos los secretos, se empeñaba en permanecer oculto.

—Solo podía salir para hacer las tareas de la casa: cocinaba, limpiaba la casa de mi tío y lavaba la ropa. Salía del sótano tres horas cada noche. Me dejaba leer cuando él estaba trabajando. Mi tío elegía los libros. Mientras cenábamos, tenía que contarle lo que había aprendido en ellos.

Se hundió en el sillón. Estaba muy pálida y parecía encogida. Empequeñecida.

Nora no soportaba ver a otra mujer así. No soportaba oír lo que Abilene había sufrido.

—¿Intentaste escapar alguna vez? —le preguntó—. Me refiero a antes de ahora. Antes de que lo lograras.

—No lo he logrado. —Pronunció las palabras en un susurro. Estuvieron aleteando alrededor del corro de sillas durante largo rato antes de que las engulleran las sombras.

—¿No lo has conseguido? —preguntó Nora, con miedo a oír la respuesta—. ¿Crees que tu tío te está buscando?

Abilene lanzó una mirada temerosa hacia la parte delantera de la librería, como si alguien las estuviera mirando a través del escaparate.

—Sé que me está buscando. Y, cuando me encuentre, me matará.

CAPÍTULO DOCE

El pájaro enjaulado canta un temeroso trino
sobre algo desconocido mas ansiado aún.

Maya Angelou

En el silencio que siguió a las palabras de Abilene, la lluvia aceleró su ritmo. Caía con más fuerza y cada vez más rápido, acribillando el techo de la librería. Un segundo más tarde, el rugido de un trueno resonó como un estómago vacío.

Nora estaba helada, a pesar de que la tormenta no la había sorprendido sin chaqueta como a Abilene. Sin preguntarle si quería, le dio una taza de café recién hecho. Le hubiera gustado tener algún jersey calentito para ella, pero al menos podía darle la manta.

Era evidente que June estaba pensando algo similar, porque empezó a preocuparse por el estado del calzado mojado de la chica.

—Esas zapatillas de deporte que llevas parecen de papel. ¿Y dónde están tus calcetines?

June cacareaba como una gallina y empezó a rebuscar en su bolso. Le dijo a Abilene que se quitara las zapatillas y, cuando lo hizo, Nora vio unas ronchas rojas en la parte posterior de los tobillos de la chica. Supuso que se había comprado las zapatillas más baratas que había encontrado. Obviamente, no eran de su número.

—Estos los había hecho para Nora, pero ya le tejeré otro par.

—June le dio unos calcetines hechos por ella—. Póntelos antes de que te enfríes. No me importa que la ciencia moderna diga que no puedes coger un resfriado por ir calada hasta los huesos. No me creo todas esas chorradas que dicen ahora.

—Eh, esos son diferentes —dijo Estella, señalando los calcetines que Abilene tenía en las manos—. ¿Ahora los haces con dibujos de animales?

June sonrió.

—Solo unos pocos. He puesto unos zorros en los calcetines de Nora porque me recuerdan al zorro de su bastón. —Hizo un gesto a Abilene para que se diera prisa en ponerse el calcetín—. Vamos, cariño. Queremos que estés lo más seca y cómoda posible. Vamos a hacer que te sientas mejor, empezando por esos pies tuyos.

La joven hizo lo que le decían y, ya con los calcetines puestos, cogió su café. Acunó la taza humeante entre las palmas de las manos mientras miraba las estanterías de delante.

—¿Quieres contarnos más? —la animó Hester.

Abilene apartó la mirada de los libros de mala gana.

—Pensé en matarlo —dijo con un hilo de voz—. Durante mucho tiempo, solo pensaba en eso. Era yo la que cocinaba, así que se me ocurrió envenenarle la comida, pero él me hacía probarlo todo primero. Nunca me daba la espalda. Además, había cámaras instaladas por toda la casa para poder vigilarme mientras él estaba en el trabajo o salía a hacer un recado. Guardaba el teléfono y la televisión con llave en su dormitorio. Si incumplía alguna regla, tenía que quedarme encerrada en el sótano durante días.

—Vaya pedazo de cabrón —dijo Estella con rabia.

—Cuando fui algo más mayor, empezó a traerme trabajo de su taller para que lo hiciera yo en casa. Tenía que cumplir sus plazos o me castigaba. —Hizo una larga pausa—. El peor castigo era dejarme sin libros; era peor que quedarme sin comer. Mis libros lo eran todo para mí. Mis amigos vivían en los libros, y mis sueños también. Las cosas buenas que tengo me vienen de leer libros.

Mirando alrededor en su librería, Nora pensó en que siempre había encontrado consuelo en los libros. Las necesidades que había intentado satisfacer eran distintas de las de Abilene. Para esta, una niña que había permanecido secuestrada durante toda su infancia, no había nada hermoso, mágico o positivo en su mundo, a menos que proviniese de un libro. Los libros eran su única forma de escapar de su prisión. No tenía teléfono, ni televisión, ni amigos, ni compañeros de colegio, ni familia. Era un fantasma viviente.

—¿Podías salir fuera? —quiso saber Nora.

—A veces —respondió—. En el jardín trasero había una valla muy alta y me dejaba salir a trabajar en el jardín después de cenar. Mi tío siempre me vigilaba. Si había algún vecino fuera, entonces no podía salir.

June sacudió la cabeza con incredulidad.

—¿Y cuando alguien llamaba a la puerta? ¿Los repartidores de paquetes por ejemplo? ¿O algún vendedor a domicilio o un comercial? ¿Tenías alguna oportunidad de gritar pidiendo ayuda?

Abilene lanzó un suspiro tan pesado, impregnado de tanta tristeza, que parecía un ancla sumergiéndose en las oscuras profundidades del océano.

Nora miró a la chica y se dio cuenta de que poseía una fuerza interior extraordinaria. Aquella mujer había crecido sin amor y sin compañía. Seguramente no había disfrutado de momentos de alegría: nunca había celebrado una fiesta de cumpleaños ni comido en un restaurante ni había salido a comprar en un centro comercial. Nunca había recibido una carta personal o una llamada telefónica. No había viajado a ninguna parte ni hablado con nadie, salvo con el hombre que la había encerrado en aquel sótano.

—¿Por qué te trataba así? —le preguntó Hester—. ¿Por qué tenía que someterte a semejante control?

—Odiaba a los niños —contestó Abilene sin vacilar—. Estaba furioso con mis padres por hacer que tuviera que cargar conmigo. Por destrozarle la vida. Esas fueron sus palabras exactas. Se las oí un millón de veces.

Estella cerró los puños.

—No sé cómo sobreviviste. Yo habría matado a ese cabrón. Habría encontrado alguna manera de hacerlo.

Abilene miró a Estella con resignación.

—Al final, decidí no intentarlo, porque si lo conseguía, me convertiría en un monstruo, igual que él. No quería ser como él. —Señaló los anaqueles de la librería—. Yo quería ser Jo March, Lizzie Bennet, Hermione Granger, Anne Shirley, Nancy Drew, Meg Murry y Laura Ingalls.

June siguió su mirada.

—¿Meg Murry?

—Es la heroína de *Una arruga en el tiempo*. —Nora sonrió a Abilene—. Me encanta ese libro.

La chica le devolvió la sonrisa. Esta vez era una sonrisa auténtica, sin sombra de desconfianza. Abilene se transformaba cuando hablaba de libros, se convertía en algo más grande que su pasado.

—A mí también. ¿Sabíais que L'Engle describía los libros como estrellas? Los llamaba «material explosivo, capaz de crear vida nueva sin cesar». Así me sentía yo. Cada libro que tenía la suerte de leer era una estrella. Estaba lleno de luz. Nunca me cansaba de las historias. Cada vez que releía un libro favorito, encontraba algo nuevo en él. No porque cambiara la historia, sino porque cambiaba yo.

Las demás mujeres asintieron con la cabeza.

—¿Cómo te escapaste al final? —preguntó June.

Abilene no contestó. Dio un sorbo a su taza de café y mantuvo la cabeza agachada.

—No pasa nada. No tienes que hablar de eso si no quieres —dijo Hester.

Cuando se hizo evidente que Abilene no iba a responder, Nora decidió avanzar en la conversación.

—Hay otras cosas de las que tenemos que hablar, y aunque lo último que quiero es presionarte, necesitamos que nos hables de Amanda.

Abilene se quedó petrificada. Parecía un conejillo asustado, paralizada por el miedo, y Nora no tenía ni idea de cómo hacer que les dijera la verdad. No iban a conseguir nada intimidándola o con amenazas, como tampoco serviría de nada tratar de engañarla o manipularla de algún modo. Aunque Abilene quisiera hablar, había algo que se lo impedía. Algo muy poderoso. Algo parecido al miedo.

Nora se levantó y se dirigió a una estantería.

—Amanda Frye y tú teníais algo en común. Para ella, sus libros eran motivo de orgullo y alegría. Las historias eran su puerta de entrada a una vida diferente, su vía de escape. No tenía dinero ni tampoco una carrera profesional. No tenía amigos cercanos ni familia. Estaba sola y aislada. Tampoco tenía tu fuerza, Abilene, ni tu determinación para creer en un futuro mejor.

La joven se removió en su asiento y, aunque Nora esperó a que respondiera, siguió sin decir nada.

—Supongo que el tiempo y las sucesivas decepciones le arrebataron la esperanza, y por eso se tomó un bote entero de pastillas y se fue tambaleándose hasta el estanque para acabar ahogándose. —Nora tocó el libro más próximo y vio centellear el título, como si las letras doradas la animaran a continuar—. Las cuatro la encontramos flotando en aquel estanque tan asqueroso. ¿Sabéis por qué? Porque sus libros no pudieron salvarla. Al final, los libros fracasaron.

—No, no fracasaron —repuso Abilene, saltando en defensa de sus compañeros favoritos—. Murió por mi culpa.

Hester se levantó de un salto como un gato asustado y se puso junto a un expositor lleno de libros con cubiertas de inspiración otoñal.

—Pero ¿qué estás diciendo? Amanda se suicidó. Según el periódico y según lo que ha averiguado Jasper, esa es la conclusión oficial. Cuando los análisis toxicológicos confirmaron la presencia de fármacos... —Se interrumpió y se volvió hacia los libros expuestos, como buscando una explicación entre las páginas de *Hoja roja, hoja amarilla*, *Las normas de la casa de la sidra* y *Las brujas de Eastwick*.

—Ah, y ¿hay algo más que quieras compartir con nosotras? —le preguntó Estella a Hester—. ¿Algo que se le haya escapado a tu hombre en un momento de pasión, tal vez? —Cuando la panadera negó con la cabeza, Estella se volvió hacia Abilene—. ¿Puedes explicarnos lo que quieres decir? Has pasado por un infierno, durante toda tu vida, pero no eres una asesina. Si lo fueras, tu tío ya estaría muerto, y no lo está, ¿a que no?

Abilene susurró un «no» casi inaudible.

—Entonces, ¿cómo puede alguien que se negó a dejarse llevar por el odio y la sed de venganza haber causado la muerte de Amanda? —insistió Estella.

—Yo lo llevé hasta ella. A mi tío. —Abilene hablaba tan bajo que la lluvia casi ensordecía sus palabras—. Cuando me fui del hospital, no tenía adónde ir. —Sacudió la cabeza y volvió a empezar—. Cuando era pequeña, la única persona a la que mi tío invitaba a casa era nuestra vecina. Era una gran lectora. Mi tío también lo era. Hablaban de libros en el jardín. Nunca llegó a entrar dentro de la casa, por las cámaras.

Estella soltó una palabrota entre dientes.

Abilene la miró con aire sorprendido antes de continuar.

—Ella le traía galletas y él le hacía margaritas. Cuando ella se fue, él se enfurecía aún más que antes.

June lanzó un silbido.

—Así que el pervertido de tu tío estaba teniendo la típica aventura amorosa con un ama de casa de las afueras.

—No —respondió Abilene con firmeza—. Él no la habría tocado nunca. Le daba asco el sexo y todo lo que tuviera que ver con él. Para él, la desnudez era repugnante y las relaciones físicas eran para la gente primitiva y vulgar. Los llamaba animales. Los libros que leía, los libros que me dejaba leer a mí, no podían girar en torno a esos temas, porque entonces los calificaba de basura y los rompía.

Estella, que estaba sentada en el borde de la silla, se relajó claramente.

—¿Así que nunca te tocó?

—¡No! —Unas manchas rojas afloraron a las mejillas de la chica—. Cuando estaba muy enfadado, me retorcía el brazo o me apretaba el cuello. Después, se lavaba las manos con jabón mientras recitaba el juramento a la bandera. No tenía miedo a los gérmenes, simplemente odiaba tocar a la gente.

Nora miró a Estella con aire pensativo. Sin duda, la historia de Abilene estaba despertando en ella recuerdos que habría preferido mantener enterrados. Los abusos físicos y verbales de un padrastro. La dejadez de funciones de una madre. El abandono de un padre.

—No volverá a tocarte —dijo Estella, con los ojos encendidos de furia—. Si ese cabrón de tu tío te ha seguido hasta Miracle Springs, se arrepentirá. Lo prometo.

Hester se pasó las manos por la cara mientras June cogía su taza, la miraba con aire desdeñoso y volvía a dejarla sobre la mesita.

—Ojalá esto llevara algo un poco más fuerte que granos tostados de café —comentó June—. Ahora mismo mataría por un trago de verdad.

—Yo también —dijo Estella—. Pero nadie lo necesita más que Abilene, y lo más probable es que no haya probado nunca el alcohol, ¿me equivoco?

Abilene parecía avergonzada.

—Mi tío me hacía probar su vino antes de servírselo. No me gustaba. Sabía a vinagre balsámico.

—Seguramente eres más de martini con chocolate —dijo Estella—. Pero no podemos ir al bar Oasis hasta que terminemos. Acaba de contarnos lo de Amanda.

Estar hablando durante tanto tiempo le había pasado factura. Había acumulado todas esas palabras y sentimientos en su interior durante tanto tiempo que, obviamente, había supuesto para ella un enorme esfuerzo dejarlos salir.

Aun así, siguió hablando.

—Sabía dónde vivía la señora Frye porque le enviaba cartas a mi tío y me había memorizado su dirección. Mi tío nunca le respondió. Cuando ella se marchó, él se volvió aún más cruel. Sabía que tenía que escapar o pagaría todo su mal humor conmigo. Decidí acudir a Amanda. Fue una estupidez, pero pensé que tenía que ser una buena persona, porque le encantaba leer. Fue una odisea llegar hasta aquí. —Hizo una pausa—. Cuando aparecí en casa de Amanda, ella no sabía quién era yo.

—No te había visto nunca —dijo Nora, tratando de imaginar el desesperado viaje de Abilene desde Texas hasta Carolina del Norte.

—Llevaba una bata de hospital y unos patucos desechables —contó Abilene—. Al principio la señora Frye no quería dejarme entrar en su casa, pero le conté detalles suficientes sobre mi tío y acabó creyéndome.

June lanzó un gruñido.

—Pues es un milagro que no llamara a tu tío.

Una punzada de miedo asomó a los ojos azul claro de Abilene.

—Creo que lo llamó. Estaba tan cansada y hambrienta que me desplomé en la cama de su habitación de invitados y estuve durmiendo diez horas seguidas. Luego, la señora Frye me dio algo de comer y hablamos un poco más. Parecía nerviosa. Se sobresaltaba al oír el menor ruido y no dejaba de mirar por la ventana. Me estaba asustando con su actitud, así que le dije que no podía quedarme allí.

—¿Cómo reaccionó? —preguntó Hester.

—Se sintió aliviada. Quería darme algo de ropa que ponerme, así que salimos al jardín y cogió un vestido limpio del tendedero. Acababa de dármelo, junto con un par de chanclas, cuando los perros del vecino empezaron a ladrar. La señora Frye se puso blanca como el papel. Me dio un empujón y me susurró una sola palabra.

Nora se sintió como si estuviera allí, junto a Abilene y Amanda. Vio el sol sobre sus hombros y el aire zarandeando los vestidos del tendedero. Percibió el leve aroma del detergente y oyó el aullido rabioso de los perros. Por alguna razón, se le erizó el vello de los antebrazos.

—¿Cuál era la palabra?

A Abilene le tembló la voz al contestar.

—Corre —dijo.

Nora sabía lo que había ocurrido a continuación. Abilene vio el terror en los ojos de Amanda y reaccionó como lo haría cualquier superviviente: salió huyendo.

«Debió de correr todo el camino hasta el pueblo —pensó Nora—. Corrió hacia el edificio que tenía unos libros en el escaparate, y vio un refugio en esos libros. Se escondió entre ellos, encontrando protección en los únicos compañeros que había conocido».

—No tendrás que huir nunca más —dijo Nora—. Nunca más volverás a ese sótano, junto a ese hombre o a esa vida. Ahora tienes un nuevo hogar. Tienes una nueva familia. Y tienes cuatro hermanas mayores que te protegerán.

Nora abrazó a Abilene. Ella no le devolvió el gesto, pero justo cuando Nora estaba a punto de apartarse, un par de brazos escuálidos le rodearon la espalda. La chica exhaló un suspiro perfumado de miel en el hombro de Nora.

—Vamos a por esos cócteles —dijo Estella, cogiendo su impermeable.

Las mujeres se subieron al coche de June y se dirigieron al hotel Miracle Springs, un amplio edificio de ladrillo situado en lo alto de una colina. Con más de doscientas habitaciones, múltiples jardines, varios restaurantes y salones de cócteles, salitas para reuniones de grupos pequeños y sesiones privadas de meditación, además de la zona reservada a los baños termales, era la propiedad más grande de la zona.

Estella había pasado muchas veladas en el bar Oasis, pero esa noche sugirió el Bamboo Bistro en lugar de su establecimiento habitual.

Las mujeres eligieron una mesa apartada cerca de la entrada del jardín zen japonés y dejaron que pidiera Estella. Se acercó a la barra y, al cabo de unos minutos, un camarero les sirvió las bebidas en unos vasos altos y adornados con rodajas de manzana translúcidas.

—Sus Indian Summers —anunció mientras dejaba los vasos en unas servilletas de cóctel con el estampado de un tallo de bambú—. Que los disfruten.

—Básicamente, es sidra con un poco de vodka y licor de flor de saúco —le explicó Estella a Abilene—. Es la bebida perfecta para esta época de entretiempo.

—Por una nueva estación. —Hester levantó su copa para brindar.

Todas las demás entrechocaron sus vasos con el de ella excepto Abilene, que claramente no entendía en qué consistía el ritual. Se llevó el vaso a la boca y bebió un sorbo con aire vacilante.

Nora también se mostró vacilante. Le preocupaba un poco las ganas que tenía de tomarse aquella copa y de templar los nervios de las dos semanas anteriores.

La oscuridad se había instalado alrededor de las montañas. Las cinco mujeres estaban sentadas bajo una amplia bóveda de estrellas. La vela del centro de la mesa parpadeaba con una cadencia suave, y el ruido de las conversaciones de los clientes era tan manso como la placidez de la corriente de un arroyo.

Hester le preguntó a Abilene qué clase de educación había recibido en casa de su tío y esta le explicó que todo lo que había aprendido lo había sacado de los libros. Cuando tuvo edad suficiente, su tío le enseñó a reparar relojes. Se llevaba a casa los objetos que debía reparar y la hacía ayudarlo con las tasaciones. Como necesitaba acceder al ordenador para determinar el valor de mercado de las piezas, le enseñó a navegar por internet. Solo podía utilizar el ordenador bajo la supervisión de su tío.

—Me gustaba el trabajo, pero me encantaba estar en la cocina. Allí podía hacer magia. —Miró a Hester—. Allí todo lo que hacía eran creaciones mías. Cocinar me daba libertad.

La experiencia de Hester había sido inquietantemente similar. Había vivido con una tía dominante que le prestaba los libros de su extraordinaria biblioteca a cambio de que la sobrina le preparase platos de repostería casera, así que Hester había aprendido a usar el horno para hacer toda clase de pastas y pasteles.

Abilene se terminó su bebida y Estella llamó inmediatamente al camarero. Después de apurar las últimas gotas de su cóctel, Nora decidió hacer una pregunta más importante que la relacionada con la educación de Abilene.

—¿Crees que tu tío quería hacer daño a Amanda porque te dio cobijo en su casa?

—Solo puedo decir que seguiría viva de no ser por mí. —Abilene miró a Nora con expresión apenada y lúgubre—. No quiero que le haga daño a nadie más. Habéis sido todas tan...

—Espera un momento, cielo —la interrumpió Estella. Había estado observando al camarero y en ese momento se acercaba a su mesa.

—Chicas, ¿otra ronda? —dirigió su sonrisa a Estella.

—Ahora vamos a cambiar y a probar el cóctel «Se acerca el invierno». Es que nos gustan las referencias literarias —dijo. El camarero recogió los vasos y volvió a la barra. Cuando ya no podía oírlas, Estella se inclinó hacia delante—. Escúchame, Abilene. La única forma de que todas las presentes estemos a salvo es sabiendo a qué nos enfrentamos. Tu tío es un cabrón hijo de puta como hay pocos. Con él, rompieron el molde. Pero solo es un hombre. Un solo hombre.

June asintió con la cabeza.

—Va a tener que enfrentarse a nosotras cinco. Cinco jefazas absolutas.

—También podríamos decírselo a Jasper —sugirió Hester—. Él puede encontrar a tu tío y encerrarlo en una celda. Con un poco de suerte, el momento de encerrarlo será especialmente duro para él.

Todas se quedaron calladas y Nora supuso que sus amigas estaban preguntándose lo mismo que ella. ¿El departamento del *sheriff* podía ayudar realmente?

—¿Puedes demostrar que tu tío mató a Amanda? —le preguntó Nora a Abilene.

La joven miró a su alrededor como si aquel hombre pudiera estar escondido detrás de una maceta o de la hilera de arbustos que flanqueaban el camino de grava.

—No —susurró—. No creo.

El camarero reapareció con una bandeja de copas de martini.

—¿Qué es esto? —le preguntó June a Estella—. ¿La hora de la leche con galletas?

—Este es nuestro cóctel más popular —respondió el camarero—: licor de chocolate blanco Godiva, vodka de vainilla, crema de cacao blanco, crema de leche y azúcar de grano fino. Muy rico.

Estella cogió su copa.

—Justo como los hombres que me gustan.

El camarero no supo cómo responder a esto, así que sonrió con aire incómodo y se fue a atender otra mesa.

Había algo etéreo en el líquido blanco y el azúcar brillante que recubría los bordes de las copas. Las bebidas parecían hechas para la reina de las hadas y su séquito, no para la extraña asamblea que formaban las integrantes del Club Secreto de la Lectura y la Merienda y su joven invitada.

Nora miró las estrellas y pensó en la casualidad de que Abilene hubiese acabado en una librería llamada Miracle Books. «Necesita un milagro —pensó Nora—. Necesita que la liberen de la prisión que lleva consigo a cuestas».

Cuando bajó la mirada, se encontró con la de Abilene.

—¿Quieres decirnos tu verdadero nombre?

—Me llamo Hannah. Hannah Tupper.

Nora la miró fijamente.

—¿Te pusieron el nombre de un personaje de libro?

—Sí. —Saltaba a la vista que a Abilene no le hacía ninguna gracia admitirlo.

Nora no entendía por qué le molestaba tanto.

—Es un personaje maravilloso. Es buena e inteligente, le encantan los gatos y el pastel de arándanos, y...

—Es una bruja —repuso Abilene.

Estella dejó su copa y agitó las manos.

—Un momento. ¿De qué libro estáis hablando?

—De *La bruja de Blackbird Pond* —respondió Nora—. Y Hannah no es una bruja. Es distinta de los demás habitantes del pueblo porque es cuáquera. También es el chivo expiatorio de todo lo malo que pasa allí. Se hace amiga de una niña, Kit, y le enseña que el verdadero significado de un hogar es el amor y la amistad que se hallan dentro de sus cuatro paredes.

—Tengo que leer ese libro —dijo June—. Me han llamado bruja un par de veces por mis desfiles con los gatos. —Exhaló un suspiro de exasperación—. Como si se me hubiera pasado por la cabeza hechizar a esos adictos a la hierba gatera con bigotes...

Estella lanzó un resoplido.

—A mí otras mujeres me llaman bruja, aunque no tiene nada que ver con ningún gato. Pero no me importa. Me han llamado cosas peores.

—La gente utiliza la palabra «bruja» cuando se siente amenazada por una mujer fuerte, segura e independiente. Una mujer que se siente cómoda en su propia piel —dijo June—. Pero ¿prefieres que te llamemos Abilene?

—Mis padres escogieron el nombre de Hannah —explicó—. Me pusieron nombre, pero no me criaron. Me dejaron al cuidado de una pareja de su iglesia y se fueron a África para trabajar en un orfanato... y a la que dejaron huérfana fue a mí. Mis padres, fieles seguidores de la iglesia, me pusieron en manos del mismísimo diablo. No quiero llevar el nombre que me dieron, no.

Nora sonrió.

—Es bonito tener un nombre nuevo para complementar tu nueva vida.

La joven miró al cielo tachonado de estrellas.

—¿Puedo? ¿Puedo deshacerme de Hannah? ¿Como una serpiente que muda de piel?

Hester le tocó el hombro.

—Más bien como una mariposa que se desprende de su capullo. Nunca has podido desplegar las alas, ni siquiera te han dejado intentarlo. Creo que es hora de que termine esa parte de tu vida. Es hora de que vueles.

Con los ojos fijos en la bóveda de luces parpadeantes, Abilene cogió la mano de Hester y le susurró un verso de un poema de Emily Dickinson:

«Debe ser un poder de Mariposa
la Aptitud de volar
prados de Majestad trae consigo
y plácidos Viajes por el Cielo».

Y entonces cogió su vaso y se bebió todo el cóctel de un sorbo.

CAPÍTULO TRECE

> Mi médico me ha dicho que deje de celebrar cenas íntimas para cuatro. A menos que haya otras tres personas.
>
> ORSON WELLES

Abilene se negó a reunirse con el ayudante Andrews o con cualquier otra persona del departamento del *sheriff*. Agotada de tanto hablar, pidió que la llevaran directamente a su estudio.

Hester acompañó a Abilene a su edificio. Cuando regresó al coche, tenía el semblante ensombrecido de preocupación.

—Tenemos que hacer algo con ese apartamento —dijo—. Abilene no quería que entrara y ya sé por qué. Tiene una toalla, dos platos y unos cuantos cubiertos de plástico, que seguro que ha cogido del autoservicio de ensaladas del supermercado. Aún no tiene ropa que ponerse. Le he dado un par de cosas, pero le quedan grandes.

A Estella se le ocurrió un plan. Invitaría a Abilene al Magnolia Spa a una sesión de lavado, corte de pelo y secado gratis. Mientras tanto, las demás miembros del Club Secreto de la Lectura y la Merienda podrían buscar artículos para el hogar en las tiendas de segunda mano. Aunque ninguna iba sobrada de dinero, todas querían contribuir.

—Veré cómo tengo la agenda —dijo Estella al bajarse del Bronco de June—, pero creo que puedo hacerle un hueco a última hora del jueves, después de las cinco.

Sabiendo que Nora trabajaba al menos hasta las seis, June y Hester sugirieron ir de compras sin ella. De lo contrario, la tienda de objetos de segunda mano cerraría antes de que pudieran comprar nada. A Nora le pareció bien la decisión. Le dio dinero a June y se despidió de sus amigas. No tenía la cabeza para ollas, sartenes ni toallas de baño. Su cerebro estaba absorbido por completo por Ezekiel Crane.

Siguió pensando en él al día siguiente, a pesar de lo ocupada que estaba en la librería esa mañana. Crane dominaba todos sus pensamientos y no podía dejar de preguntarse si estaría ahora mismo en Miracle Springs. ¿Y si había matado a Amanda Frye? ¿Y a Kenneth?

Justo antes del almuerzo, con todos sus clientes paseándose satisfechos por el local hojeando libros, Nora llamó a la joyería-relojería de Ezekiel Crane en Lubbock. Usó su teléfono móvil en lugar del fijo de la tienda y ocultó su número antes de realizar la llamada.

No sabía qué decir si contestaba el propio Crane. Podía fingir que se había equivocado de número y colgar. Si contestaba, respiraría más tranquila sabiendo que estaba en Lubbock, muy lejos de Miracle Springs.

Sin embargo, Crane no atendió la llamada. Después de seis timbres sin respuesta, saltó el buzón de voz y una voz masculina y grave anunció que Maese Humphrey estaba cerrado temporalmente. La voz continuaba diciendo que pronto se pondrían en contacto con los clientes cuyas reparaciones estuviesen aún pendientes para darles una nueva fecha de recogida.

Nora colgó el teléfono.

Sin esperar a consultar a sus amigas, marcó el número del departamento del *sheriff*. Tras preguntar por el propio McCabe, la dejaron un momento en espera. Cuando el *sheriff* se puso al aparato, le dijo algo muy extraño.

—Señora Pennington, me ha llamado usted antes de darme tiempo a llamarla yo.

Nora estaba confusa.

—¿Cómo dice?

—Todavía necesitamos su declaración sobre el señor Frye —le recordó el *sheriff*. Aliviada al comprobar que no estaba molesto porque no hubiese ido a prestar declaración aún, le hizo la atrevida sugerencia de que se pasara por Miracle Books después de cerrar. Cuando él no respondió, se apresuró a añadir:

—Necesito hablar con usted en privado. Podría estar relacionado con su investigación, pero ahora mismo no puedo entrar en detalles y tampoco puedo cerrar mi negocio para ir a la comisaría. No tengo personal contratado, aquí solo estoy yo, y necesito la tienda abierta.

El *sheriff* se quedó en silencio, sopesando sus palabras.

—De acuerdo, señora Pennington —dijo al cabo de un momento—. Me pasaré esta tarde, aunque no creo que su librería sea el mejor sitio para hablar en privado, sinceramente. En cuanto deje el coche en su aparcamiento, la gente se preguntará por qué he ido a verla fuera del horario de apertura. ¿No sería mejor que la recogiera y nos alejáramos una o dos paradas de tren? Podríamos cenar algo mientras hablamos. Si le parece bien.

Sin poder decir si McCabe tenía algún motivo oculto para invitarla a cenar, Nora aceptó su propuesta.

Minutos después, se oyó el tintineo de las campanillas en la puerta y levantó la vista, dispuesta a recibir a su siguiente cliente.

En realidad, eran dos: un hombre y una mujer que, evidentemente, habían discutido y no estaban dispuestos a dejar de hacerlo solo porque hubiesen entrado en la tienda. Junto al expositor de marcapáginas, siguieron intercambiando en voz baja una andanada de comentarios airados hasta que la mujer se dio la vuelta bruscamente para marcharse.

—No compres nada a menos que puedas ingerirlo —la oyó decir Nora—. Te lo digo muy en serio, Monroe.

Sabiéndose castigado, el hombre llamado Monroe asintió y la mujer salió de la tienda. Monroe vio las campanillas golpear la puerta al cerrarse y luego pasó junto al mostrador de caja. Al pasar, dedicó a la librera una sonrisa tímida y la saludó. Ella le dijo que se sintiera como en casa y que la llamase si necesitaba ayuda.

—Ojalá pudiera ayudarme —repuso él, con voz de sentirse muy desgraciado—, pero creo que, llegados a este punto, lo mío ya no tiene remedio.

—Eso nunca se sabe —dijo Nora y le hizo señas para que la siguiera hasta la ventanilla de la oficina expendedora de billetes. Señalando el menú, le sugirió que pidiera algo y, cuando le preparara la bebida, podría explicarle en qué consistían sus problemas.

Animándose un poco, Monroe eligió un Jack London y un bolsilibro de chocolate.

Cuando terminó de prepararle el *latte*, Nora no lo dejó en la repisa, sino que se lo sirvió en el lugar donde se reunía el Club Secreto de la Lectura y la Merienda. Luego se acomodó en un sillón a su lado.

—¿La mujer con la que has entrado en la tienda es...? —Nora se interrumpió, esperando la respuesta de Monroe.

—Mi esposa —respondió—. La quiero con locura, pero por mucho que lo intente, no dejo de decepcionarla. —Dio un sorbo a su bebida y añadió—: Tengo un problema con las cosas.

Nora lo observó con atención. Llevaba unos vaqueros oscuros, unas zapatillas Converse rojas y una camiseta de béisbol de los Cubs. Iba bien afeitado, tenía un rostro agradable y una sonrisa tímida. Unas gafas enmarcaban sus ojos tristones. Nora supuso que rondaba la treintena.

—¿Qué clase de cosas? —preguntó.

—Cualquiera, la que sea. Las tengo todas: libros de todo tipo, revistas viejas, cromos de béisbol, figuras de acción, álbumes de discos, trofeos y papeles del trabajo, de la escuela y de un millón de otras fuentes. Tengo facturas que he pagado pero que no he tirado. Tengo cupones que caducaron hace años. Ese es mi problema, que me cuesta mucho deshacerme de las cosas. Simplemente, no puedo. Las voy acumulando y se multiplican. Mis espacios en nuestra casa son un caos. Mi mujer, Laurie, es una maniática del orden. Ahora tiene una habitación en la que no puedo entrar. La llama su lugar seguro.

Nora hizo un ruido mostrando comprensión.

—Ya veo que vuestros estilos de vida diferentes pueden generar conflictos.

—Eso es quedarse muy corto —se burló Monroe—. He probado un montón de tácticas distintas para controlar mi síndrome de Diógenes... Dios, cómo odio ese término. Y lo cierto es que mis cosas se hacen más manejables durante un tiempo cuando pongo en práctica alguna técnica nueva, pero entonces, me estreso por algo y empiezo a acumular trastos otra vez. Esos trastos me hacen sentirme seguro. Mis cosas son como una montaña de consuelo, aunque en el fondo no me importen nada. Incluso cuando no estoy estresado, me estreso pensando en tener que deshacerme de mis cosas. Mi casa no es un caos. Yo sí.

—¿Y qué estrategias has probado? —le preguntó Nora.

Monroe parecía reacio a contestar, pero al final lo hizo.

—Estuve varios meses yendo a un especialista. Me recomendó ansiolíticos. La medicación puede ser una opción para otras personas, pero no para mí. Digamos que cuando tenía veintipocos años, me enganché a una sustancia adictiva y no quiero volver a ir por ahí.

—Comprendo.

Nora se recostó en la silla y dejó que los envolviera la reconfortante quietud de la librería. Monroe dio un sorbo a su café con aire cohibido, mientras a Nora le venían títulos a la cabeza. Sin embargo, recordó la advertencia de Laurie. Monroe no debía comprar nada que no pudiera ingerir. Si de verdad quería ayudar a aquella pareja, tendría que ser un poco insistente.

—¿Puedo preguntarte algo personal? ¿Incluso un poco grosero? —le dijo.

Monroe respondió afirmando con nerviosismo con la cabeza.

—Durante tu época como adicto, ¿tuviste que vivir sin alguna de tus cosas o incluso sin ninguna?

El chico miró fijamente a Nora, como si conociera todos los detalles de su historia secreta.

—No sé cómo lo ha adivinado, pero la verdad es que estuve viviendo en la calle durante un año o así. Me lo gastaba todo en pastillas. Y en alcohol. Lo perdí todo.

Nora le sonrió.

—¿Hasta que conociste a tu mujer?

Él le devolvió la sonrisa; el amor que sentía por su esposa le iluminó el rostro, que brillaba como una estrella. De repente parecía varios años más joven. Y mucho más despreocupado.

—Hasta que conocí a Laurie —dijo. Su sonrisa se desvaneció—. No quiero seguir cagándola con ella. Cambiaría todo lo que tengo por hacerla feliz. Sería capaz de tirar hasta el último trasto que tengo a la basura. Pero no lo hago. No lo consigo.

—Creo que Laurie y tú podéis superar esto juntos —dijo Nora—. Y tengo algunos libros que pueden ayudaros. Los sacaré de las estanterías y los pondré en el mostrador. Cuando estés preparado, puedes pedirle a tu mujer que les eche un vistazo. La clave es abordar este tema en equipo. El equipo de Monroe y Laurie.

El chico le dio las gracias y volvió a concentrarse en el bolsilibro. Devoró la pasta de hojaldre en dos bocados y se lamió el chocolate de los dedos.

—Mmm... qué rico estaba —exclamó—. Tengo que comprarle uno a Laurie.

Su entusiasmo infantil era un espectáculo maravilloso y Nora se alegró de que hubiera ido a parar a Miracle Books.

—¿Sabes qué? —le dijo—. Tú vete a buscar a tu mujer y yo iré preparándoos los ejemplares y calentaré otro bolsilibro. Lo tendré todo listo para cuando vuelvas.

Cuando la pareja regresó, Monroe llevó a Laurie directamente a la taquilla de la cafetería. Nora se dio cuenta de que iban cogidos de la mano. Era una buena señal. Le preguntó a Laurie si quería tomar algo y la mujer pidió un Louisa May Alcott.

Nora había elegido la taza de Laurie con sumo cuidado y, mientras la colocaba sobre la encimera, observó cómo la otra mujer leía el texto inscrito en la cerámica azul claro.

El silencio en la librería se vio interrumpido bruscamente por una carcajada.

—¿Qué pasa? —le preguntó Monroe, sonriendo a la espera de compartir la broma.

—¿Ves lo que pone aquí: «La paciencia es una pérdida de tiempo?» Vale, pues necesito hacerme una camiseta con esa frase —le contestó ella, enseñándole la taza.

El chico se rio y Nora supo que había conseguido romper el hielo con Laurie. Para seguir atrayéndola a su terreno, le sirvió un bolsilibro de chocolate.

—¡Pero qué bueno está esto! —exclamó la mujer después de un bocado, y miró a Monroe—. Tienes razón. Este sitio es especial. —Luego se dirigió a Nora—. Mi marido me ha dicho que ha hablado contigo de nuestra situación. No quiero parecer escéptica, pero ya hemos probado con varios libros y no han funcionado.

Cuando Nora le preguntó qué libros habían probado, Laurie dijo que la mayoría eran títulos sugeridos por los terapeutas y trataban sobre la ansiedad.

—Es decir, ¿que la atención se centraba únicamente en tu marido?

Laurie se quedó pensativa.

—Sí, supongo que sí. Nunca me lo había planteado así, pero el objetivo de los libros era ayudarle a cambiar su conducta.

—¿Y si trabajáis en esto juntos? ¿Por qué no os lo planteáis como un reto de pareja en lugar de un problema de Monroe? —preguntó Nora—. A la hora de hacer cambios, la gente suele tener más éxito cuando cuenta con el apoyo de su pareja. En este caso, podríais apoyaros mutuamente. Juntos, podríais construir la vida que queréis.

Monroe cogió la mano libre de Laurie y ella deslizó la suya en la de él.

—Haría cualquier cosa por apoyar a mi marido —dijo—. Por eso vinimos a Miracle Springs. Hemos hablado mucho, pero llevamos años hablando de esto. Estoy lista para pasar a la acción.

—Paciencia —se burló Nora, y tanto Laurie como Monroe rieron—. Os recomiendo leer estos libros juntos. —Cogió el primer tomo de la breve pila que había colocado sobre la mesita de

— 238 —

centro—. Tomad las decisiones juntos. Curad vuestras heridas juntos. Cambiad juntos. Y sabed que las cosas no cambian de la noche a la mañana. Tampoco será fácil. Echadles un vistazo y decidme si necesitáis algo más. Estaré ahí delante.

Nora los dejó hojeando *La magia del orden*, de Marie Kondo; *The House We Grew Up In*, de Lisa Jewell; *Hygge. La felicidad en las pequeñas cosas: descubre por qué los daneses son los más felices del mundo y cómo tú también puedes serlo*, de Meik Wiking; y *Coming Clean*, de Kimberly Rae Miller. La lista era una mezcla de cómo superar las dificultades y encontrar esperanza. Dolor y transformación. Podía servir como recordatorio recurrente de que, aunque el pasado tiñe nuestro presente, no tiene por qué dictar nuestro futuro. El amor y la fe pueden cambiar el rumbo de las personas para siempre. Y eso es lo que Nora deseaba para Monroe y Laurie.

La pareja compró todos los libros y prometió enviarle una postal unos meses más tarde informándole de sus progresos.

Nora les respondió que eso le haría mucha ilusión y la pareja se marchó, sujetando la puerta a otro cliente al salir.

A partir de entonces, un flujo constante de clientes mantuvo a Nora ocupada hasta la hora de cerrar.

Cuando por fin cerró, se alegró de que el *sheriff* McCabe hubiera sugerido cenar algo. El almuerzo de Nora, un sándwich de pavo y una manzana roja, parecía un recuerdo lejano.

—¿Hambrienta? —le preguntó el *sheriff* al abrirle la puerta del pasajero.

—Muchísimo —contestó ella.

McCabe asintió en señal de aprobación.

—Mejor, porque me sentiría como un auténtico glotón comiéndome un platazo de costillas si solo se le ocurriera pedir una ensalada.

—¿Vamos a un sitio de barbacoa? —Nora trató de ocultar su decepción. Nunca le había gustado la barbacoa de Carolina del Norte, pero era lo bastante prudente como para no expresar su opinión en voz alta. Que no te gustara la barbacoa era un pecado en aquella zona.

—No exactamente. El sitio que tengo en mente es famoso por su pollo con gofres —dijo el *sheriff*—. Últimamente me apetecen mucho. Incluso le pedí a Jack que los añadiera al menú del Pink Lady, pero dijo que no creía que hubiera que mezclar el desayuno con la cena. ¿Ha probado alguna vez el pollo con gofres?

Nora dijo que no.

—Pues ya verá como le gusta. Y ya que vamos a estar un rato en el coche, ¿quiere darme alguna pista sobre lo que piensa que puede ser relevante para mis casos?

No era una sugerencia, sino una orden encubierta, y Nora se dio cuenta de que había subestimado a McCabe. Era un hombre astuto e intuitivo. Sin duda, el ayudante Andrews le habría contado a su jefe todo lo que le había dicho Nora, como era de esperar, y ahora quería oír lo que ella no le había contado al ayudante. De repente, Nora se sintió culpable por haber esperado tanto para hablar directamente con el *sheriff*.

—No sabía gran cosa hasta anoche —dijo mientras abandonaban el pueblo—, que fue cuando me enteré de que la última persona que vio con vida a Amanda Frye fue, probablemente, una chica que llegó hace poco a Miracle Springs.

Si aquella novedad lo sorprendió, el *sheriff* no dio ninguna señal; mantuvo las manos en el volante y la mirada en la carretera.

—¿Se refiere a Abilene Tyler? ¿La joven que trabaja en la Gingerbread House?

Nora estaba impresionada. McCabe era un hombre muy perspicaz.

—Sí, pero Abilene Tyler no es su verdadero nombre. No me corresponde a mí revelar todos los secretos que nos contó Abilene, solo le daré información relacionada con la muerte de Amanda.

McCabe frunció el ceño y pareció sopesar si debía o no presionar más a Nora.

—Adelante —se limitó a decir, finalmente.

—¿Podría responder una pregunta primero? ¿Le dejó Amanda Frye su biblioteca en herencia a un hombre llamado Ezekiel Crane?

McCabe no pudo disimular su asombro.

—¿Cómo lo sabe? Solo algunos miembros de mi departamento y dos abogados conocían su nombre.

La librera pasó el resto del trayecto contándole a McCabe una versión abreviada de la trágica historia de Abilene.

—Le resultó muy duro hablar de todas esas cosas —dijo Nora cuando terminó—. Estaba con un grupo de cuatro mujeres que han intentado ayudarla desde que llegó al pueblo. No pretendo decirle cómo hacer su trabajo, pero si la interroga ahora, se cerrará en banda. Está aterrorizada, *sheriff.*

McCabe entró en un edificio destartalado que se parecía más a un garaje abandonado que a un restaurante. El letrero que había encima de la puerta decía: Pearl's.

No había horarios, ni carteles que indicaran si el restaurante estaba abierto o cerrado, ni ningún tipo de decoración exterior, ni siquiera una maceta o un banco.

Nora estuvo tentada de preguntar al *sheriff* si no se habría equivocado de dirección, pero el policía apagó el motor y preguntó:

—¿Está la señorita Tyler en un lugar seguro?

—No lo sé. —Nora describió el apartamento de Abilene. Le tranquilizaba saber que McCabe anteponía el bienestar y la seguridad de Abilene a cualquier otro aspecto del caso. A fin de cuentas, era un hombre sometido a mucha presión: era un *sheriff* interino que había venido a ocupar la vacante dejada por un predecesor corrupto. Casi inmediatamente después de asumir el cargo, McCabe había tenido que lidiar con la repentina muerte de Amanda Frye y, al cabo de apenas unos días, con la caída mortal del hijo de esta. Dos muertes sospechosas eran una pesada carga para cualquier *sheriff* de un pueblo pequeño, y más aún para uno que apenas había tenido tiempo de aprenderse los nombres de las calles.

McCabe señaló el edificio que tenían delante.

—Entremos. Podemos seguir hablando mientras nos comemos una cesta de chips de boniato caseros.

El estómago de Nora rugió con gran estruendo y el sheriff sonrió.

Cuando abrió la puerta del restaurante, los recibieron los bulliciosos acordes de un saxofón tocando música de *jazz* y una nube de humo con aroma a pollo frito procedentes del interior.

—¿Cómo conoce este sitio? —le preguntó Nora—. Yo llevo años viviendo a dos pueblos de aquí y no sabía ni que existía.

—Paré a comer aquí cuando iba de camino a mi nuevo puesto de trabajo —dijo McCabe—. Vuelvo siempre que puedo. Pearl es la mujer más dulce del mundo. ¿Y su marido? Siempre está riendo. Es el hombre más feliz que he visto en mi vida. Si he tenido un mal día, él puede hacer que lo olvide.

Una vez dentro, era evidente que el edificio había sido un garaje. Los ascensores habían desaparecido, el suelo era de hormigón gris liso y en las plazas de garaje había mesas redondas en lugar de coches. Las luces del techo alto eran bombillas antiguas, y la zona del bar en realidad era una furgoneta Volkswagen sin techo ni ventanas. A Nora le pareció una de las cosas más increíbles que había visto nunca.

El *sheriff* señaló al camarero, que tenía el físico de un defensa y la piel del color del café tostado oscuro.

—Ese de ahí es Samuel, el marido de Pearl —dijo McCabe.

Samuel vio al *sheriff* y lo saludó con la mano. Al saludar, una sonrisa le iluminó el rostro y, de hecho, era como si brillara en la penumbra, como si su sonrisa electrificara todo el espacio a su alrededor.

—Parece que nunca se cansa de nuestra comida casera, ¿eh, *sheriff*? —dijo la mujer de la entrada bromeando con McCabe mientras les indicaba una mesa.

—No, señora. Sueño con el pollo y los gofres del Pearl's —contestó McCabe.

—Diré en cocina que empiecen a prepararle sus chips de boniato. ¿Es tu primera vez, cariño? —le preguntó la camarera a Nora. Sin darle tiempo a responder, dijo—: Le diré a Pearl que te prepare nuestros *hush puppies* caseros. No sabes lo que es un *hush puppy* de verdad hasta que no has probado los de Pearl.

Nora y el *sheriff* se comieron rápidamente los chips de boniato y los *hush puppies* y pidieron los entrantes: pollo y gofres para el *sheriff* y gambas con sémola de maíz para Nora. Pearl en persona les trajo la comida. Les sirvió los entrantes, así como las guarniciones de berzas y guisantes. Antes de alejarse de la mesa, les advirtió que se comieran toda la verdura o llamaría a sus madres y se chivaría.

Pearl era tan menuda como grande era su marido. Llevaba pestañas postizas, pendientes de plumas que le rozaban los hombros y sombra de ojos de color rosa brillante. Su comida era como su marido: estaba llena de alegría. Cada bocado era tan estimulante como el sol primaveral tras un largo y amargo invierno.

McCabe, que había decidido no hablar de la investigación hasta después de haber probado sus platos, se abalanzó sobre la comida con fruición.

—¿Seguro que no puedo convencerla para que lo pruebe? —le preguntó a Nora. Al ver que seguía mostrándose reacia, añadió—: La mayoría de la gente cree que es un plato sureño, pero en realidad nació al norte de la línea Mason-Dixon. A diferencia de sus hermanos del sur, los afroamericanos que vivían en el norte podían permitirse comer pollo. Los gofres, en cambio, no se tomaban todos los días. Los *flapjacks* eran mucho más comunes, así que lo que yo estoy comiendo ahora en su día fue un manjar. Y para mí, sigue sabiendo como un manjar de dioses.

Nora estaba intrigada por los conocimientos culinarios de McCabe.

—¿Sabe cuál es el origen de mi plato?

El *sheriff* se rio y Nora se dio cuenta de que Grant McCabe era un hombre atractivo. Era una década mayor que Jed y no irradiaba el atractivo sexual de este, pero los inteligentes ojos castaños de McCabe y su rostro recio poseían mucho encanto. Nora no lo había mirado con esos ojos porque lo consideraba estrictamente un hombre de uniforme, el hombre al mando. Pero en ese momento no era un agente de la ley: solo era un hombre sentado frente a una mujer.

—Supongo que la sémola de maíz era originalmente un alimento de los nativos americanos. ¿Pero con gambas? No tengo ni idea de a quién se le ocurrió. Si le gustan las gambas con sémola, debería probarlas al estilo cajún. Así es como las sirven en *Nawlins*. —Pronunció el nombre de «Nueva Orleans» con un exagerado acento de Luisiana.

Nora no sabía si era la cerveza, la comida o el ambiente lo que había puesto a McCabe de tan buen humor, pero le gustó.

Terminaron de comer y la camarera les preguntó si habían dejado sitio para el postre. A pesar de que dijeron que no, Pearl insistió en servirles una porción de su tarta de melocotón casera para compartir.

—Pese a lo poco que me apetece hablar de trabajo en este ambiente tan distendido —dijo él mientras esperaban la tarta—, deberíamos volver al tema del que estábamos hablando en el coche. Voy a investigar a Ezekiel Crane. No me gusta la idea de que pueda sorprender por la espalda a la señorita Tyler. —Ladeó la cabeza—. ¿Estuvo hospitalizada por su culpa?

—No tocó ese tema con nosotras, pero es una suposición lógica —dijo Nora. Se señaló el pecho—. Ahora me toca a mí hacer una pregunta.

El *sheriff* extendió las manos.

—Dispare.

—¿A Kenneth Frye lo empujaron o se cayó?

—Aún no disponemos de información suficiente para llegar a una conclusión definitiva —respondió. Su expresión, al igual que su voz, no dejaba traslucir nada más.

—¿Estaba borracho? —insistió Nora.

McCabe asintió con la cabeza.

—La madre muere por una sobredosis de pastillas y el hijo se cae de una cabaña en un árbol. —Nora sacudió la cabeza—. Dos muertes tan próximas en el tiempo no pueden ser accidentales.

En ese inoportuno momento, Pearl llegó con una enorme porción de tarta de melocotón coronada con una bola de helado de vainilla. Dejó dos tenedores y un montón de servilletas encima de la mesa.

—Esto hará que estéis más contentos que unas pascuas —dijo antes de regresar a la cocina.

Pearl no exageraba. La masa era hojaldrada y crujiente, y el relleno sabía a puro verano. El pastel consiguió templar hasta el último rincón del estómago de Nora. Aunque solo tenía espacio para unos pocos bocados, aquello le bastó para convencerla de que Pearl poseía la misma habilidad mágica para la cocina que Hester. Ambas mujeres sabían transformar la comida en algo trascendente. Sus creaciones no solo nutrían el cuerpo, sino también las partes más hambrientas del alma.

—Por eso lo llaman *soul food*, literalmente «comida para el alma» —dijo McCabe como si Nora hubiera hablado en voz alta. Se bebió su vaso de agua y pidió la cuenta—. Andrews me ha dicho que cree que hay una conexión entre las dos muertes y la biblioteca de Amanda Frye. ¿Por qué?

—No puedo afirmarlo con toda certeza porque no he visto toda la biblioteca —dijo Nora—. Pero esos libros son lo único que podría proporcionar un móvil para el asesinato. Alguno de los libros debe de ser especial por algún motivo, o debe de haber algo escondido dentro de uno de ellos, algo que la persona a la que Kenneth le gritó durante el festival está buscando. Esa persona puede haber matado a Kenneth para evitar que lo encontrara.

Llegó la cuenta y el *sheriff* insistió en pagar. Cuando Nora quiso protestar, él se lo impidió:

—Tener la oportunidad de compartir una comida con una mujer tan extraordinaria como usted es algo que no me ocurre demasiado a menudo. Permítame que la invite.

Sorprendida por el cumplido, Nora le dio las gracias por haberle dado a conocer el Pearl's.

—Tendré que llamarle si quiero volver —bromeó—. Tardaría todo el día en llegar hasta aquí en bicicleta.

—Bueno, eso me haría mucha ilusión —dijo McCabe. Pagó a la camarera en efectivo y cogió su sombrero. No se lo puso, sino que lo sostuvo entre las manos mientras estudiaba a Nora, quien tenía la sensación de que el policía estaba a punto de tomar una decisión importante.

—Señora Pennington. —Había vuelto a su función de agente de la ley—. ¿Podría examinar la biblioteca de la señora Frye? Su experiencia podría ser muy valiosa.

Nora sintió una oleada de emoción recorriéndole el cuerpo. Era el mismo subidón que experimentaba cuando encontraba un libro valioso en un mercadillo o terminaba con éxito una sesión de biblioterapia. La excelente comida de Pearl ya le había puesto la carne de gallina, y ahora, encima, le pedían que examinara los libros de Amanda.

—Puedo hacerlo a primera hora de la mañana —dijo, intentando reprimir una sonrisa—. Con una condición.

El *sheriff* arqueó las cejas.

—¿Cuál es?

—Tutéame y llámame Nora a partir de ahora. Al menos, cuando estemos los dos solos. Teniendo en cuenta que acabamos de compartir un trozo de tarta, creo que es apropiado.

McCabe sonrió.

—Muy bien. ¿Estás lista para que nos vayamos..., Nora?

CAPÍTULO CATORCE

La mayor parte de la verdad siempre está oculta...

J. R. R. Tolkien

Nora se acercó a la biblioteca de Amanda Frye con una mezcla de ansiedad y reverencia. Si no había alguna pista escondida entre los libros, nunca llegaría a saber qué tenían que ver con las muertes inesperadas de una madre y su hijo.

Se quedó mirando los lomos envueltos en plástico en sus cajas. Le parecía imposible que unos libros tan preciados estuvieran relacionados con unos hechos tan turbios. Pero sabía que todo era posible.

Nora se ajustó los guantes que le había dado el *sheriff* McCabe justo antes de abrir la puerta de la casa de Amanda.

No le gustaban los guantes. Eso era algo que sorprendía a mucha gente. Después de todo, podía ocultar fácilmente su desfigurada mano derecha poniéndose un guante, y precisamente por eso no lo hacía. Los guantes le recordaban las veces que había intentado ocultar sus cicatrices. Hubo un tiempo en que solo llevaba camisas de manga larga combinadas con pañuelos para el cuello y sombreros de ala ancha. Y guantes. Había tenido guantes de algodón, de encaje y de cuero. Todos hacían que le sudasen las manos. Y le picaba la piel. Tampoco le gustaba cómo le quedaba la mitad superior del dedo meñique con algunos guantes, medio caída. Ese efecto como de fideo mojado la hacía sentirse aún más rara.

Tras pasar un año entero escondiéndose, decidió que todo el mundo la viera tal como era, así que donó sus guantes a una tienda de ropa de segunda mano.

McCabe esperó a que se colocase bien los guantes y luego preguntó si iba a catalogar cada libro después de examinarlo.

—Me gustaría que me dieras una estimación del valor de toda la colección —le dijo—. No tiene que ser una tasación formal. Solo quiero saber si estos libros podrían ser un móvil para un asesinato.

Nora y McCabe estaban delante de las estanterías improvisadas de Amanda. La casa olía a cerrado y a rancio. El moho, la madera húmeda y el aire viciado habían infestado todos los rincones. El *sheriff* dejó a Nora concentrarse en su trabajo y se puso a recorrer la casa abriendo ventanas. Nora agradeció recibir la caricia del aire fresco con aroma a hierba.

Sacó un cuaderno y empezó a buscar y catalogar las novelas de Catherine Cookson. Además de anotar la información de la página de créditos, Nora añadió breves notas sobre el estado de cada libro. También agitó con cuidado las páginas de los libros, con la esperanza de descubrir alguna carta o fotografía que respondiera a todas las preguntas que la muerte de Amanda había suscitado.

Acababa de empezar con la serie de «Corazón de tinta», de Cornelia Funke, cuando el *sheriff* recibió una llamada. Excusándose, se dirigió a la cocina para atender la llamada. Nora lo oyó decir cosas como: «Deberíamos ampliar nuestro radio de búsqueda en los hoteles» y «Compruébalo con las compañías de alquiler de coches» y supo que McCabe se refería a Ezekiel Crane. Por lo visto, el departamento del *sheriff* aún no lo había localizado.

Cuando McCabe sugirió que hablaran también con los comercios vecinos a la tienda de Crane, la sospecha de Nora se confirmó.

El policía regresó al salón y la encontró con la mirada perdida a lo lejos.

—¿Los libros te traen recuerdos? —preguntó.

Ella lo miró con una sonrisa avergonzada.

—Suelen hacerlo, pero esta vez no. Después de escuchar la historia de Abilene, parece poco probable que Crane haya venido a Miracle Springs y la haya dejado en paz durante todo este tiempo. Debe de estar furioso con ella. Tuvo que cerrar su negocio para ir tras ella, así que su furia debe de haber ido en aumento con cada día que pasaba.

—Pero tiene que andarse con cuidado —dijo el *sheriff*—. No puede dejar que lo vean acercándose a ella, sobre todo en un lugar público.

—Porque la libertad de ella significa el fin de la libertad de él. Si ella le contara a alguien, a algún policía, a un profesional sanitario o a un trabajador social, lo que le hizo ese hombre, le arruinaría la vida.

Presintiendo que Nora no había acabado con su hilo de pensamiento, McCabe no respondió, sino que esperó en silencio a que continuara hablando.

—Después de escuchar la historia de Abilene, está claro que controlar sus impulsos no es uno de los puntos fuertes de Ezekiel Crane, lo cual hace que me pregunte por qué no ha pasado a la acción. ¿Por qué no ha ido en busca de Abilene sabiendo que está sola? ¿Por esto? —Nora señaló los libros—. La biblioteca acabaría siendo suya, tarde o temprano. —Kenneth podría haber retrasado el proceso impugnando el testamento de su madre, pero ningún juez dictaminaría que Amanda no estaba en pleno uso de sus facultades mentales cuando lo redactó. A menos que lo modificara antes de su supuesto suicidio.

—El testamento de la señora Frye no se ha modificado en décadas —dijo McCabe—. Ella y su marido redactaron juntos su testamento cuando su hijo aún era un niño. Ambos se lo dejaron todo a él, con la excepción de la biblioteca de la señora Frye, que esta legó a Ezekiel Crane.

—Amanda debió de hacerlo porque, de alguna manera, todavía sentía aprecio por ese hombre —señaló Nora—. Dejó sus libros a la única persona que sabía que apreciaría su verdadero valor.

Nora volvió a concentrarse en los libros. Las respuestas tenían que estar allí.

Alargando la mano hacia *Mi nombre es Raro Thomas*, de Dean Koontz, la librera se preguntó si su criterio no estaría sesgado por su inquebrantable amor a los libros.

Para ella, los libros tenían la respuesta a todas las preguntas, a todos los problemas. Los libros tenían el poder de mejorar las cosas difíciles. Los libros eran una medicina mágica. Eran una manta suave, una taza humeante de té y un fuerte abrazo entre robustas tapas. ¿Por qué no iban a tener las respuestas a ese enigma?

Sin embargo, las dudas se abrían paso en la mente de Nora, dudas que iban en aumento a medida que el *sheriff* atendía una llamada tras otra. Aunque no le decía nada directamente, la mujer percibía su inquietud creciente.

Cogió *Harry Potter y la piedra filosofal* de la estantería y se detuvo antes de abrir la cubierta. La serie de J. K. Rowling no encajaba con el resto de la colección de Amanda porque no era una trilogía. Incluso en los casos de las novelas de «Corazón de tinta» o de Philip Pullman, que ahora incluían entregas adicionales de la serie, Amanda solo había adquirido los tres títulos originales. No había añadido a su colección *El jinete del dragón*, de Funke, ni *Érase una vez en el norte*, de Pullman.

Sin embargo, la serie de Harry Potter no podía calificarse de trilogía en ningún sentido de la palabra. Era de sobra conocido que la serie iba a extenderse más allá de tres libros, lo que significaba que o bien a Amanda simplemente le encantaban los tres primeros libros, o bien tenía otra razón para ponerlos en su estantería.

Nora volvió a examinar el lomo del libro de J. K. Rowling y frunció el ceño. ¿Había conseguido Amanda la edición limitada de *Harry Potter y la piedra filosofal*? ¿La que acreditaba a la señora Rowling como Joanne en lugar de J. K. en la página de créditos? Porque, sin duda, un libro así sí que merecería la pena conservarlo.

—¿Has encontrado algo? —preguntó McCabe.

Nora hojeó con delicadeza la página del *copyright*.

—Sí —dijo—. En Estados Unidos, este libro se publicó con otro título. Amanda tiene la versión del Reino Unido. No es un ejemplar de los más habituales. Tendré que buscar el valor actual en mi ordenador. No tengo ni idea de por cuánto se vende.

—Miró al *sheriff*—. ¿Tú lees?

—Básicamente escucho audiolibros —contestó—. Siempre que hago ejercicio, cuando voy conduciendo o cuando tengo que hacer alguna chapuza en casa, me los enchufo. —Se dio un golpecito en la oreja.

—¿Tienes algún género favorito? —preguntó.

Se encogió de hombros.

—Voy alternando entre unos y otros. Una semana escucho un *thriller* médico y la siguiente, un libro de economía. Todo depende de mi estado de ánimo, pero me gustan los libros que me enseñan algo. Me gusta terminar un libro y sentir que soy un poco más sabio de lo que era antes de leerlo.

El teléfono de McCabe volvió a sonar y el policía regresó a la cocina para contestar la llamada.

De nuevo sola, Nora bajó *Harry Potter y la cámara secreta* de la estantería. Había algo raro en el libro. Era demasiado ligero. En cuanto abrió la cubierta, comprendió por qué.

Alguien había vaciado el interior del libro.

Las páginas estaban intactas por fuera, pero alguien había hecho un agujero en el centro. Dentro del agujero había un reloj de bolsillo de oro.

Un poco aturdida por aquel descubrimiento, Nora se levantó y llevó el libro a la cocina.

McCabe estaba mirando por la ventana y tenía el teléfono pegado a la oreja, pero cuando la oyó acercarse, se volvió para mirarla.

La librera abrió el libro entre las palmas de las manos y esperó a que el *sheriff* reaccionara.

—Te llamo luego —dijo, y bajó el teléfono mientras finalizaba la llamada con el pulgar. Alternó la mirada del libro a la cara de Nora y de nuevo al libro.

—No he tocado el reloj —susurró ella. No estaba segura de por qué susurraba, pero la importancia del momento parecía exigirlo.

McCabe se puso un par de guantes rápidamente y le quitó el libro a Nora.

—Si no lo veo no lo creo. —La luz del sol que entraba por la ventana de la cocina brillaba en la superficie dorada del reloj, proyectando destellos amarillos sobre el rostro del *sheriff*—. Enséñame dónde has encontrado esto.

Nora lo llevó al salón y señaló el espacio donde había estado el libro.

Tras hacer unas fotos de la caja, McCabe introdujo cuidadosamente el libro en una bolsa de pruebas.

Nora examinó el resto de los libros, pero no había nada tan llamativo como el hueco en el de Harry Potter.

—¿Cuándo puedes tener lista una estimación para toda la colección? —le preguntó McCabe mientras volvían al pueblo.

—Me pondré en ello ahora mismo —le contestó—. ¿Y el reloj? ¿Lo llevarás a El Genio Virtual?

—No planeaba hacerlo, pero así podría conseguir la información que necesito más rápidamente. —El *sheriff* frunció el ceño—. Me da la impresión de que no tenemos tiempo que perder.

Nora estaba de acuerdo con él: con dos muertes consecutivas, unidas al hecho de que Ezekiel Crane hubiese cerrado su tienda, la sensación de apremio era una presencia sombría que planeaba sobre ellos. McCabe tenía que concluir las investigaciones para proteger su carrera, mientras que Nora y sus amigas tenían que mantener a Abilene a salvo.

Al llegar a las vías del ferrocarril, el *sheriff* se detuvo ante el paso de un tren de mercancías. Golpeando el volante con frustración, miró varias veces el reloj mientras el convoy pasaba a toda velocidad.

Nora le tocó el antebrazo.

—Ezekiel Crane se dedica a los relojes y las joyas. ¿Crees que sabe lo del reloj de bolsillo?

—Es posible —dijo el *sheriff*, dejando de tamborilear con los dedos en el volante.

—¿Puedo acompañarte cuando vayas a El Genio Virtual? —preguntó—. Puedo volver andando a Miracle Books desde allí.

McCabe apretó los labios.

—¿Por qué quieres ir?

Nora vio desfilar los vagones y no contestó hasta al cabo de un rato.

—Porque decepcioné a Amanda —dijo al final—. Podría haber sido más amable con ella, pero no lo fui. No me caía bien, así que no hice ningún esfuerzo por conocerla. Dedicaba más tiempo a ayudar a completos desconocidos que a preocuparme por el bienestar de Amanda, y ella necesitaba tanta ayuda como cualquiera de los visitantes que vienen a Miracle Springs a sanar sus heridas.

—Lo entiendo. Y aunque creo que estás siendo demasiado dura contigo misma, tengo que preguntarte por qué tu historia con Amanda está relacionada con un misterioso reloj de bolsillo.

Nora levantó las manos con exasperación. Era difícil explicar su implicación en el caso y su necesidad de buscar justicia para Amanda. Tomando aire, trató de encontrar las palabras adecuadas.

—Encontré el cadáver de Amanda, esa mujer a la que no había hecho ningún caso, flotando en el estanque de su casa. Cuando vi un libro suyo, con el lomo roto, abierto de cualquier manera sobre la encimera de la cocina, supe que ella nunca dejaría un libro así, sobre todo después de ver su biblioteca. Si se hubiera tomado voluntariamente esas pastillas, no se habría quedado en la cocina leyendo una de sus primeras ediciones mientras esperaba a que le hicieran efecto. Tampoco habría salido de su casa. Se habría quedado sentada en el salón, cerca de lo único en el mundo que le procuraba consuelo: sus libros.

El *sheriff* asintió para indicar que la estaba escuchando.

—Creo que alguien la mató —continuó Nora—. Cuando Kenneth preguntó a Griffin Kingsley y luego a mí por los libros de su madre, empecé a pensar que estos eran el móvil, pero en realidad solo importa un libro. El libro convertido en caja fuerte. El libro que esconde un reloj de bolsillo. Y si alguien en El Genio Virtual sabe decirnos qué tiene de especial este reloj, entonces quiero oír qué es. Esta vez quiero representar los intereses de Amanda como no llegué a hacerlo nunca cuando estaba viva.

El último vagón del tren desfiló por delante del cruce. Nora se llevó una decepción al ver que el convoy no lo cerraba ningún vagón de cola, sino solo otra locomotora mirando en sentido contrario. Era una historia sin final.

—Es como una serpiente con dos cabezas —dijo McCabe, mientras seguía con la mirada a la locomotora alejándose.

Aunque las luces rojas de la señal de cruce seguían parpadeando, las barreras se elevaban despacio. El *sheriff* se volvió hacia Nora—. De acuerdo, puedes venir.

McCabe consiguió aparcar justo delante de El Genio Virtual. En cuanto entraron en la suntuosa sala principal, Nora vio a Jed, que estaba estrechando la mano de Tamara y sujetando un sobre blanco con la otra mano.

Nora se quedó un poco rezagada para que el *sheriff* pudiera acercarse al escritorio de Griffin Kingsley sin compañía.

Jed se dio la vuelta para marcharse. Vio a Nora al instante y una amplia sonrisa se le dibujó en la cara.

—Ya van dos veces que me sigues hasta aquí —dijo después de salvar la distancia entre los dos. Se inclinó para besarla. Fue solo un breve beso en la boca, pero Nora se había quedado demasiado aturdida para reaccionar. Si Jed notó su rígida actitud, no dio muestras de ello—. Menudo atrevimiento, para ser una acosadora: te presentas aquí aun sabiendo que también está el *sheriff*.

—Bueno, la verdad es que hemos venido juntos —explicó Nora—. Me ha pedido que haga una estimación aproximada del valor de la biblioteca de Amanda Frye.

Jed miró a McCabe.

—¿Te gustan los hombres de uniforme? Dímelo ahora, porque necesito saber cuanto antes si tengo que preocuparme por los bomberos: no me gustaría ni un pelo tener que competir con esos tipos...

Nora no podía responder como habría querido al flirteo desenfadado de Jed, pues estaba demasiado ansiosa por escuchar lo que decían el *sheriff* y Griffin.

—Lo siento, Jed, pero tengo que irme. ¿Te llamo luego?

Aquello le sentó mal, pero trató de disimularlo.

—Sí. Vale. Tengo que ingresar esto en mi cuenta antes de entrar a trabajar. —Agitó el sobre—. Tamara me ha conseguido una muy buena oferta por mi vieja hucha.

Metiéndose el sobre en el bolsillo, Jed salió de la tienda.

Nora lo observó al salir. Podría haber reaccionado mejor ante aquel encuentro, pero no esperaba que la besara, y menos en pleno día. Y delante de la gente, encima. Había sido un gesto demasiado público para el gusto de Nora, y quizá también demasiado posesivo.

—¿Señora Pennington? —la llamó el *sheriff*—. ¿Quiere venir aquí con nosotros?

Cuando corrió junto al *sheriff*, Nora advirtió la expresión de desconcierto de Griffin.

—Me gustaría enseñárselo en privado —dijo el *sheriff* en lugar de explicar la presencia de la mujer allí.

Griffin los condujo a la trastienda. Tras encender la potente lámpara que había en el centro de una mesa de trabajo, se apartó para dejar espacio a McCabe.

El *sheriff*, que se había puesto otro par de guantes, extrajo el libro de la bolsa de pruebas. Lo depositó sobre la mesa y abrió la cubierta.

—Como ya he dicho, este libro y su contenido son pruebas en una investigación, así que le voy a pedir que no comparta con nadie lo que vea aquí. También le agradecería si, en calidad de experto, pudiese identificar y tasar este reloj de bolsillo.

Un brillo de entusiasmo asomó de inmediato a los ojos de Griffin. Saltaba a la vista que el reloj de bolsillo era muy valioso. Aquella ansia tan manifiesta duró solo uno o dos segundos en su rostro. Cuando Griffin se puso los guantes, ya había dominado sus emociones.

—Estaré encantado de ayudar —dijo con su cortesía habitual.

Sus manos delataban su impaciencia. Los dedos de Griffin se movían con urgencia cuando sacaron el reloj de bolsillo de su acogedor nido de papel. Tras coger una lupa del estuche de trabajo de la mesa, Griffin dio la vuelta al reloj.

—Sin duda es oro —dijo, examinando el reverso—, aunque de menos de catorce quilates. ¿Quizá nueve? —Volvió a darle la vuelta al reloj—. Lleva un bonito grabado de filigrana en el medallón. Parece la cabeza de un carnero. No lo había visto nunca.

Nora contuvo la respiración mientras Griffin accionaba el cierre. La tapa del reloj se abrió y dejó al descubierto una esfera blanca con números romanos.

—Y este es el fabricante. —Griffin señaló la inscripción que recorría la mitad inferior de la esfera—. Monnier & Mussard. Es un reloj suizo. Creo que bastante antiguo.

—¿Puede decirme cuánto vale? —preguntó el *sheriff*.

—Tendré que hacer una búsqueda en internet —explicó Griffin—. Podría darle una estimación, pero sería inexacta porque no sé si el reloj funciona. Muchos relojes de bolsillo antiguos requieren una llave para darles cuerda. Algunos necesitan dos llaves. Este reloj es muy particular, porque necesita tres llaves. Al igual que la cabeza de carnero, nunca había visto nada parecido.

McCabe frunció el ceño. Griffin no le estaba proporcionando lo que buscaba.

—¿Algo más?

Griffin a duras penas consiguió apartar la mirada del reloj.

—Tengo una colección de llaves para relojes de bolsillo de cuerda —le dijo al *sheriff*—. Podría probarlas para ver si abren esta esfera. Tal vez me lleve algún tiempo, porque hay otro elemento fuera de lo común en este reloj: a juzgar por la forma de las clavijas de la esfera, cada llave es única. Dicho de otro modo, este reloj requiere tres llaves únicas para funcionar. Podría abrirlo a la fuerza, pero entonces tal vez rompería la caja.

—No, no —se apresuró a decir McCabe—. Vamos a probar sus llaves.

Aunque se moría por ver a Griffin insertar las llaves en la esfera del reloj, Nora no podía quedarse; tenía que abrir la librería.

—Tengo que ir a trabajar, gracias por contar conmigo —le dijo al *sheriff*. Él respondió con una breve inclinación de cabeza, claramente concentrado en el reloj, así que la librera atravesó la cortina y volvió a acceder a la sala principal.

Tamara sonrió a Nora cuando pasó junto a su mesa.

—¿Qué pasa ahí detrás? ¿Habéis encontrado una reliquia de valor incalculable o algún documento incriminatorio metido dentro de un libro?

Nora sabía que no debía decir ni una palabra sobre el reloj.

—Algo así —dijo y se fue.

Una vez en la calle, se encontró con Jack Nakamura.

—Hola, Nora. ¿Tú también has venido a vender algo? —preguntó señalando el cartel de El Genio Virtual.

Levantó la vista hacia la lámpara de latón con su resplandeciente nube de humo.

—Qué va. Yo no tengo nada que vender. Todo lo que tengo, lo uso. Jack juntó las manos delante del pecho y se inclinó en señal de respeto.

—Si no tienes exceso de cosas, para ti nada puede suponer un lastre. Ya conoces un secreto que mucha gente no llega a descubrir nunca. Sabes que los verdaderos tesoros de la vida son los vínculos que establecemos con otras personas. Las cosas se oxidan, se rompen o pierden su valor. El amor, en cambio, solo aumenta de valor. Para asegurarnos de que así sea, debemos reparar cualquier fractura o cualquier grieta, por pequeña que sea, por medio del *kintsugi*.

—¿El *kintsugi*? —Nora intentó imitar la pronunciación de Jack.

—Es la antigua práctica japonesa de reparar la cerámica rota utilizando laca mezclada con polvo de oro. Después de la reparación, la pieza luce unas costuras doradas y es más bonita que antes. —Jack sonrió—. Así es como debemos reparar los corazones rotos. Un corazón reparado con amor tendrá cicatrices, pero también será más hermoso de lo que era antes.

Nora no sabía cómo responder a la filosofía callejera de Jack ni por qué había decidido sacar el tema de los corazones rotos, así que le preguntó si ya había vendido su caja antigua.

—Por eso estoy aquí. —Una sombra se apoderó de su rostro alegre—. No encuentro el anuncio de la subasta. O me he equivocado de sitio web o el señor Kingsley se olvidó de publicarlo.

—Seguro que hay una explicación —le aseguró ella, y se fue a toda prisa a Miracle Books.

Tardó casi todo el día en calcular el valor aproximado de la biblioteca de Amanda. Mientras buscaba precios en internet, también investigó los relojes de bolsillo Monnier & Mussard. Encontró un sitio de subastas que había vendido un reloj muy parecido al que se escondía en el libro de Harry Potter. El reloj subastado no tenía ningún grabado con una cabeza de carnero y solo necesitaba dos llaves, pero estaba en muy buen estado y funcionaba perfectamente. Se había vendido por la friolera de dieciséis mil dólares. Y de eso hacía ya dos años.

Al final de la jornada, Nora sabía que el reloj valía el doble que toda la biblioteca de Amanda. Llamó al *sheriff* McCabe para comunicarle el resultado de sus pesquisas.

—Interesante —dijo él—, porque el señor Kingsley me ha dicho que el reloj seguramente solo vale unos pocos miles de dólares. Dieciséis mil no son pocos.

Aunque Nora se preguntó por qué Griffin habría asignado un valor tan bajo al reloj de bolsillo, supuso que debía de darle mucha importancia a si el reloj funcionaba realmente o no.

—Sea cual sea su valor mercantil, me pregunto si de verdad alguien sería capaz de cometer dos asesinatos para hacerse con ese reloj. Aunque es cierto que la gente se mata por menos. El mundo en el que vivimos hoy es así, ¿verdad?

—También vivimos en un mundo en el que la gente se ayuda mutuamente —dijo McCabe—. Y te agradezco tu ayuda..., Nora.

El *sheriff* colgó el teléfono segundos antes de que un silbato anunciara la llegada del tren de la tarde. Esto significaba la llegada de nuevos huéspedes a Miracle Springs y la partida de aquellos cuya estancia en el pueblo había llegado a su fin.

A Nora se le ocurrió que Ezekiel no necesitaría coche si viajaba a Miracle Springs desde un pueblo situado en la misma línea de ferrocarril. También se dio cuenta de que no sabía qué aspecto físico tenía. Aunque había buscado imágenes de él en internet, no había encontrado ninguna.

«Otro fantasma —pensó Nora—. Como Abilene. A ella nunca se le permitió existir más allá de las cuatro paredes de Crane. Tan solo rondaba algunas habitaciones y un jardín en penumbra».

En cierto sentido, Nora también era un fantasma, pues había desaparecido para siempre de su vida anterior. Para los que la conocieron, era como si estuviera muerta.

Mientras cerraba la librería, Nora decidió sorprender a Abilene invitándola a cenar en el Pink Lady. O también podían pedir comida para llevar y cenar juntas en la Casita del Vagón de Cola. Aunque hacía un poco de frío para sentarse en la terraza, Nora podía prestarle un jersey. Podrían comer algo caliente y reconfortante, como un pastel de pollo, mientras contemplaban las estrellas.

Nora ya iba de camino al estudio de Abilene cuando June la llamó. Ella y Hester también se dirigían a casa de la joven para darle el surtido de artículos que habían comprado aquella tarde.

—Me siento como si fuera Papá Noel —dijo June—. Todavía no tengo la barriga tan oronda, pero estoy en ello. De vez en cuando me sale algún pelo blanco en la barbilla, así que supongo que también estoy con lo de la barba.

Se echó a reír y Nora oyó la risa de fondo de Hester.

—Ah, pues justo ahora iba yo también a casa de Abilene —dijo la librera, hablándoles de su idea de llevársela a cenar al Pink Lady.

—Deberíamos comer en su estudio —sugirió June—. Hester y yo le hemos comprado platos, cubiertos y vasos. Tendremos que sentarnos en el suelo, pero será como un pícnic a cubierto. Hester, llama a Estella y dile que vaya a casa de Abilene. Vamos a celebrar una improvisada noche de chicas.

Nora apretó el paso porque quería ver la cara de Abilene cuando June y Hester aparecieran con sus regalos. Es más, Nora necesitaba asegurarse de que la chica estaba bien. Teniendo en cuenta que la policía no había logrado encontrar aún a Ezekiel, este podía estar en cualquier parte, y eso incluía el apartamento de Abilene.

Cuando llegó, Nora no esperó a sus amigas, sino que abrió la puerta de fuera y accedió al vestíbulo.

Cuando la puerta se cerró a su espalda, empezó a sentir un hormigueo en el hueco sobre su dedo meñique. Estaba rodeada de sombras, pues las luces estaban apagadas. Solo se veía el resplandor rojo del cartel de SALIDA que había encima de la puerta.

Percibió una ráfaga de aire agrio e impregnado de óxido.

El hormigueo sobre el meñique de Nora se intensificó.

Se agarró la mano derecha con la izquierda con la esperanza de aliviar la sensación, pero seguía mortificándola.

Nora enfiló las escaleras. Llevaba subidos tres peldaños cuando volvió a asaltarla el mismo olor.

Se dio cuenta de que lo que olía no era óxido. Era otro olor metálico.

El olor de la sangre.

CAPÍTULO QUINCE

De la brecha salen corriendo un millón
de soldados, casacas rojas todos.

SYLVIA PLATH

¡Abilene! —gritó Nora, subiendo los escalones de dos en dos—. ¡Abilene! El nombre subió remontando la escalera y retumbó al llegar al alto techo. El eco que regresó se parecía al batir de alas de los murciélagos.

Nora levantó la vista y vio sangre arriba en las escaleras.

Unos delgados regueros bajaban deslizándose por los escalones y en el quinto escalón contando desde arriba se estaba formando un charco rojo brillante.

«¿Qué voy a hacer si Ezekiel Crane está en el rellano, esperándome?», pensó Nora con actitud vacilante.

No iba armada y no tenía forma de defenderse.

Pero cuando pensó en Abilene, su propia vulnerabilidad dejó de parecer importante. Sacó su teléfono, pulsó el número de emergencias y siguió subiendo los escalones.

El origen de aquellos regueros rojos estaba en el rellano.

Nora estaba demasiado conmocionada para responder a las preguntas de la operadora de emergencias. La mujer le preguntó qué clase de ayuda necesitaba, pero ella ni siquiera podía acercarse el teléfono a la oreja. Dejó caer el brazo a un lado y entreabrió los labios, pero no podía hablar. Solo logró expulsar el aire sobrante de sus pulmones en un suspiro lento y silencioso.

Había dos personas en el rellano: una estaba viva y la otra, muerta.

El muerto era un hombre.

Estaba tirado en el suelo, con la cara de perfil. Nora trató de procesar una amalgama borrosa de detalles: la patilla de las gafas negras del hombre aplastada contra el pelo plateado; una barba y un bigote pulcramente recortados que enmarcaban su boca abierta; los dientes ligeramente amarillentos por la edad; una camisa de vestir azul; pantalones caqui; mocasines marrones; un reloj de pulsera de oro; un ojo azul vidrioso.

Nora dirigió la mirada a la herida del costado del hombre. Llevaba un corte en la camisa, a la altura de la parte inferior de las costillas, dejando al descubierto un tajo enrojecido en la piel pálida. Por allí se le había escapado la vida.

«No se le ha escapado —pensó Nora horrorizada—. Se le ha vaciado a borbotones».

Apartando la mirada del muerto, Nora se fijó en la persona aún con vida.

Abilene estaba justo enfrente de ella. Las separaba el cadáver, un istmo de carne sobre un mar de baldosas sucias.

La chica se parecía más a una escultura de mármol que a un ser humano. Estaba blanca como el papel y completamente inmóvil. Tenía la espalda pegada a la pared y su rostro era una máscara atenazada por el miedo. Sostenía un cuchillo con ambas manos y miraba sin pestañear al hombre muerto.

—Abilene —susurró Nora.

La joven no respondió, pero la librera oyó otra voz.

Recordando de pronto el teléfono que tenía en la mano, se lo llevó a la oreja.

—¿Oiga? —dijo la operadora con una paciencia infinita—. ¿Señora? ¿Sigue ahí?

—Necesito una ambulancia —dijo Nora.

Eso no bastaba para la operadora, que necesitaba alguna explicación.

—¿De qué clase de emergencia se trata?

—Envíen una ambulancia. —En voz aún más baja, Nora añadió—: Y al *sheriff*. —Dijo la dirección y colgó.

Abilene seguía sin moverse, y Nora sabía que tenía que llegar hasta ella.

La librera se estremeció al intentar sortear las piernas del muerto. Era escalofriante pasar por encima de él como si fuera un animal atropellado en la carretera, y aún más difícil era no pisar la sangre que manaba de su cuerpo.

—Se acabó. Se acabó —susurró cuando estuvo lo bastante cerca como para tocar a Abilene.

Nora no sabía qué hacer con las manos. No se atrevía a tocar a la chica, que seguía sujetando el cuchillo ensangrentado. En la penumbra, parecía el cuerno de algún animal mitológico peligroso.

Tras unos largos y tensos minutos, Abilene apartó la mirada del muerto y la desplazó al rostro de Nora. Pestañeó como señal de que la había reconocido.

—Venga, ya está. —Nora esbozó una sonrisa—. Tranquila, Abilene. Ahora, ven. Ven conmigo. Iremos a tu apartamento, ¿de acuerdo?

La joven movió la cabeza arriba y abajo en un movimiento mecánico, como si su cerebro estuviera desconectado del cuerpo. Se quedó allí, moviendo la cabeza una y otra vez. Sin parar. No movía ninguna otra parte del cuerpo.

—¿Puedes soltar el cuchillo? —le pidió Nora—. ¿Por favor?

Mirándose las manos, Abilene dio un pequeño respingo del susto y soltó el arma. El cuchillo cayó al suelo. Luego volvió a recogerlo inmediatamente.

—Tengo que esconderlo.

Empujó a Nora, entró corriendo en su estudio y se paseó frenéticamente por delante de los armarios de la cocina. Luego abrió la puerta del horno de un tirón y, cuando estaba a punto de arrojar el cuchillo dentro, Nora la agarró por la muñeca.

—Ponlo en el fregadero —dijo—. No podemos esconderlo.

A Abilene le tembló la boca.

—Tengo que hacerlo. Si no lo hago, Hester...

Nora no entendía lo que le decía.

—¿Qué pasa con Hester?

La mano que empuñaba el cuchillo temblaba violentamente.

—Se meterá en un lío.

En ese momento, la terrible realidad de lo ocurrido arrolló a Abilene como un tren de alta velocidad. Inspiró con fuerza y, al soltar el aire, lanzó un grito. Era un sonido primitivo. Un grito animal que salía de lo más profundo de su alma. Era el sonido del dolor. Años y años de dolor.

Guiando la mano de Abilene hacia el fregadero, Nora le dijo que soltara el cuchillo.

Cuando lo hizo, se desplomó en los brazos de la librera.

Nora abrazó a la joven, que le pareció tan vacía y desmadejada como el libro de la casa de Amanda. Abilene se echó a llorar en la camisa de Nora, y sus lágrimas le humedecieron la piel del cuello.

La librera le acarició el pelo y murmuró que todo había terminado.

Al cabo de un rato, Abilene se tranquilizó.

—¿Qué pasará ahora? —preguntó.
Nora oyó las sirenas de la ambulancia. Estaban cerca. Muy cerca.
June y Hester probablemente no tardarían en llegar.
—¿Ese es tu tío? —Nora señaló hacia el rellano. No quería pronunciar su nombre. Si aquel hombre tan terrible estaba muerto, quería dejar morir todo lo que tuviera que ver con él; Nora no quería darle ni un ápice de poder permitiendo que su nombre entrara en el apartamento de Abilene. Ese era el primer y único lugar que la muchacha podía considerar como propio, y Nora quería preservar su carácter de santuario un poco más de tiempo.

Abilene hizo un ruido que Nora interpretó como una confirmación.

—Yo me ocuparé de todo —dijo la librera—, empezando por ti.

En aquel momento, habría dado cualquier cosa por una manta y un café solo con un chorrito de crema irlandesa. Abilene era un saco de piel y huesos y se estremecía con escalofríos. Había dejado de llorar, pero parecía demasiado débil para mantenerse en pie.

Nora la condujo hasta el futón y acababa de convencerla para que se sentara cuando oyó un grito en el hueco de la escalera.

—¡No! —Nora cruzó la habitación y abrió la puerta de golpe—. ¡No subáis aquí! —gritó a sus amigas. Sus palabras reverberaron en el techo y las paredes como si fueran disparos.

—¿De dónde sale toda esa sangre? —gritó June—. ¿Qué ha pasado?

Manteniéndose a una distancia prudente de la cabeza de Crane, Nora se inclinó sobre la barandilla del rellano y vio a sus amigas abajo, en el vestíbulo.

Hester había entrelazado el brazo con el de June y miraba hacia arriba con los ojos muy abiertos y asustados.

—¿Es Abilene?
—No, no. —Nora movió los brazos rápidamente para ahuyentar aquella idea—. Es su tío.
La conversación se vio interrumpida por la llegada de dos sanitarios, uno de los cuales era Jed. El hombre vio a Nora en el rellano y subió las escaleras atropelladamente. No hizo falta que Nora le advirtiera sobre la presencia de sangre, porque se detuvo de golpe antes de llegar al charco viscoso del quinto escalón.
—¿Estás herida? —le preguntó a Nora.
Ella señaló al muerto.
—No, y ya no respira. Abilene está dentro. Creo que está a punto de desmayarse. Necesita una manta.
Cuando Jed se volvió para hablar con su compañero, Nora regresó junto a Abilene.
—Ya está aquí la ambulancia. —Puso su mano encima de la de Abilene, cuya piel estaba fría al tacto.
Se oyeron unos ruidos en la puerta del apartamento, ruido de voces y de pisadas en las escaleras. De un momento a otro, Nora y Abilene ya no estarían a solas.
—La gente va a hacerte preguntas —le dijo, sacudiendo la mano de la joven para que la escuchara con atención—. Muchas preguntas. Pero tú no tienes obligación de responderlas, no tienes que hablar hasta que estés preparada.
Abilene no parecía oírla.
—Cuando encuentren el cuchillo, arrestarán a Hester. Es culpa mía.
Nora no lo entendió hasta que cayó en la cuenta de que Abilene no podía permitirse un utensilio de cocina tan sofisticado y profesional.
—¿Es el cuchillo de Hester?
—Sí.

—¿Y lo cogiste de la panadería?

—¡No! —Abilene abrió los ojos como platos—. ¡Yo nunca le robaría nada a Hester!

Ahora Nora estaba muy confundida.

—¿Estás diciendo que no usaste el cuchillo de Hester... para enfrentarte a tu tío?

Abilene negó con la cabeza tan enérgicamente que el pelo se le adhirió a las lágrimas.

—¿Estás diciéndome que no lo mataste tú? —Nora la miraba fijamente.

—¡No! —El grito de Abilene era como un susurro ronco.

Nora no creía que nadie fuera a creerla; no estaba segura de creerla ella misma. Cuando había encontrado a Ezekiel Crane tendido en el suelo, su cuerpo probablemente aún estaba caliente. Aún se le escapaba la vida gota a gota, dejando tras de sí un reguero de sangre en las escaleras. ¿Cómo podía haberlo matado otra persona?

Alguien llamó con fuerza a la puerta y se oyó la voz ronca de un hombre.

—Departamento del *sheriff*.

Al volverse, Nora vio a un ayudante al que no reconoció.

—Señora, por favor, tome asiento junto a la otra mujer. —Al ver las manchas de sangre en la sudadera gris de Abilene, el ayudante del *sheriff* le preguntó—. ¿Está herida?

Abilene se miró las manos entrelazadas y no contestó.

—Está en *shock* —respondió Nora—. Necesita taparse con una manta. ¿Podría atenderla Jedediah? Es uno de los sanitarios. ¿Podría hacerlo ahora mismo?

Se oyeron unos ruidos de interferencias en la radio del policía, seguidos de la voz del *sheriff* McCabe.

—¿Es segura la habitación, Fuentes?

El ayudante asintió.

—Sí, señor.

—Ahora mismo subo —dijo el *sheriff*, y la radio del ayudante se apagó.

Al cabo de dos minutos, McCabe entró en el estudio. Desplazó la mirada por todo el piso antes de hacer una seña a su ayudante, y ambos se pusieron a hablar junto a la puerta. Nora no oía lo que decían, pero vio que el ayudante Fuentes señalaba el fregadero.

El *sheriff* entró en la zona de la cocina, echó un vistazo al fregadero y se pasó una mano por la boca. Luego se acercó al futón.

—¿Qué ha pasado? —le preguntó a Nora.

—No estoy segura —dijo—. El hombre que hay en el rellano es su tío. Ella dice que no lo mató y no creo que esté en condiciones de hablar ahora. Necesita atención médica.

McCabe se fue a la puerta y llamó con un movimiento con el dedo a alguien que esperaba fuera.

Jed entró en el apartamento y se dirigió hacia Abilene. Llevaba su botiquín en una mano y una manta en la otra. Dejó el botiquín en el suelo y tapó a la mujer con la manta. A continuación, sacó un aparato para medir la tensión arterial y un frasco de sales aromáticas. Le dijo a la chica dónde iba a tocarla y por qué, asegurándole que estaba allí única y exclusivamente para procurarle atención médica. Le preguntó si le dolía algo, pero ella no respondió.

Nora sintió que una mano la tocaba en el hombro.

Cuando se volvió, el *sheriff* McCabe señaló hacia la zona de la cocina.

—¿Podemos hablar ahí un momento?

El ayudante Fuentes ya estaba de pie frente al fregadero, haciendo fotos del cuchillo. El *flash* parpadeaba como si fuera una luz estroboscópica y Nora se puso de espaldas.

McCabe actuó como si no hubiera nadie más en la habitación, manteniendo su aguda mirada en el rostro de Nora.

—Cuéntame lo que viste.

Ella se lo contó todo, rápidamente y en voz baja.

—No creo que vayas a conseguir que te diga nada —dijo cuando terminó—. Está en estado de *shock*. Ese hombre fue su carcelero durante toda su vida, y ahora...

—Ahora está muerto. Apuñalado. Está delante de su puerta y hay un cuchillo lleno de sangre en su fregadero. —McCabe extendió las manos—. Tengo que llevármela detenida.

—Dice que el cuchillo es de Hester —explicó Nora—. También dice que ella no lo cogió de la panadería.

Vio al *sheriff* fruncir el ceño, pero lo cierto es que no podía culparle por no creerla. Si Abilene no había robado el cuchillo ni lo había utilizado para matar a su tío, ¿quién lo había hecho?

En ese momento, Jed abordó al *sheriff* para ponerlo al corriente sobre el estado de Abilene.

—Físicamente, está bien —dijo Jed. Luego se dio unos golpecitos en la sien—. Pero ¿aquí arriba? Tiene el cerebro desconectado. No estoy seguro de que pueda responder preguntas, y mucho menos entenderlas.

El *sheriff* miró a Abilene. Su mirada era dura e inflexible.

—Pues va a tener que hacerlo. ¿Usaste las sales aromáticas?

—No es necesario. Está consciente y alerta. Pero está en *shock*. Puede que necesite una manta térmica. Está temblando mucho.

—Dale la manta y luego haremos que entre en calor en la comisaría. —McCabe esperó a que se fuera Jed antes de seguir hablando con Nora—: La señora Winthrop y tú tendréis que venir también.

—Contábamos con ello —respondió Nora de forma escueta y corrió al lado de Abilene—. Puede que no nos veas, pero nosotras estaremos allí contigo. No te abandonaremos.

La joven no reaccionó. Se limitó a mirarse las manos temblorosas. La manta le colgaba de los hombros como un animal muerto y la librera se la recolocó para taparle mejor el torso escuálido.

En el rellano, dos agentes habían empezado a analizar la escena del crimen. Los fogonazos de los *flashes* de las cámaras eran aún más desconcertantes en la penumbra. Nora intentó ir poniendo los pies siguiendo las indicaciones precisas del ayudante del *sheriff*, pero era como si avanzase flotando por el hueco de la escalera, completamente ajena a aquella locura.

—Lo está haciendo muy bien —le dijo amablemente el ayudante y le puso la mano bajo el codo.

El contacto de la mano hizo que Nora saliera de su ensimismamiento y acabó de bajar los escalones.

Hester, June y Estella la esperaban fuera. En cuanto la vieron, la acribillaron a preguntas con el implacable encarnizamiento de un ejército invasor.

Nora levantó las manos como para protegerse del ataque.

—¡Parad! ¡Ya sé que os estáis volviendo locas, pero yo también! Subid al coche de June. Os lo contaré todo por el camino.

—¿Por el camino adónde? —quiso saber Hester.

Nora miró a su amiga.

—A la comisaría. El *sheriff* va a interrogar a Abilene sobre el asesinato de su tío. Tenemos que estar allí por ella, pero antes tenemos que hacer una parada.

Unos minutos más tarde, las integrantes del Club Secreto de la Lectura y la Merienda estaban delante del bloque de cuchillos de la mesa de trabajo más grande de la panadería. Hester había encendido todas las luces de la Gingerbread House, como si el hecho de iluminar el espacio fuese a revelar todas las respuestas a sus preguntas. Ahora estaba de pie, con los brazos cruzados sobre el pecho, mirando a Nora desde el bloque de cuchillos.

—¿Necesito un abogado? —preguntó. Inmediatamente le siguieron más preguntas—. ¿Y Abilene? ¿Viste el cuchillo? ¿Tenía el mismo mango negro que los otros? ¿Viste mis iniciales en la hoja? ¿Viste las letras HW en la hoja?

La respuesta era no, pero Nora no quería decirle que la mayor parte de la hoja estaba manchada de sangre. Los mangos eran idénticos. Nora estaba segura porque el logo del fabricante, dos figuras blancas dentro de un recuadro rojo, aparecía en el extremo del mango. No le cabía ninguna duda de que el cuchillo utilizado para matar a Ezekiel Crane procedía del juego de la cocina de Hester.

Las cuatro mujeres se quedaron mirando la ranura vacía del bloque de cuchillos. El espacio negro en la madera auguraba graves problemas para Abilene, Hester o ambas.

—Me alegro de que ese cabrón esté muerto —dijo Estella, recorriendo con el dedo el extremo redondeado del mango de uno de los cuchillos—. Pase lo que pase, no volverá a hacer daño a nadie.

—¡¿Pase lo que pase?! —exclamó Hester—. Lo que puede pasar es acabar en la cárcel. Por asesinato.

Estella la miró con indiferencia.

—A veces no hay más remedio que acabar con un monstruo. El tío de Abilene era como mi padrastro. Un maltrato siempre es un maltrato. Yo no podía defenderme, no podía huir. Abilene tampoco. Los monstruos nunca te abandonan. Siguen persiguiéndote.

—Pero no queremos que cambie una cárcel por otra —le dijo June a Estella antes de volverse hacia Hester—. ¿Pudo haber cogido el cuchillo Abilene?

Un brillo de esperanza asomó a los ojos de Hester.

—¡No! ¡Es imposible! Recuerdo que lo usé cuando ella ya se había ido.

Confundidas, las mujeres miraron alrededor de la cocina de Hester como si los botes de especias o las cacerolas pudieran desvelar el enigma del cuchillo robado.

—¿Y si alguien hubiese hecho como que iba al baño, pero en lugar de eso se metió en la cocina? Solo está una puerta más allá —señaló Nora—. ¿Te habrías dado cuenta?

Hester se paró a pensarlo un segundo.

—No en pleno pico de trabajo, como cuando llega el tren de la tarde o el minibús del hotel. El mismísimo Yeti en persona podría estar en la cocina y yo ni me enteraría.

—Pues tiene que ser eso. —June llevó a Hester hacia los mostradores vacíos y la colocó delante de la caja registradora—. Intenta recordar ese pico de trabajo. ¿Quiénes estaban aquí?

—No lo sé —dijo Hester, nerviosa—. Algunos empleados del hotel. Nick, el de la ferretería. Lucy, la que trabaja en la consulta del veterinario. Algunos abogados del juzgado... —Enterró las manos en su pelo y se cogió unos mechones de rizos de color miel—. Seguro que había más gente, pero sus caras se confunden. Día tras día, a veces todo es una masa informe. No tengo tiempo para ponerme a charlar cuando hay un pico de trabajo. Solo les sirvo lo que piden y cojo su dinero. Y otra vez lo mismo, una y otra vez.

Nora lo entendía. A menos que hubiera pasado uno o dos minutos hablando con algún cliente en particular, no sabría dar una lista de todas las personas que habían visitado Miracle Books en un día determinado.

—Me pregunto si Ezekiel Crane vino aquí buscando a Abilene —dijo a sus amigas—. Tal vez fue él quien se llevó el cuchillo para acabar con su vida. Si te inculparan a ti por su asesinato, Hester, él podría sentirse justificado, pues así mataba dos pájaros de un tiro: castigaba a su ingrata sobrina y, al mismo tiempo, a la mujer que la había ayudado.

—Yo no me habría enterado si hubiera entrado aquí —dijo Hester—. No tengo ni idea de cuál era su aspecto físico. En casa de Abilene, nos dijiste que no subiéramos las escaleras, así que no lo hicimos.

Nora les describió lo que recordaba sobre la apariencia de Crane.

—Pues probablemente entraron al menos una docena de clientes que encajan con esa descripción —dijo Hester—. Quizá el *sheriff* encuentre otras huellas en el cuchillo además de las mías. Y las de Abilene.

Al no encontrar respuestas en la Gingerbread House, las cuatro mujeres se dirigieron a la comisaría.

Nora dio sus nombres en recepción. Al cabo de unos minutos, un ayudante vino a recoger a Hester y le explicó que necesitaba que prestase declaración y tomarle las huellas dactilares. La panadera parecía asustada, pero irguió la espalda y le siguió. Los dos desaparecieron en el interior del edificio.

—Seguro que piensa que ojalá Jasper le tome las huellas —susurró Estella—. Él la tranquilizaría y le diría que no se preocupara. La haría sentirse segura.

June soltó un resoplido.

—No va a poner en peligro su trabajo solo para que Hester piense que es el mejor novio del mundo. Él y el resto de los policías tienen que investigar tres muertes. Los medios no tardarán en enterarse. Solo es cuestión de tiempo que las unidades móviles de las cadenas de noticias empiecen a asomar por la carretera de la montaña.

Nora estaba recordando el alivio que sintieron todos los habitantes del pueblo cuando la última plaga de periodistas se marchó al fin de Miracle Springs, cuando el ayudante Andrews apareció en la sala de espera.

—Señora Pennington, acompáñeme, por favor.

—No nos moveremos de aquí —dijo June, apretando con fuerza la mano de Nora—. Como dos rocas de Gibraltar. Nadie podrá echarnos.

Andrews acompañó a la librera directamente al despacho del *sheriff* y le pidió que tomara asiento frente a su escritorio. Nora estaba examinando los carteles enmarcados de bonos de guerra de la Primera Guerra Mundial cuando McCabe entró en la sala.

—¿Cómo está Abilene? —preguntó Nora.

—No ha abierto la boca —dijo McCabe, desplomándose en su silla como si la carga que llevaba encima le pesara demasiado—. Ni siquiera reaccionó cuando la llamé Hannah.

Nora hizo una mueca.

—Es probable que eso la hiciese cerrarse aún más en banda. Creo que decía la verdad cuando me dijo que ella no había matado a su tío: Hester usó el cuchillo, el arma homicida, en la Gingerbread House después de que Abilene se fuera a trabajar a El Genio Virtual.

—Pero podría haber vuelto a la panadería a hurtadillas, sin que ella la viera —apuntó el *sheriff*—. Tendré que preguntar al señor Kingsley o a la señora Beacham si la vieron salir del local.

—Se frotó la barbilla y miró con aire pensativo la pantalla de su ordenador—. Y teniendo en cuenta que Abilene Tyler no es su verdadero nombre, ¿cómo le pagan el sueldo?

Nora no entendía por qué era eso relevante en aquel momento.

—Trabaja para Griffin a cambio de que este le deje vivir en ese estudio tan cutre. En cuanto a su trabajo a tiempo parcial en la panadería, imagino que Hester le paga en efectivo. ¿De verdad es tan importante que no le dé una parte de su mísero salario al Tío Sam?

Nora se dio cuenta demasiado tarde de que no había elegido bien sus palabras: en el cartel del bono de guerra que tenía más cerca aparecía un Tío Sam armado con una pistola delante de la bandera estadounidense. Unos bombarderos surcaban el cielo por encima de su cabeza y debajo, un ejército cargaba contra un enemigo invisible. McCabe era un agente de la ley, el paradigma del ciudadano honrado. Un delito era un delito, no importaba quién lo hubiera cometido o por qué.

Sin embargo, respondió a la pregunta de Nora sin rastro de resentimiento.

—Es importante porque me gustaría saber cómo convenció a los propietarios de El Genio Virtual para que no la obligasen a firmar un contrato de alquiler. Teniendo en cuenta que su negocio depende de mantener una reputación intachable, el acuerdo al que llegaron me parece un poco raro.

—Abilene podía ofrecerles algo que para ellos tenía mucho valor: podía reparar y tasar... —Nora se calló—. ¿Puedo hablar con ella? No pido hacerlo en privado, pero ¿puedo verla? Me gustaría preguntarle algo importante.

—¿Qué idea se te acaba de ocurrir? —McCabe apoyó los antebrazos en el escritorio y se inclinó hacia delante. Su lenguaje corporal y su mirada penetrante contrastaban con su suave tono de voz.

—Me preguntaba si Abilene había visto antes el reloj de bolsillo del interior del libro de Amanda. Su tío tenía una relojería-joyería. Todos los días, él traía trabajo a casa para que ella lo terminase. Ella podría reconocer el reloj; tal vez conozca su historia.

McCabe se puso de pie.

—Vamos a averiguarlo.

Nora sintió un alivio inmenso al ver que Abilene no estaba encerrada en una celda, sino sentada en una de las salas de interrogatorios, con una botella de agua y una taza de café sobre la mesa. Ambas bebidas parecían intactas.

Había una ayudante del *sheriff* en un rincón de la habitación y, cuando el hombre enarcó las cejas a modo de pregunta, la ayudante respondió con un movimiento negativo con la cabeza.

Abilene aún no había dicho una palabra.

Nora pidió al *sheriff* un papel y un bolígrafo. Él hizo una señal a su ayudante y esta salió apresuradamente de la habitación. Regresó un momento después con una hoja de papel y un bolígrafo negro.

Nora se sentó junto a Abilene y empezó a dibujar una burda imitación de la caja del reloj de bolsillo. Mientras dibujaba, le iba hablando, sin mencionar el cuchillo de Hester ni preguntarle a Abilene si aquella tarde había salido en algún momento de El Genio Virtual, aunque solo fuera unos minutos. No le dijo nada del muerto del rellano. En vez de eso, le habló de los relojes de bolsillo que había visto en los libros.

—Está el Conejo Blanco de *Las aventuras de Alicia en el país de las maravillas*. Siempre tan ansioso y siempre mirando el reloj y murmurando que va a llegar tarde. ¿Y cómo olvidar al meticuloso y quisquilloso detective de Agatha Christie, Hércules Poirot? Es mi detective favorito de Christie. Y en el mundo mágico de Harry Potter, el reloj de Albus Dumbledore tiene doce manecillas y planetas en lugar de números.

Tras terminar de dibujar el boceto de una tapa de un reloj con una cabeza de carnero en el centro, Nora esbozó una esfera con tres orificios para las llaves. Cogió la mano de Abilene y la colocó con delicadeza sobre el papel.

—Seguro que has visto muchos relojes de bolsillo, pero ¿has visto alguna vez uno con una cabeza de carnero en la caja? ¿Alguno como este?

Nora colocó el dedo índice de Abilene sobre la cabeza del carnero.

Cuando Abilene no levantó la vista de su regazo, Nora acercó el dedo de la chica al boceto que había hecho de la esfera.

—¿Y qué me dices de un reloj con tres orificios para las llaves? Uno. —Desplazó el dedo de Abilene sobre cada punto sombreado que representaba un ojo de cerradura—. Dos. Tres.

Abilene apartó la mano como si se hubiera quemado y Nora lanzó un suspiro de frustración para sus adentros. Una vez más, no había conseguido comunicarse con ella.

Justo cuando Nora estaba a punto de levantarse, Abilene se inclinó hacia delante y murmuró unas palabras:

—Las llaves llegaron el día que cumplí dieciocho años. Llegaron por correo. Las llevaba colgadas del cuello. Nunca se las quitaba.

—¿Tu tío?

Abilene dejó escapar una suave exhalación.

—Sí.

Nora rodeó a Abilene con el brazo. La atrajo hacia sí y miró a McCabe. El *sheriff* había oído la conversación en susurros entre ambas, y cuando apartó la mirada como para ocultar su decepción, Nora obtuvo la respuesta a la pregunta que estaba a punto de formularle.

No había encontrado ninguna llave en el cadáver de Crane. Las llaves habían desaparecido.

CAPÍTULO DIECISÉIS

Dios os da una cara y vosotras os hacéis otra.

WILLIAM SHAKESPEARE

Las integrantes del Club Secreto de la Lectura y la Merienda se prepararon para una larga espera en la comisaría. Como las horas se alargaban, las mujeres compraron café en la máquina expendedora del vestíbulo. No era muy bueno, pero estaba caliente.

—No hace falta que se quede —le había dicho el ayudante Andrews a Nora después de firmar su declaración.

—No pienso dejar a Abilene —respondió ella—. Le dije que no estaría sola.

Por lo visto, ninguna de las demás pensaba irse tampoco, cosa que quedó meridianamente clara cuando June sacó sus agujas de tejer del bolso.

—Supongo que me tendré que poner con tus calcetines de zorro —comentó.

Estella la observaba fascinada.

—Siempre me había imaginado a las tejedoras como unas ancianitas en sus mecedoras, ahuyentando a los gatos para que se apartaran de sus madejas de hilo con un zapato ortopédico.

Tú ya tienes los gatos. Ahora solo te hace falta la mecedora y los zapatos.

June amenazó a Estella con hacerle un *piercing* si volvía a atreverse a hablar de ese modo de las tejedoras. Luego se volvió hacia Nora.

—Debería tejeros a Jed y a ti uno de esos sacos de castidad. ¿Cómo se llamaba aquella prenda de tela que le cosían a la gente para que no pudieran tocarse unos a otros?

—Camisón de castidad —dijo Estella—. Yo también leo novelas, ¿sabes? Y al menos una docena de las novelas románticas históricas que he leído últimamente lo mencionaban. Y aunque no lo hubiera encontrado en los libros, lo recordaría de mis clases de historia en el colegio. Eran mis favoritas. —Una enigmática sonrisa afloró a sus labios—. Me gustó mucho hablar con Jack de historia japonesa el otro día. Cree que soy la mujer más inteligente de todo el pueblo.

Hester, que había estado muy callada hasta ese momento, miró a Estella boquiabierta.

—¿Jack? ¿El del restaurante Pink Lady? No me digas que ahora vas a romperle el corazón a él...

Estella frunció el ceño.

—No es eso. Solo somos amigos. Nunca había tenido un amigo hombre, pero está muy bien.

Nora pensó en su reciente encuentro con Jack.

—¿Te ha mencionado la caja antigua que quería vender a través de la tienda de subastas? —le preguntó a Estella.

—No. Tengo que pasarme por el restaurante mañana a las tres. Jack quiere servirme un té tradicional japonés. Le preguntaré por la caja entonces.

Alegrándose de haber encontrado un tema que las distrajera de la situación en la que se encontraban, las amigas de Nora charlaron sobre las tradiciones del té en todo el mundo. En lugar de participar en la conversación, la librera se sumió en sus propios pensamientos. Había algo en el asunto de Jack y su caja que le chirriaba. Griffin Kingsley no parecía el tipo de persona capaz de olvidarse de publicar una subasta en la web, era de los que prestaban atención a cada detalle.

Estella se levantó y tiró su taza de café a la papelera. Cuando volvió a sentarse, ocupó la silla contigua a la de Nora.

—¿En qué piensas? —le preguntó.

—Estaba pensando en El Genio Virtual —respondió ella—. En la preciosa sala principal de la tienda. En el chocolate belga, el chai helado y las frases de *Las mil y una noches*.

Estella rebuscó en su bolso para sacar una polvera.

—Eso me recuerda que tengo que volver a aplicarme los polvos. —Abrió la polvera y se la enseñó a Nora—. Estos se llaman Reflejos Arenas del Desierto.

Nora observó a su amiga empolvarse el rostro y, a continuación, pintarse los labios. Era del mismo tono de rojo que la tela que cubría las paredes de la tienda de subastas.

«Una ilusión —pensó Nora—. Esa decoración es como la imagen de una modelo después de pasarla por Photoshop. Todo es humo y espejos. La apariencia del lujo. La cueva exótica de Alí Babá. Griffin dijo que no vivían mucho tiempo en el mismo sitio. Admitió que él y Tamara son nómadas. Jinetes que viajan a lomos de alfombras mágicas».

—¿En qué estás pensando ahora? —le preguntó Estella—. Oigo el ruido de los engranajes de tu cerebro.

—Estaba pensando en los magos y su capacidad para crear espejismos e ilusiones. —Nora tocó el bolso de su amiga—. ¿Puedes llamar ahora a Jack y preguntarle qué ha pasado con su caja?

— 285 —

Estella quiso saber por qué, pero Nora no le respondió. No podía ordenar sus pensamientos de manera que resultaran completamente coherentes. Presentía, sin tener ninguna prueba concreta que avalase sus presentimientos, que El Genio Virtual había desempeñado algún papel en los acontecimientos recientes.

La conversación entre Estella y Jack fue breve. Cuando terminó, la expresión de Estella era de absoluta perplejidad.

—Tamara ha decidido retrasar unos días la puesta a la venta de la caja —explicó—. Por lo visto, aparecieron anunciadas otras cajas similares a la de Jack y no quiere saturar el mercado.

Nora se llevó una decepción. Hasta ese momento creía que no iba desencaminada con la caja de Jack, un objeto valioso y fácil de transportar. Resultaba cómodo y fácil meterlo en una maleta antes de salir de viaje.

—Eso tiene sentido —dijo.

—Jack no está de acuerdo. Ha mirado en las webs de subastas que le dijo ella y ninguna de las otras cajas le hacía sombra siquiera a la suya. De hecho, en comparación, lo único que harían sería resaltar el valor de la suya. Llamó a Tamara para quejarse y ella le prometió sacarla a la venta el lunes. Le ha dicho que los anuncios de fin de semana no funcionan tan bien como los que se publican los días de diario.

Aquello no tenía mucho sentido.

—¿Y qué va a hacer?

Estella se encogió de hombros.

—Si la caja no aparece anunciada a primera hora de la mañana, Jack se irá a El Genio Virtual, recuperará la caja y la venderá él mismo. No puede ser tan difícil, ¿no?

Nora pensó que era una muy buena pregunta. No todos los clientes de la tienda especializada en subastas eran unos negados para los ordenadores, así que ¿por qué no vendían sus artículos directamente?

—Esa es la percepción que han creado —dijo Nora, respondiendo en voz alta a su propia pregunta—. El objetivo de su decoración es transmitir el mensaje de que son unos expertos en el lujo y la riqueza. El ambiente de El Genio Virtual influye en la gente desde el momento en que entran en la tienda. Los anima a confiar sus objetos de valor a Griffin y Tamara. Y si eso es así, ¿por qué no han llegado a establecerse en ningún sitio concreto? ¿Por qué no dejan de trasladarse de un lugar a otro?

—¿Adónde vas? —le preguntó Estella al ver que Nora se había puesto en pie durante su breve monólogo.

—A preguntarle al *sheriff* si El Genio Virtual ha abierto alguna vez algún local en Lubbock, Texas.

McCabe parecía tan cansado como Nora.

—No basta con desconfiar de la gente —dijo tras escuchar a Nora—. Necesitamos pruebas. He ido a El Genio Virtual, he examinado su documentación. Todo está en regla.

Nora no podía dejar de hacer de abogado del diablo.

—¿Basándote en qué? ¿En sus contratos de consignación? ¿Y si el brillo en los ojos de Griffin cuando vio aquel reloj de bolsillo era algo más que interés profesional? Tal vez lo reconoció. Tal vez él y Crane trabajaron juntos en el pasado. Griffin pudo haberle robado las tres llaves del reloj a Crane.

McCabe no dio crédito a su sugerencia.

—¿De qué iban a servirle las llaves si nosotros tenemos el reloj?

De repente, Nora se sintió avergonzada. ¿Acaso estaba intentando desviar la culpa de Abilene echándosela a otras personas? Unas personas cuyo objetivo había sido ayudar a la gente del pueblo desde el momento en que abrieron la persiana.

—Tienes que irte a casa —dijo el *sheriff*, conteniendo su enfado—. Duerme un poco. Tú y todas vosotras. Abilene Tyler pasará la noche aquí en el calabozo. No hay otra alternativa. La encontraron con el arma del crimen y tenía una estrecha relación con la víctima.

—¿«Una estrecha relación»? —Nora montó en cólera—. Qué manera de justificar el encarcelamiento de Abilene. ¡Una infancia marcada por el maltrato emocional y físico! ¿Así es como defines «una estrecha relación»? Hasta que llegó a Miracle Springs, esa chica había vivido un infierno. Y su único milagro somos nosotras, nosotras cuatro. —Nora señaló en dirección a sus amigas—. Si la dejamos sola ahora, puede que nunca se recupere. Ya está rota por dentro. Es como una taza rota. Si no hay nadie a su lado para recomponerla, acabará hecha pedazos.

El *sheriff* extendió las manos.

—¿Y qué queréis que haga? Que os meta a todas en la celda con ella?

Nora le miró a los ojos.

—Sí —dijo.

—Esto no es un hotel.

Era evidente que McCabe estaba perdiendo la paciencia.

—De acuerdo. Cometeré un delito, y así solo estaré yo. No hará falta reservarnos una *suite*. ¿Qué tal un delito de atentado a la autoridad? ¿Eso hará que me metan en la celda de Abilene?

McCabe frunció la boca.

—Yo no te aconsejaría que fueses por ahí. Ha sido una noche muy larga y...

Nora le dio una bofetada en la mejilla antes de que pudiera terminar la frase.

La mujer dio un paso atrás inmediatamente, atónita por lo que acababa de hacer.

—Lo siento —susurró. Lo decía en serio. Apreciaba a Grant McCabe, él no era el enemigo. Todo su miedo y su ira se habían apoderado de ella y habían tomado las riendas, aunque solo hubiese sido por unos segundos, pero habían sido unos segundos explosivos.

Con increíble autocontrol, el *sheriff* se puso en pie y agarró a Nora del brazo.

—De acuerdo. Tú lo has querido.

Mientras la acompañaba fuera de su despacho, Nora tuvo la audacia de sugerir que alguien del departamento comprobara si El Genio Virtual había operado alguna vez en Lubbock o sus alrededores.

McCabe no respondió. Nora percibió cómo la exasperación se iba apoderando de él, en oleadas cada vez más intensas.

La acompañó abajo hasta los calabozos y la dejó en el pasillo mientras él entraba en un pequeño despacho y hablaba con un hombre calvo y fornido de unos cincuenta años. El despacho estaba abarrotado de papeles, botones y pantallas con imágenes de cámaras de seguridad. Era el despacho de un carcelero.

Nora sintió una punzada de pánico. «¿Qué demonios he hecho?».

No tuvo tiempo de reflexionar sobre su precipitado comportamiento, pues el hombre calvo salió de su despacho, dio las buenas noches al *sheriff* y la agarró del brazo. Al ver las quemaduras en el dorso de su mano, aflojó inmediatamente la presión.

—¿Le he hecho daño? —le preguntó, mirándole el antebrazo con preocupación.

A Nora le conmovió su actitud solícita.

—No. Ya no me duelen.

Más tranquilo, el hombre la acompañó a una celda que contenía dos literas metálicas. Abilene estaba tumbada en la litera inferior. El resto de las camas estaban vacías.

—Estos son los calabozos compartidos —explicó el hombre—. Las mantas están dobladas al final de la cama. Atendieron a la señorita Tyler en enfermería antes de trasladarla aquí. Soy el sargento Whitfield. Me encargo de la vigilancia.

El sargento hizo una señal a Nora para que entrara en la celda.

—Le devolveremos sus objetos personales por la mañana. El *sheriff* ha dicho que mañana a primera hora se irá a casa. Ahora procure dormir un poco.

—¿Y ella? —Nora señaló a Abilene, que estaba acurrucada en posición fetal con la cara hacia la pared.

El sargento dejó claro que no iba a responder a ninguna pregunta, así que Nora entró en la celda y se arrodilló junto a la huesuda figura de la litera inferior.

—Estoy aquí —le susurró, poniendo una mano sobre su hombro.

Abilene se estremeció y se dio la vuelta.

Nora apartó un mechón de pelo de los ojos de la chica.

—Te prometí que no estarías sola.

Sin previo aviso, Abilene agarró la mano de Nora y se la apretó contra el pecho, directamente sobre el corazón, que palpitaba como las alas de un pajarillo atrapado en una trampa. La librera le cubrió las manos con las suyas y prometió hacer todo lo posible para consolar a su joven amiga.

—Cuando era pequeña, mi madre me decía que hasta las peores cosas parecen un poco menos horribles por la mañana. Después de una noche oscura siempre sale el sol.

—¿Dónde está? —susurró Abilene—. Tu madre.

Nora cogió una manta y después de tapar con ella a la chica, cogió la otra manta de la litera de arriba.

—Supongo que sigue donde estaba hace cinco años, pero no estoy segura.

—Deberías buscarla —dijo Abilene.

Nora nunca buscaría a sus padres ni a nadie de su vida anterior, pero no podía explicarle por qué ya no quedaba rastro de la persona que era antes. Lo último que necesitaba Abilene era oír hablar de más pérdidas. Lo que necesitaba era algo a lo que aferrarse, algo para sobrellevar la noche, para llegar al día siguiente y ver salir el sol.

—¿Te cuento un secreto? —preguntó Nora mientras se apretujaba junto a la chica.

Esta volvió a cogerle la mano.

—Sí.

—Nora no es mi verdadero nombre. No me gustaba el anterior, así que me lo cambié. Igual que tú.

—¿En serio? —Abilene pareció animarse por primera vez desde que Nora la había encontrado en el rellano, empuñando el cuchillo ensangrentado. Una pequeña chispa se encendió en sus pupilas.

—En serio. Tus padres te pusieron el nombre de un personaje de libro. Yo también elegí un personaje de libro. Elegí Nora por la heroína de *Casa de muñecas*, de Ibsen.

La chispa en los ojos de Abilene relumbró con más fuerza todavía.

—Nora Helmer —dijo—. ¿Por qué ella?

—Porque se deshace de su antiguo yo para convertirse en algo más. Creo que eso es posible.

Abilene fijó la vista hacia arriba, a la parte inferior de la litera, como preguntándose si ella también sería capaz de hacer eso.

—Antes de ser Nora, ¿quién eras?
—Si tú me cuentas tus cosas, entonces yo te contaré las mías.

Cuando el sargento Whitfield abrió la puerta de la celda a la mañana siguiente, Nora estaba acurrucada junto a Abilene, rodeándole la cintura con aire protector.

La librera lo oyó llegar, pero no había querido moverse. Permanecía aún en la frontera del sueño cuando el ruido de sus pasos acabó de despertarla por completo. Aunque por un momento sintió ganas de cerrar los ojos y mantener la realidad a raya unos minutos más, decidió incorporarse. Tenía la boca arenosa, los ojos resecos y le dolía todo el cuerpo.

—Hora de irse a casa, señora Pennington. —El sargento no se molestó en hablar en voz baja.

Nora negó con la cabeza.

—¿Qué puedo hacer para quedarme? Preferiría no abofetearle, pero ¿hay algún compañero que le caiga mal?

A la cara del sargento afloró un amago de sonrisa.

—No se lo recomiendo, señora. El *sheriff* va a llevarla a casa y ha tenido una noche muy larga. En mi opinión, ayudará más a su amiga estando en la calle.

Abilene se removió y se incorporó.

—No pasa nada —dijo, con la voz todavía espesa por el sueño—. Ya volverás a buscarme.

Con un nudo en la garganta, Nora prometió que lo haría y luego siguió al sargento fuera de la celda.

El policía la acompañó hasta McCabe, que estaba apoyado en su coche. Tenía un aspecto horrible: los ojos inyectados en sangre, el pelo alborotado y unas ojeras de color gris azulado.

—Lo siento —dijo Nora.

—No, no lo sientes, pero te agradezco que lo digas.

Al abrirle la puerta del pasajero, la librera recordó la noche que habían cenado juntos en el Pearl's. Dudaba que McCabe quisiera volver a cenar con ella algún día.

El *sheriff* le había dejado su bolso en el asiento y Nora sintió la tentación de comprobar si sus amigas del Club Secreto de la Lectura y la Merienda le habían dejado algún mensaje en el contestador, pero decidió esperar a estar en casa para comprobarlo.

El *sheriff* ocupó el asiento del conductor y permaneció en silencio durante un largo rato.

—El Genio Virtual nunca ha abierto ningún local en Lubbock ni en cualquier otro lugar de Texas —dijo al fin.

—Ah —exclamó Nora con un hilo de voz—. Pues entonces...

—No he terminado. —McCabe se volvió hacia ella—. No he podido encontrar ninguna dirección anterior para ningún negocio con ese nombre. La única evidencia que he encontrado sobre algún Griffin Kingsley fue una nota de defunción en el registro del estado de Nueva York. Ese señor Kingsley murió el año pasado. En cuanto a la señora Beacham, he obtenido numerosos registros documentales, demasiados para revisarlos anoche. Uno me pareció significativo porque era otra nota de defunción, esta vez de Florida. No puedo sino preguntarme si los dos socios no estarán utilizando identidades robadas.

A pesar del cansancio y de las ganas que tenía de ducharse y tomarse una taza gigante de café, Nora empezó a barajar distintas posibilidades.

—Creo que el reloj es la clave de todo. Los libros solo eran relevantes porque el reloj estaba escondido dentro de uno: Amanda fue asesinada por Ezekiel Crane o por Griffin Kingsley cuando se negó a entregarles el libro vaciado. Ese mismo hombre mató a Kenneth, el mismo que había sido el blanco de su ira en el Festival de los Frutos del Huerto. Teniendo en cuenta que Ezekiel acaba de morir asesinado, yo voto por Griffin. Vi su cara cuando le enseñaste ese reloj.

McCabe accionó la palanca del cambio automático y salió del aparcamiento.

—Después de dejarte en casa, voy a llamar al propietario del edificio que le alquila el local a El Genio Virtual. Quiero conocer todos los detalles de ese contrato. Pero no te hagas ilusiones. Incluso aunque Kingsley y Beacham hubieran estado operando de forma ilícita, no puedo relacionarlos con los asesinatos en esta fase de la investigación. No hay pruebas.

Después de permanecer pensativa durante varios minutos, Nora habló al fin:

—Anoche, Abilene y yo estuvimos hablando. Me contó lo que pudo sobre la muerte de Ezekiel. Acababa de ducharse y se dirigía a la cocina para preparar la cena cuando oyó pasos al otro lado de la puerta. A continuación, oyó un gruñido seguido de un ruido sordo, como el de algo pesado al caer al suelo. Oyó más pasos bajando las escaleras. Los extraños ruidos la asustaron mucho y se escondió en el cuarto de baño. Cuando pasaron los minutos y todo seguía en silencio, se atrevió a salir y asomarse a la puerta. Reconoció a su tío inmediatamente. Vio el cuchillo clavado en su espalda, cerca del costado izquierdo. No estaba segura de si estaba muerto o no.

—Quizá no sabía qué aspecto tiene un cadáver —señaló McCabe.

Nora se dio cuenta de que lo más probable es que así fuera. La mayoría de los niños experimentan la muerte a través de la pérdida de una mascota o de un familiar de edad avanzada. Se trataba de un momento difícil. Si tenía suerte, el niño recibía el apoyo de sus padres, de sus profesores o de un mentor.

No era el caso de Abilene. No tenía padres, profesores ni mentores. Solo tenía a su tío. Como con la mayoría de las cosas, sin duda su contacto con la muerte habría sido a través de los libros, pero nunca la había visto de cerca.

—El deseo de Abilene de proteger a Hester era tan fuerte que fue capaz de reunir el valor necesario para arrancarle el cuchillo a su tío —dijo Nora, continuando su relato—, lo que provocó una hemorragia. Abilene nunca había visto nada parecido, y eso la dejó paralizada.

McCabe la miró.

—¿Algo más?

—Si la historia de Abilene es cierta, entonces otra persona mató a Ezekiel, alguien decidido a conseguir ese reloj de bolsillo.

—Pero ese reloj está bajo nuestra custodia —dijo el *sheriff*—. Hay cosas que no cuadran, Nora. El asesino no podría tener ninguna esperanza de hacerse con el reloj.

McCabe detuvo el coche en el aparcamiento de Miracle Books y dejó el motor en marcha. Nora se bajó, pero se volvió al instante para mirar al *sheriff*.

—¿Y si le dieras esperanzas?

Aunque la impaciencia de McCabe era más que evidente, su curiosidad lo retuvo allí unos segundos más.

—Y supongo que tú tienes una idea de cómo podría conseguirlo.

Nora esbozó una sonrisa cansada.

—Pues sí, la tengo.

El plan de Nora requería la ayuda de varias personas. Tras darse una ducha y tomar una taza de café, pudo plasmar sus ideas sobre el papel. A partir de ese momento, empezó a hacer llamadas telefónicas.

Cada vez que convencía a otra persona, le asaltaban las dudas. No solo estaba jugando con la libertad de Abilene, sino que muy posiblemente también estaba poniendo en peligro a sus amigos.

«No hay otra opción —se dijo cuando iba de camino a El Genio Virtual —. Si no hago algo ahora, Abilene permanecerá encerrada para siempre. Se esconderá dentro de sí misma, tan profundamente que nadie volverá a encontrarla».

Mientras caminaba, Nora se fijó en la belleza que la rodeaba. El sol de la mañana bañaba el parque y los arces capturaban su luz dorada. Las hojas secas correteaban por las aceras como los niños a la vuelta del colegio. Las montañas que rodeaban el pueblo eran un caleidoscopio de naranjas, amarillos calabaza y rojos manzana. Aquel paisaje de postal parecía surrealista después de los traumáticos acontecimientos del día anterior, pero Nora sacaba fuerzas de flaqueza de los colores y los olores del fuego de leña y el heno seco. Al igual que muchas de las caras con las que se cruzaba por la calle, los olores le resultaban familiares. Reconfortantes. Le hablaban de su hogar, del lugar donde había encontrado su segunda oportunidad, e iba a hacer todo lo posible por protegerlo.

Eso significaba enfrentarse a un asesino.

Griffin Kingsley estaba sentado ante su enorme escritorio. Tenía el móvil pegado a la oreja y la mirada fija en la pantalla del portátil. Nora se detuvo junto a la puerta para contemplar las frases enmarcadas de *Las mil y una noches*, las telas que cubrían las paredes, la reluciente lámpara de araña y los suntuosos sofás y sillones de la sala de estar. Pensó en Tamara sirviendo bebidas exóticas y bombones, y contuvo una mueca. Si todo aquello no era más que una farsa, Griffin y Tamara eran auténticos maestros del engaño.

Nora se sentó y esperó a que el hombre terminara su llamada, pero Tamara salió de la trastienda, la vio y se acercó a saludarla.

—Señora Pennington. Hola. —Le habló con voz amigable pero tensa. Al igual que el *sheriff* McCabe, Tamara tenía ojeras. No era de extrañar, teniendo en cuenta que el apartamento de encima de El Genio Virtual era ahora la escena de un crimen—. ¿Está Abilene...? —Se interrumpió y luego volvió a empezar la frase—. ¿La ha visto?

—Sí —respondió Nora con la voz impregnada de cansancio—. Ha sido una noche muy larga, pero quería pasarme por aquí y deciros que no va a volver pronto. No estoy segura de qué es lo que le va a pasar ahora.

Tamara negó con la cabeza.

—Ella no puede haberlo hecho. Es imposible.

—Yo también creo que es inocente —dijo Nora—, aunque al departamento del *sheriff* le trae sin cuidado lo que yo piense. Hay demasiadas cosas en su contra. Es una desconocida en Miracle Springs, conocía al fallecido y el arma homicida estaba en su apartamento.

Tamara abrió los ojos como platos.

—No.

Nora se levantó.

—Haré lo que pueda. Y si a Griffin y a ti se os ocurre algo que pueda ayudar a exonerarla, por favor, acudid a la policía y decidlo.

—Por supuesto —dijo Tamara.

—Hablando de ayudar, he encontrado una venta en una subasta de un reloj de bolsillo similar al que el *sheriff* McCabe le enseñó a Griffin. Ayer, antes de toda esta tragedia, estaba investigando el valor de algunos libros en mi web de subastas favorita y miré a ver si encontraba algún reloj similar a ese.

Tamara parecía confusa.

—No sé por qué me cuenta eso. ¿No tiene el *sheriff* ese reloj?

—Sí, pero no ha tenido tiempo de ponerse a investigar más a fondo cuál puede ser su valor real. —Nora la miró con aire vacilante—. Seguramente es una estupidez por mi parte, pero solo esperaba que el reloj pudiese arrojar un poco de luz sobre el asesinato. Si Griffin pudiera demostrarle al *sheriff* lo valioso que es, entonces McCabe podría considerar la posibilidad de que hubiese otros sospechosos aparte de Abilene. Si el reloj fuera el móvil del asesinato, claro.

—No la sigo —dijo Tamara. Toda la conversación la había puesto muy nerviosa. Miró a su compañero más de una vez para ver si había acabado de hablar por teléfono—. Griffin no tardará. Estoy segura de que podrá ayudarnos. Lo siento, pero tengo que volver al trabajo.

Nora no tuvo ocasión de responder porque en ese momento una ayudante del *sheriff* entró en El Genio Virtual y abordó a Tamara.

—¿Señora Beacham? Soy la ayudante Wilcox. —Se presentó sin tenderle la mano, dejando claro que su presencia allí era de carácter oficial—. Necesito hablar con el señor Kingsley lo antes posible. ¿Puede pedirle que termine su llamada?

Sin embargo, Tamara no tuvo que hacer nada, porque en cuanto el hombre vio a la ayudante del *sheriff*, colgó el móvil. La ayudante se dirigió a la mesa de Griffin, sacándose una bolsa de pruebas del bolsillo de la blusa del uniforme, y Tamara la siguió con la mirada.

La puerta principal volvió a abrirse y en ese momento entró Estella. Llevaba un traje de falda oscura con una blusa blanca y un collar de perlas. Nora pensó que parecía la directora general de una empresa de la lista Fortune 500.

Tamara desplazó la mirada de la ayudante del *sheriff* hacia Estella y todo su cuerpo se puso en tensión, como preparándose para una pelea. Nora supo entonces que aún no habían puesto a la venta la caja de esmalte vidriado de Jack y que Tamara daba por sentado que Jack y Estella estaban juntos.

—Buenos días, señora Sadler. —Tamara esbozó una gélida sonrisa—. Iba a preguntarle a la señora Pennington si quería tomar algo. Ahora puedo preguntarles a las dos.

—Es pronto, pero no me importaría probar alguno de sus bombones de chocolate belgas especiales —dijo Estella con voz sedosa.

La sonrisa forzada de Tamara se amplió un poco más.

—Por supuesto. ¿Y usted, señora Pennington?

—Yo no quiero nada, gracias.

Tamara fue a por los bombones. Acababa de dejar una bandeja de plata con una caja dorada de bombones encima de la mesita de centro cuando Jack entró por la puerta. Miró a Tamara antes de dirigir la mirada a Estella y entrecerrar los ojos con indignación.

—Creía que habías venido a averiguar qué había pasado con mi caja —le dijo Jack a Estella—, pero parece que estás más interesada en esa caja de bombones de chocolate belga.

—¿Belga? —soltó Estella—. Este chocolate no es de importación. Estos bombones los venden en cualquier supermercado, son de esos que regalas en el último momento cuando te has olvidado del cumpleaños de alguien. ¿Queréis verlo? Tengo pruebas.

Estella metió la mano en su voluminoso bolso y sacó una caja amarilla con letras verdes.

—Esta caja contiene los mismos bombones que la de chocolate belga. —Estella escogió un bombón ovalado de la caja del supermercado y otro idéntico de la caja dorada que le había servido Tamara. Partió cada uno por la mitad y les enseñó a Jack y a Nora el interior de caramelo—. Parecen iguales. —Dio un mordisco a cada bombón sin dejar de mirar a Tamara—. Y saben igual.

Tamara se quedó perpleja ante la demostración.

—Es que se nos han acabado. Ha habido un retraso con el pedido a nuestro proveedor habitual y no queríamos decepcionar a nuestros clientes.

—¿Se os han acabado? —Estella levantó la caja amarilla—. Porque la mujer de Virgil es clienta mía (Virgil es quien recoge vuestra basura, por cierto), y me ha dicho que habéis tirado un montón de estas cajas de bombones del supermercado.

Haciendo caso omiso de las palabras de Estella, Tamara se volvió hacia Jack.

—Siento el error con tu anuncio. Tu artículo estará listo para su puesta a la venta hoy a mediodía. Sé que al principio dije que estaría listo a las nueve, pero hemos sufrido una tragedia. —Señaló a Estella—. Esto no es necesario.

Escandalosamente ofendida, Estella se puso de pie como un rayo.

—Este lugar es una estafa. Desde los bombones hasta los muebles alquilados pasando por vuestras promesas falsas sobre los anuncios en las subastas. Todo es una farsa absoluta.

Tamara miró hacia el escritorio de Griffin, a todas luces en busca de ayuda, pero el hombre estaba acompañando a la ayudante Wilcox a la trastienda, caminando apresuradamente. Nora veía que el sudor le empapaba la frente.

—Disculpad —dijo, dejando a Tamara a merced de Estella. Corrió a atravesar la abertura entre las telas y apareció en la trastienda justo cuando Griffin sacaba el reloj de bolsillo de la bolsa de pruebas para deslizarlo sobre la palma de su mano, protegida con un guante.

La ayudante Wilcox se situó cerca de la mesa de trabajo, dejando espacio al hombre para maniobrar a sus anchas. Cuando levantó la vista para ver quién había entrado en aquella zona de la tienda, con menos luz y más fresca, Griffin se pasó el reloj de bolsillo a la mano izquierda, dejando la derecha libre para poder metérsela en el bolsillo de la chaqueta. Aunque Nora creía adivinar lo que encerraba dentro del puño, se veía obligada a disimular.

—Siento interrumpir. Solo quería darle a Griffin esta hoja y me voy. —Nora sacó un papel doblado de su bolso.

La ayudante Wilcox le pasó el papel a Griffin. En lugar de desdoblarlo, el hombre lanzó a Nora una mirada inquisitiva.

—He estado investigando un poco. —Nora señaló el reloj de bolsillo que Griffin tenía en la palma de la mano—. He pensado que podríamos aunar fuerzas, por el bien de Abilene.

—Haré todo lo que esté en mi mano para ayudarla. Es una chica muy dulce y trabajadora —dijo Griffin, con tanta sinceridad que Nora casi le creyó.

Desplegó los dedos de la mano derecha y depositó unas llaves diminutas para un reloj de cuerda encima de la mesa de trabajo. Nora las miró con sorpresa, con una pavorosa sensación de frío en el centro del pecho. ¿Y si se había equivocado? ¿Estaba intentando tender una trampa a un hombre inocente?

Griffin escogió una de las llaves. Sin embargo, no intentó encajarla en el ojo de la cerradura y Nora se dio cuenta de que estaba esperando a que ella se marchara.

En ese momento, Estella irrumpió en la trastienda. Con las manos en las caderas, miró las estanterías, la zona de las fotografías y, por último, a Griffin.

—¿Se puede poner una denuncia si los propietarios de un negocio no cumplen las condiciones de su contrato? —le preguntó a la ayudante Wilcox.

—Señora, eso debería trasladarlo a la oficina de protección al consumidor. Necesito el tiempo y la atención del señor Kingsley.

Tamara estaba esperando para acompañar a Estella a la puerta de atrás. La mujer dudó, pero cuando la ayudante Wilcox le dirigió una mirada severa, no tuvo más remedio que seguir andando hacia la salida.

—Esto no va a acabar así —masculló antes de seguir a Tamara hasta la puerta.

—Solo está disgustada por lo de Abilene —le dijo Nora a Griffin a modo de explicación—. Todas mis amigas y yo le hemos cogido mucho cariño. Lo que pasó anoche nos tiene a todas muy nerviosas.

Tamara, que ya había vuelto de acompañar a Estella, señaló a la librera.

—Tengo una llave del apartamento. Si a la ayudante Wilcox le parece bien, podría dejar que entre usted a por ropa o artículos de aseo para Abilene.

La ayudante hizo un gesto afirmativo con la cabeza antes de volverse hacia Griffin.

—¿Ha habido suerte?

—Todavía no —dijo.

Si la teoría de Nora era correcta, el hombre probaría con mucha exageración un montón de llaves distintas en medio de grandes aspavientos. En realidad, no tenía ninguna intención de abrir el reloj delante de la ayudante Wilcox ni de nadie más del departamento del *sheriff*. Nora no sabía qué secretos escondía el reloj, si es que escondía alguno, pero estaba segura de que Griffin quería que permanecieran ocultos.

Tamara subió las escaleras que conducían al estudio de Abilene sin decir una palabra. Nora agradeció el silencio porque le resultaba difícil tener que volver a subir por aquella escalera. Odiaba aquel lugar. Odiaba la cinta policial para acordonar la escena del crimen, las escaleras manchadas de sangre, el empalagoso olor a productos químicos y la penumbra. Apartó la mirada del dibujo en el suelo de la silueta del cadáver de Ezekiel Crane y le pidió a Tamara que se diera prisa en abrir la puerta.

En cuanto entró en el deprimente estudio de Abilene, Nora se arrepintió de su impaciencia.

Tamara cerró la puerta y apoyó la espalda en ella. Tenía la cara tensa por la ira y empuñaba una pistola. Se trataba de una pistola pequeña, un arma delicada y brillante perfectamente capaz de causar la muerte.

Tamara apuntaba al pecho de Nora con el cañón de la pistola. Directamente al corazón.

CAPÍTULO DIECISIETE

> La Biblia nos dice que amemos a nuestros vecinos y también a nuestros enemigos, seguramente porque suelen ser las mismas personas.
>
> G. K. Chesterton

—No deberías haber sacado las narices de tus libros —se burló Tamara—. Menudo *show* habéis montado ahí abajo los tres: tú, el Master Chef y esa zorra del Magnolia Spa. No voy a disfrutar matándote a ti, pero me encantaría pegarle un tiro a ella.

Nora clavó la mirada en el cañón de la pistola. Era incapaz de asimilar el hecho de que aquella boca oscura significaba el fin de su vida porque estaba demasiado ocupada pensando en todos los errores que había cometido. ¿Por qué se había centrado únicamente en Griffin como el asesino y no en Tamara? Entonces recordó por qué había sacado una conclusión tan errónea, por qué había caído en un error que iba a costarle todo lo que tenía.

—Creía que Griffin era el asesino —dijo.

—Obviamente. —Tamara puso los ojos en blanco—. Si no, no habrías venido. Supongo que eres una de esas personas inteligentes gracias a los libros, pero te falta calle. Tú pensabas que yo era la segundona, la secretaria de Griffin. Su socia con derecho a roce. Pero no soy nada de eso. Es Griffin mi subordinado.

Lo incorporé a mis planes para... —Se interrumpió, negó con la cabeza y continuó hablando—. Me decepcionas, Nora. Diriges un negocio. Sabes que una mujer necesita agallas para triunfar en un mundo dominado por los hombres. Deberías haberme reconocido como a una igual.

Nora se encogió de hombros con aire de impotencia.

—Tú le hacías de asistente. Servías el té y los bombones a la clientela. Griffin los ofrecía, pero eras tú la que hacía de camarera. Él nunca servía a nadie.

—Eso era a propósito. —Tamara parecía complacida por la observación de Nora—. La gente de los pueblos pequeños se siente más cómoda con los roles de género tradicionales, sobre todo cuando confían sus tesoros a unos desconocidos. No soportaba preparar aquel puñetero té. Odiaba esas bandejas de plata. Odiaba tener que dejar que Griffin tomara la iniciativa. ¿A ti no te pasaría lo mismo?

La indignación de Tamara casi hizo que Nora se sintiera avergonzada. Casi. Pero había millones de mujeres en todo el mundo que habían sido ninguneadas o infravaloradas en algún momento de sus vidas, y no lo utilizaban como excusa para cometer un asesinato. Sin embargo, a la librera no le pareció prudente esgrimirle ese argumento.

—Tienes razón. Debería haberte visto como una igual —dijo Nora—. Para ser sincera, di por sentado que Griffin estaba detrás de los asesinatos porque no pensé que una mujer fuera lo bastante fuerte para empujar a Kenneth Frye por el balcón de esa cabaña en el árbol. Ese hombre era gigantesco.

—Un cabrón de dimensiones gigantescas. —Tamara torció la boca con una mueca de rabia y la pistola se inclinó levemente hacia abajo. Ahora el cañón apuntaba al vientre de Nora—. Me amenazó en el festival. Creía que yo le tenía miedo, que era yo la que trabajaba para él y no al revés. Menudo imbécil. Era un abusón con un montón de traumas por culpa de su madre. El mundo es un lugar mejor sin él.

Aunque Nora no podía discutírselo, lo cierto es que quería que Tamara siguiera hablando. Cuanto más tiempo lograra entretenerla, más posibilidades habría de que alguien se percatara del rato que llevaban fuera. Y parecía que Tamara tenía ganas de contarle su historia.

—No tengo ningún problema con el hecho de que lo mandaras al otro barrio, es solo que no entiendo cómo lo hiciste. Toda la fuerza que te habría hecho falta para mover a ese armario de hombre... —Se interrumpió y extendió las manos como pidiendo una explicación.

De la garganta de Tamara brotó una risa efervescente. Estaba disfrutando.

—No te hace falta fuerza cuando dispones de alcohol. Frye estaba completamente borracho cuando salió a ese balcón. Había pasado un montón de horas bebiendo todo lo que se le puso por delante en el festival. ¿Te imaginas la combinación de cerveza y aguardiente casero dando vueltas en tu estómago? —Sintió un escalofrío—. Yo salí al balcón primero, diciendo que necesitaba aire fresco, y luego lo engañé para que se asomara a la barandilla diciéndole que había visto un oso abajo. El hombre era tonto del culo. Se creyó de veras que había ido a su cabaña para enseñarle lo que había escondido en el libro de su madre.

—¿Por eso tenía dos habitaciones de hotel? ¿Reservaba la cabaña de la casa del árbol para sus reuniones contigo?

—Solo iba a haber una reunión —dijo Tamara—, y ese hombre no iba a sobrevivir a ella. Si no se hubiera emborrachado en el festival, le habría echado sedantes en una botella de vodka. Pasara lo que pasara, Frye iba a ser como Humpty

- 307 -

Dumpty: iba a sufrir una caída impresionante y nadie iba a poder recomponerlo.
A pesar de su frágil situación, Nora sintió una leve punzada de emoción: por fin iba a conocer el secreto del reloj de bolsillo.
—Kenneth se interpuso entre tú y el reloj. Tú querías ese reloj. ¿Quién era el dueño original? ¿Ezekiel Crane?
Al oír su nombre, Tamara se puso tensa.
—Ese cabronazo también recibió su merecido. Me engañó una y otra vez. Al principio, cuando aún era nueva en el negocio, era ingenua y confiada. Llevaba joyas y relojes de toda clase a Crane a cambio de una comisión. Me pagó mal desde el principio.
—¿Eran robados? —inquirió Nora. Andarse sin rodeos era un riesgo, pero intuía que Tamara respetaba a la gente que decía lo que pensaba.
La mujer entrecerró los ojos.
—Solo baratijas y cosas así, procedentes de herencias familiares. Cosas que a los viejos les encantaban pero que sus hijos no valoraban o no les importaban. La mayoría de las veces, la familia se llevaba lo que quería y me dejaba el resto para que yo lo vendiera. Era mucho trabajo. Un trabajo sucio. ¿Has tenido que limpiar alguna vez una casa en la que han vivido durante décadas una anciana de noventa años y sus diez gatos? ¿O has vaciado el piso de un solterón octogenario que había acumulado una colección infinita de bichos y mariposas? Yo merecía más de lo que me pagaban, así que siempre me quedaba con algunas cosas. Le llevaba las cosas a Crane y nos repartíamos los beneficios, pero no tenía ni idea de lo desigual que era nuestro reparto.
—Pues tal vez deberías haber cobrado más a tus clientes —sugirió Nora con rotundidad.
Tamara encajó aquello con deportividad y se encogió de hombros.

—Tal vez sí, pero yo era una mujer en un trabajo de hombres. En Texas. Así que no tenía más remedio que cobrar menos para atraer clientes. Todo iba bien hasta que Crane me arruinó. Hizo circular el rumor de que yo era una ladrona.

—¿Porque le acusaste de quedarse con una mayor parte de los beneficios? —adivinó Nora.

—¡Bingo! —exclamó Tamara. Miró a lo lejos y apretó los labios, dibujando una línea dura y fina. Había vuelto al momento de su vida en que se habían torcido las cosas, cuando se había visto obligada a huir y trasladarse de pueblo en pueblo, cambiando constantemente de identidad.

Nora pensó en las frases enmarcadas que cubrían las paredes de El Genio Virtual. Tal vez podía apelar al lado más humano de Tamara hablándole de libros.

—¿Es a ti a quien le gusta *Las mil y una noches*?

Tamara se señaló el pecho con la mano libre.

—¿A mí? Pero si no tengo tiempo ni de sentarme a leer un solo libro.

—Llevas toda tu vida huyendo, igual que Abilene —dijo Nora, aprovechando para hacer la comparación—. Ella no te hizo daño, Tamara. Crane la maltrataba mucho más que a ti. ¿Vas a dejar que se pudra en la cárcel después de que haya pasado toda su infancia encerrada en el sótano de ese psicópata? Era un monstruo mucho peor que Kenneth Frye. Si de verdad crees en la igualdad de las mujeres, no puedes dejar que siga esta injusticia.

Tamara se quedó boquiabierta.

—¿De qué estás hablando? ¿Abilene y Crane? ¿Qué relación tienen?

—Era su tío —dijo Nora—. Por eso se le da tan bien la tasación de relojes. Lleva años haciéndolo, en el sótano de su tío, donde permanecía encerrada todos los días.

Tamara parecía a punto de vomitar. Bajó la pistola y miró fijamente a Nora.

—No lo sabía. Apareció un buen día preguntando por el apartamento y dijo que podía pagar una parte en efectivo y la otra trabajando en la tienda. Sabía lo que se hacía y el trato nos convenía porque no queríamos redactar un contrato de alquiler.

—Porque nadie iba a utilizar su verdadero nombre, Abilene incluida.

—Maldita sea —murmuró Tamara.

De pronto, parecía haber olvidado el arma que llevaba en la mano y, por un segundo, Nora pensó en abalanzarse sobre ella. Estudió la distancia que las separaba y supo que no lo conseguiría. Tampoco había otras armas a su alcance, nada que pudiera utilizar para defenderse.

—No te molestes en intentar librarte de esta —dijo Tamara, levantando la pistola—. Siento lo de Abilene, pero no puedo ayudarla. Tengo que coger un tren. Para ti, este es el final del trayecto, en esa asquerosa bañera de ahí. Lo siento, pero esto es culpa tuya; fuiste tú la que metiste las narices en esto. Y ahora todo va a terminar.

Le hizo señas para que se dirigiera al baño, pero Nora no se movió. Si entraba en ese cuarto, sería el último lugar que verían sus ojos. Tamara la haría tumbarse en la bañera para poder dispararle, cerraría la puerta y se marcharía. Bajaría las escaleras, cogería el reloj, el portátil y los objetos de valor que pensaba robar a los habitantes de Miracle Springs, y se largaría del pueblo.

—La ayudante Wilcox oirá el disparo. Te atraparán —dijo Nora, desesperada.

La mujer cogió un cojín del futón.

—No, no me van a atrapar —dijo con escalofriante seguridad.

Nora levantó las manos en señal de rendición.

—De acuerdo, entraré ahí, pero ¿podrías responder a una pregunta más? Necesito saber por qué es tan importante el reloj de bolsillo. He buscado el valor de mercado. Quince o dieciséis mil dólares no son ninguna broma, pero no parece que merezca la pena cometer tres asesinatos. Digo tres porque supongo que fuiste la responsable de que Amanda Frye acabara sumergida involuntariamente en ese estanque.

—Podría haberlo evitado si me hubiera dicho dónde estaba escondido el reloj. ¡Maldita zorra estúpida! —estalló Tamara, alcanzando nuevas cotas de intensidad con su ira—. Eso fue culpa de Ezekiel. Le dije que no apareciera por casa de Amanda antes de dejar que intentara ganarme su confianza, pero no me hizo caso. Pues claro que no, solo pensaba joderme. ¡Una vez más! Iba a encontrar el reloj él mismo. Cuando llegué a su casa, ya estaba asustada porque había visto a Ezekiel.

Nora arrugó la frente, confundida.

—Habían sido amantes. ¿Por qué iba a tenerle miedo? ¿Le robó ella el reloj?

Tamara sonrió.

—¡Pero no fue a propósito! Quería quedarse con algo de él, algo con lo que poder recordarle cuando se fuera de Texas. Su Romeo de la casa de al lado. Ni siquiera llegaron a darse un beso. Ni uno solo. La suya era una relación amorosa basada en las «palabras» —dijo Tamara con desdén—. Me contó que se había llevado uno de sus libros como recuerdo. Él se lo había dejado en el jardín y ella se lo robó. Cuando Ezekiel se dio cuenta de que había desaparecido, ella ya se había ido a vivir a Miracle Springs. Lo que no sé es por qué no intentó recuperarlo antes.

Nora se imaginó a Amanda encerrada en el cuarto de baño de su casa de Miracle Springs, donde podría sacar el libro de Ezekiel y recordarlo. Debió de quedarse estupefacta al abrir la tapa y descubrir el reloj. ¿Cuánto había tardado en contárselo a Ezekiel? ¿Le habría pedido él que se lo devolviera? ¿Que se lo mandara por correo? ¿Se habrían vuelto sus cartas secas y frías, rompiendo así la fantasía romántica que había definido su relación?

—Crane no podía ir a Miracle Springs a recuperar el reloj por culpa de Abilene —le explicó Nora—. Tenía miedo de que ella se escapara y le contara al mundo cómo la había mantenido prisionera.

Tamara asimiló sus palabras.

—Pues esperó mucho tiempo.

A Nora le irritaba haber dado información sin obtener a cambio la respuesta que quería, pero procuró mantener la calma. Necesitaba saber por qué el reloj era tan especial. ¿Por qué era más valioso que tres vidas humanas, por imperfectas que fueran?

—Amanda no lo devolvió ni tampoco lo vendió. Aunque estaba prácticamente en la ruina cuando murió, siguió conservando el reloj de bolsillo. —Nora visualizó a Amanda en el jardín trasero, con los vestidos del tendedero ondeando al viento en la brisa veraniega—. Cuando vio a Ezekiel en su casa, supo que había venido a por el reloj. No quedaba rastro de los sentimientos que habían compartido en el pasado, y ella sabía que era un hombre temible. Estaba fuera con Abilene cuando lo vio. La escena tuvo que desarrollarse así, porque le dio a Abilene uno de sus vestidos y le susurró una sola palabra.

—¿Cuál? —preguntó Tamara. Había vuelto a bajar la pistola, absorta por completo en la historia que Nora le estaba describiendo.

Nora hizo bocina con las manos e, imprimiendo urgencia a su voz, se dispuso a susurrar con aire teatral, para aumentar el dramatismo.

—«Corre» —dijo.

Como movida por un instinto más poderoso que la lógica, Tamara hizo exactamente lo mismo que debió de hacer Amanda aquel día: miró atrás por encima del hombro, en busca de la amenaza.

Solo que en el caso de Tamara, la amenaza no estaba detrás de ella, sino delante.

Nora reaccionó sin perder un instante: se abalanzó sobre la mujer y le dio una patada en la mano con todas sus fuerzas.

Tamara volvió la cabeza y lanzó un alarido de dolor, mezclado con la sorpresa.

Pero no soltó el arma.

Estaba levantando la mano derecha para encañonarla cuando Nora impactó con todo su cuerpo contra ella.

La mujer cayó hacia atrás y se golpeó contra el suelo. La pistola salió disparada a varios metros de distancia. Tamara se giró violentamente hacia un lado, intentando coger el arma, pero Nora le estampó el puño en la cara. Se oyó un crujido cuando los nudillos de Nora impactaron en la nariz de Tamara, quien lanzó un grito de rabia y arrojó las manos a la cara de la librera. Clavó las uñas en las cicatrices de la mejilla de Nora y su grito se convirtió en un gruñido mientras le desgarraba la piel con las uñas.

El dolor era insoportable. Nora sintió como si centenares de agujas le atravesaran la mejilla; pasó varios segundos sin poder respirar mientras trataba desesperadamente de apartar a Tamara. Al no conseguir escapar del dolor, Nora lo utilizó para canalizar su ira y hacer acopio de fuerzas.

Volvió a golpearla con el puño. Tenía la vista nublada por las lágrimas acumuladas, así que no supo dónde había acertado con el golpe, pero Tamara gruñó sorprendida antes de volver a hincar las uñas en la mejilla malherida de Nora por segunda vez.

El dolor lacerante por poco la deja ciega. Percibió que Tamara palpaba el suelo en busca de la pistola y oyó una sarta de exabruptos furiosos mientras la mujer se movía y se retorcía en el suelo. Si Nora no la detenía, todo habría terminado.

«¡Lucha y resiste! —le gritó una voz interior—. ¡Coge el arma!».

Por segunda vez, lanzó todo su peso contra Tamara. En el suelo, las dos mujeres se dieron patadas, puñetazos y zarpazos hasta que, como si vinieran de muy lejos, Nora oyó gritos procedentes de la escalera. El tiempo parecía haberse detenido. Rodeadas de una quietud irreal, toda la habitación se sumió en un silencio expectante, como el momento que precede a la caída de un rayo.

La sensación de pausa en el tiempo no se prolongó demasiado. Se oyó un fuerte crujido acompañado del ruido de la madera al astillarse y la puerta de la entrada se abrió de golpe. Nora sintió que la envolvía una vaharada de aire fresco.

—¡Quieta! —retumbó una voz.

Era la voz del *sheriff* McCabe.

La librera pestañeó con fuerza, sacudiéndose la humedad de los ojos hasta que logró enfocar la imagen de una bota negra.

La bota dio una patada a la pistola de Tamara, que salió despedida al otro extremo de la cocina.

—¡Quédate en el suelo! —ordenó McCabe—. ¡No te muevas!

Nora se apartó de Tamara y, poco a poco, fue poniéndose de rodillas.

Unos hombres y mujeres vestidos de uniforme irrumpieron en el estudio y Nora los vio agolparse alrededor de Tamara, demasiado aturdida para reaccionar.

Sintió un cosquilleo en la barbilla y Nora se limpió una gota de sangre. A continuación, de forma un tanto insensata, se tocó la mejilla con la punta de los dedos e inmediatamente le entraron náuseas, por lo que bajó la cabeza e inspiró aire con fuerza, tratando de no vomitar.

McCabe se arrodilló a su lado y le puso la mano en el codo.

—Tranquila. Con cuidado.

Dio órdenes de que llamaran a los sanitarios y luego siguió dando más órdenes, pero Nora no logró entenderlas. Cuando dejó de sentir todo el estómago revuelto, se incorporó de nuevo.

Los policías levantaron a Tamara del suelo, que no dejaba de soltar rabiosas muestras de furia, como un gato acorralado.

Antes de que los ayudantes Wilcox y Fuentes se la llevaran del apartamento, se volvió hacia Nora:

—No me puedo creer que, de entre todos los pueblos en los que he estado y con todas las personas con las que he tratado, hayas sido tú la que me haya derrotado. Pero prefiero que hayas sido tú que cualquier Ezekiel, o que un Kenneth Frye. —Inclinó la cabeza de modo que el hombro entró en contacto con su mejilla—. Tienes la cara hecha un poema. Parece que te he dejado un recuerdo; no es un reloj de bolsillo, pero eso no le dio muy buen resultado a Amanda, ¿a que no?

La ayudante Wilcox ya había tenido bastante. Puso una mano en la espalda de Tamara y la empujó hacia la puerta.

—¡Espera! —gritó Nora, y una punzada de dolor le atravesó la mejilla, aunque intentó neutralizar la sensación—. ¿Cómo te llamas en realidad? —le preguntó a Tamara.

—Tara Liebold. —La pregunta pareció complacerla—. También he sido Mary, Mare, Moira, Aria y Tamara. Ya no tengo ni idea de quién soy de verdad. ¿Lo sabe alguien acaso?

Y dicho eso, los policías se llevaron a la autora de los tres asesinatos.

Cuando entraron los sanitarios, Nora sintió una mezcla de alivio y decepción a la vez al ver que Jed no era uno de ellos.

Estaba decepcionada porque él conseguía hacerla sentir mejor con solo una palabra o una sonrisa, y alivio porque no le gustaba desempeñar el papel de la damisela en apuros. Además, ¿cómo iba a explicarle que se sentía tan herida en su orgullo como en la mejilla? Había sido tan torpe y tan miope...

—Va a necesitar puntos —le dijo el sanitario mientras le comprimía la mejilla con una venda—. Tendrá que coserla un experto.

Añadió que podía recomendarle un cirujano plástico, pero Nora no lo estaba escuchando. Cuando el sanitario terminó, el *sheriff* McCabe la ayudó a ponerse de pie.

—El ayudante Andrews te llevará al hospital —le dijo e insistió en cogerla del brazo para bajar las escaleras y acompañarla a la salida de la puerta trasera—. Puedes explicarle lo que ha pasado por el camino. Si lo prefieres, hazle un resumen muy resumido, porque seguro que te duele cuando hablas. Y si te duele demasiado, habla con él más tarde.

—¿Y el reloj? —preguntó Nora, con una mueca de dolor. Le dolía mucho al hablar—. ¿Tenía Griffin las llaves?

McCabe negó con la cabeza.

—Esperemos que las tenga su compañera.

Tras apretarle ligeramente el brazo, el *sheriff* la dejó en manos del ayudante Andrews.

—No te separes de ella —le ordenó—, y asegúrate de que reciba los mejores cuidados, ¿entendido?

Andrews irguió la espalda.

—Lo haré, señor —le prometió.

Nora vio alejarse al *sheriff*.

«A Miracle Springs le ha tocado la lotería con ese hombre —pensó—. Puede que sea lo único que le ha ido bien a este pueblo últimamente».

—Tengo agua embotellada en el coche —dijo Andrews al salir del aparcamiento—. ¿Quiere algo más? ¿Comida? ¿Café?

—No. Solo quiero acabar cuanto antes con lo del hospital.

Mientras Andrews pasaba por delante de Miracle Books, Nora miró las letras en negrita del cartel de CERRADO. Normalmente, estaría muy disgustada por haber perdido un día de trabajo, pero no era el caso. Pensaba en otro cartel, el de SE NECESITA PERSONAL que había colgado recientemente en el escaparate. Si Abilene no hubiera visto el letrero, si no lo hubiera descolgado y lo hubiera apretado contra su pecho como si fuera un osito de peluche, ¿dónde estaría ahora?

El teléfono de Nora vibró en el interior de su bolso. Lo había silenciado antes de entrar en El Genio Virtual y vio que tenía varias llamadas perdidas de sus amigas del Club Secreto de la Lectura y la Merienda. Sin embargo, el que llamaba en ese momento era Jed.

—Me han dicho que has resultado herida mientras volvías a salvar este pueblo... una vez más. —Intentaba disimular su preocupación imprimiendo un tono frívolo a sus palabras, pero Nora la percibió igualmente—. Está claro que necesitas una capa y unas botas de látex. Y un nombre pegadizo y resultón. ¿Qué te parece «Super Biblio Woman»? No, demasiado cursi. Seguiré dándole vueltas. Ahora en serio, Nora, ¿te duele mucho? Y no te hagas la dura conmigo. Quiero la verdad.

—Solo son unas punzadas moderadas —dijo—. Empeora al hablar.

—Vale, pues no hables —se apresuró a decir Jed—. Te veré en el hospital. Le he pedido un favor a un médico que conozco, es el mejor en lo suyo. ¿Dejarás que te trate él?

A Nora le conmovió la consideración de Jed.

—No hace falta. Ya tenía cicatrices antes en la mejilla.

—Que es justo la razón por la que debería verte ese médico. El tejido cicatricial es algo muy delicado, y ese hombre está en deuda conmigo, así que ha llegado el momento de cobrarme ese favor.

Jed prometió que la vería pronto y colgó.

Andrews miró a Nora.

—He estado hablando con Hester mientras la atendían los sanitarios. Me ha dicho que cerrará la panadería si necesita que vaya con usted.

Al oír aquello, a Nora se le hizo un nudo en la garganta de la emoción. Negó con la cabeza a modo de respuesta.

—Supuse que diría eso, así que le he dicho que no hacía falta y que June y Estella también debían seguir con su trabajo. A Estella me costó convencerla. —Andrews sonrió—. No le parecía que los retoques de las raíces de la señora Henderson fueran importantes comparados con lo ocurrido esta mañana, pero la mujer la amenazó con decirle a todas sus amigas de la Sociedad del Sombrero Rojo que se buscaran una nueva estilista si Estella le anulaba la cita.

Nora no quería que sus amigas perdieran el día en la sala de espera de un hospital. Ninguna podía permitirse faltar al trabajo.

—¿Y qué hay de Griffin? ¿Puede contarme algo?

Andrews accedió encantado.

—La idea que tuvo usted de manchar con sangre el reloj y volver a limpiarla para que apareciera luego con luminol fue brillante. Tal como usted y el *sheriff* habían pronosticado, Kingsley dio el cambiazo. Es increíble que tuviera un reloj idéntico ya preparado por si surgía la oportunidad de intercambiarlos.

—¿Por qué? ¿Hay algo dentro del reloj? —preguntó Nora. No quería hablar porque, al hacerlo, se le estiraba la piel alrededor de la boca y le tiraba de la mejilla, pero necesitaba saber algunas cosas.

—Kingsley no ha querido decirlo. No ha dicho casi nada, solo ha citado una frase de ese libro, *Las mil y una noches*.

Por alguna razón inexplicable, Nora se sintió aliviada al saber que a Griffin de veras le gustaba la colección de relatos árabes. Puede que El Genio Virtual se hubiese construido sobre la base de la mentira y el engaño, pero la librera quería que aquellas frases enmarcadas significaran algo para alguien. No soportaba la idea de que se utilizaran citas literarias con el único propósito de que sirvieran de decorado para El Genio Virtual.

—Como le gustan los libros, supongo que querrá oír la cita —dijo Andrews—. «Contempla cómo arde tu mundo, luz de mi corazón. Mañana encontraremos otro y también lo quemaremos».

Nora vio desfilar el paisaje por la ventanilla. Las laderas de las montañas seguían teñidas de una luz dorada, pero los tonos ya no eran tan intensos como los de primera hora de la mañana. El brillo deslumbrante se había desvanecido, y aunque el lienzo de colores otoñales seguía siendo precioso, ahora era una paleta mucho más apagada.

La transformación le recordó el famoso poema de Robert Frost.

Así se hunde el día en el amanecer.
Nada hecho de oro puede permanecer.

El verso que mencionaba el oro hizo a Nora centrar sus pensamientos en el misterioso reloj de bolsillo. ¿Estaría el reloj relacionado con la cita de Griffin? ¿Había sido Tamara la luz del corazón de Griffin? De ser así, Nora no creía que el sentimiento fuera correspondido. Tamara parecía incapacitada para amar, pues el amor requería de cierta generosidad, cierto elemento de desinterés, y la mujer era demasiado esclava de las injusticias que había sufrido a lo largo de su vida como para compartir su corazón con otro ser humano.

Amanda Frye, en cambio, se había enamorado de su vecino. Abilene había contado a las integrantes del Club Secreto de la Lectura y la Merienda que ambos habían empezado siendo amigos y que luego, con el tiempo, esa amistad se convirtió en algo más.

Para disgusto de Amanda, su marido consiguió un trabajo en otro estado y ella se vio obligada a abandonar la felicidad que había encontrado junto a Ezekiel. Tomó la decisión correcta. La más difícil. Pero castigó a su marido y a su hijo por esa elección. Su relación y su infelicidad los fue desgastando a ambos hasta que su marido murió y su hijo se distanció de ella.

¿Y el hombre del que se había enamorado? Al final la traicionó, dejándole muy claro que un reloj de bolsillo le importaba más que ella.

«Con razón estaba llena de amargura», pensó Nora.

—Tamara debe de tener las llaves. Ella es la asesina; fue ella quien mató a Amanda, Kenneth y Ezekiel. Y también me habría matado a mí. —Nora cerró los ojos—. Cada vez se le daba mejor. La rabia acumulada fue yendo en aumento hasta ser capaz de empujar a un hombre por una barandilla y apuñalar a otro por la espalda.

Ese relato tan breve le provocó unas punzadas de dolor en la mejilla. La piel de las cicatrices no era como la piel sana, sino que estaba inflamada, era suave como el pétalo de una flor y tan frágil como una concha marina.

A pesar del dolor, estaba decidida a continuar su relato. Esperaba que sus palabras pudieran ayudar a acelerar la puesta en libertad de Abilene.

Andrews, consciente de los dolores que atenazaban a Nora, solo le hizo las preguntas pertinentes, sin interrumpirla, mientras la escuchaba atentamente. Cuando Nora terminó, ya habían llegado al hospital.

—No quiero entrar ahí pensando que faltan aún horas para que pongan en libertad a Abilene —murmuraba Nora en ese momento. No solo sentía un malestar muy agudo, sino que la preocupación, la confusión y el *shock* por los acontecimientos de los últimos días la habían dejado completamente agotada. Al igual que el libro que había descubierto en casa de Amanda, se sentía vacía por dentro.

Andrews sacó su teléfono y le mostró la pantalla. Hester le había enviado un mensaje de texto diciendo que se dirigía a la comisaría para recoger a Abilene. Pensaba llevar a su nueva amiga a casa y quedarse con ella el resto del día.

—Supongo que al final habrá cerrado la Gingerbread House —dijo Andrews mirando a Nora con una sonrisa tranquilizadora—. Abilene se pondrá bien. Ahora tengo que encargarme de usted. Ya ha oído al *sheriff:* como no la atiendan bien en el hospital, me arrancará la cabeza. ¿Y cómo voy a terminar el resto de las novelas de Orson Scott Card sin cabeza?

Nora abrió la puerta.

—No me haga sonreír, que me duele —dijo, sonriendo de todos modos. Solo un poco.

Jed encontró a Nora en la sala de espera de urgencias. La besó con ternura en la mejilla intacta y la ayudó con los formularios de admisión. Una vez dentro de la consulta, Jed le presentó a su amigo, un hombre de origen indio, alto y elegante, que se llamaba doctor David Patel. El médico le explicó que era especialista en reconstrucción facial y que era famoso por corregir cicatrices de quemaduras. Siguió explicándole que los injertos de piel no daban los mejores resultados y que él prefería los *flaps* faciales, los expansores cutáneos y la tecnología láser.

Intuyendo que tal vez a Nora le costaba seguir sus explicaciones, le puso una mano en el hombro y optó por ser más escueto.

—En resumidas cuentas: necesita cirugía plástica, y me gustaría ser su cirujano. Puedo reparar el daño que ha sufrido hoy y mejorar el aspecto de sus cicatrices antiguas. Solo tiene que rellenar otra tanda de formularios y podremos ponerlo todo en marcha.

Nora rellenó más papeles. Se sentía incorpórea e ingrávida, como se había sentido desde el instante en que entró en el hospital. Rellenó el formulario sin asimilar nada de lo que leía. Luego se puso una bata de hospital y Jed se sentó a su lado y la cogió de la mano.

—No he llamado a David porque necesites ninguna mejora —dijo—. Cada parte de ti me parece preciosa, cada centímetro de tu piel. —Le frotó la palma de la mano con la yema del pulgar—. Le he llamado porque solo un artista debería poder tocar tu cara. Nadie sino el mejor. Nadie más es lo bastante bueno para ti.

Al cabo de unas horas, una enfermera estaba inyectando una sustancia farmacológica en la vía intravenosa de Nora.

Los fármacos eran como una invitación silenciosa a abandonarse en brazos del sueño, invitación que aceptó de buen grado. No recordaba la última vez que había estado tan cansada.

A medida que los fármacos se desplazaban por sus venas, los ruidos de la habitación iban apagándose, al igual que la oscuridad tras los párpados de Nora, tan profunda como el negro abismo del espacio exterior.

Segundos antes de quedarse dormida, una frase de Hermann Hesse afloró a su mente: «Hay quienes piensan que lo que nos hace fuertes es aferrarnos a algo, pero muchas veces es renunciar a ese algo y dejarnos llevar».

Y con el tacto cálido de la mano de Jed sobre la suya, Nora se dejó llevar.

CAPÍTULO DIECIOCHO

Debo valerme por mí misma si quiero conocerme
y conocer el mundo que hay ahí fuera.
Por eso no puedo seguir aquí contigo.

HENRIK IBSEN

Nora abandonó el hospital con una batería de instrucciones del doctor Patel y un recordatorio de que volvería a verla para someterla a distintas intervenciones de seguimiento. Cuando Nora señaló que no podía permitirse esas intervenciones, el médico le contestó que Jed le había salvado la vida a su hijo una vez. Desde entonces había tratado de encontrar una oportunidad de agradecérselo.

—Bueno, pues ahora tengo esa oportunidad —le había dicho el cirujano.

Cuando Jed dejó a Nora en la Casita del Vagón de Cola, se duchó, se cambió de ropa y abrió la librería con la esperanza de hacer algo de caja antes de que acabara la jornada. Sin embargo, lo cierto es que en el fondo no estaba preocupada por su negocio. Como tampoco le preocupaba su cara vendada. Su única preocupación era Abilene. Había llamado a Hester y se alegró al saber que la joven había vuelto a trabajar en la Gingerbread House.

—Por fuera, parece estar bien —le dijo Hester—. Pero es imposible que esté bien, aunque yo no sé qué hacer por ella.

—Podría necesitar una ayuda que nosotras no podemos ofrecerle.

Para sorpresa de Nora, Hester estuvo de acuerdo con ella.

—Yo también lo pienso, por eso le he pedido a June que hablara con un psicólogo del hotel.

«Cuanto antes mejor», pensó Nora, mirando hacia el escaparate. Abilene había creado una niña transparente hecha de cinta de embalar transparente. Una niña que sujetaba un globo transparente de plástico de burbujas. Lo único con colorido del escaparate eran los libros.

A Nora le llamó la atención que Abilene hubiera hecho un autorretrato de ella misma en el escaparate de la librería. La escena era hermosa y etérea, pero también tenía otra cara: ahora que Nora conocía la historia de Abilene, veía una intensa soledad en la chica invisible rodeada de libros, su única vía de escape.

Sonaron las campanillas de la entrada, sacando a Nora de su ensimismamiento. Al volverse, vio al *sheriff* McCabe en la puerta de la tienda.

—Se me ha ocurrido pasarme por aquí un ratito a tomar un café y charlar un poco —dijo McCabe—. ¿Es buen momento?

—Cierro en diez minutos, así que perfecto.

Nora guio al *sheriff* hasta la taquilla. El policía pidió un DanTÉ Alighieri y le dijo que se lo pagaría más tarde, puesto que pensaba comprar también algunos libros.

Teniendo en cuenta las escasas transacciones comerciales de ese día y el anterior, a Nora le gustó oír eso. Le sirvió el té en una pesada taza con el texto LEY Y ORDEN EN UN LADO y ¡DUN DUN! EMOCIÓN, INTRIGA, DOLOR DE BARRIGA en el otro.

El *sheriff* McCabe soltó una carcajada cuando vio el reverso de la taza. Repitió el famoso efecto sonoro y le dijo a Nora que había visto todos los episodios de la afamada serie policíaca.

Se acomodó en la silla de June y se llevó la mano a la mejilla.

—¿Cómo lo tienes?

—Dolorido —respondió ella. Se había preparado un café Agatha Christie, pero estaba demasiado caliente para bebérselo. Lo dejó a un lado y cruzó las manos sobre el regazo—. Pero hoy me cuesta menos hablar que ayer.

McCabe sonrió.

—Bien. Dímelo si te hago hablar demasiado, ¿de acuerdo? —Satisfecho al ver el gesto de asentimiento de Nora, siguió hablando—. Tamara Beacham (prefiero referirme a ella por su alias) ha confesado los asesinatos de Amanda Frye, Kenneth Frye y Ezekiel Crane. Tardamos horas en conseguir que hablara, pero al final nos lo contó todo con la esperanza de obtener una reducción de condena.

—Buena suerte con eso, bonita —murmuró Nora en tono sombrío.

Podía sentirse identificada con la rabia de Tamara ante el hecho de haber sido engañada por un hombre en quien confiaba. Nora también había sido víctima de un engaño; su cólera había sido tan desmedida que había estado a punto de matar a dos personas por su culpa. Como una insensata, Nora había actuado en caliente, llevada por la rabia del momento, pero Tamara había trazado unos planes muy minuciosos y deliberados para vengarse. También estaba motivada por la codicia. Sabía que el reloj de bolsillo de Ezekiel era valioso y era capaz de cualquier cosa por hacerse con él.

—Griffin Kingsley se ha declarado culpable de cómplice de asesinato y también de múltiples cargos de fraude —continuó McCabe—. Su vida nómada se ha terminado. Se acabó viajar de pueblo en pueblo estafando a personas inocentes y desprevenidas. Aunque era inteligente en muchos aspectos, Beacham no supo camuflarse lo bastante bien para evitar que Ezekiel Crane la encontrara. Siempre fue una estafadora y encontró otro hombre con quien compincharse. No fue una buena decisión por parte de Kingsley.

—¿Y qué hay del reloj? —Nora hizo la pregunta que la atormentaba desde hacía días—. ¿Tamara tenía las llaves?

McCabe esbozó una sonrisa más amplia aún.

—Así es. Y sí, lo abrimos. —Colocó su teléfono sobre la mesita de centro con la superficie de espejo y lo giró para que Nora viera la pantalla sin dificultad—. Pensé que te gustaría presenciar ese momento por ti misma.

Al darse cuenta de que tenía que ver un vídeo, Nora cogió su taza y se inclinó hacia delante.

McCabe pulsó el botón de «Play» y una imagen del reloj de bolsillo de oro con la cabeza de carnero llenó la pantalla. Los dedos de una mujer, largos y delgados, luciendo una elegante manicura francesa, aparecieron en el encuadre.

—Es la ayudante Wilcox —explicó McCabe.

Wilcox pulsó el botón situado en la parte superior del reloj y la tapa se abrió. Con la esfera al descubierto, la ayudante del *sheriff* introdujo una llave en el primer orificio, cerca del tres en números romanos. Introdujo otra llave en el segundo, cerca del número nueve, y colocó la última llave en un pequeño orificio situado en el centro de la esfera del segundero. Luego la giró suavemente.

No pasó nada o, al menos, nada evidente para Nora.

La ayudante debió de percatarse de algo, porque se ayudó con los extremos de las uñas para levantar con cuidado la esfera del reloj. Debajo, incrustadas en el espacio donde se alojaban los elementos mecánicos, había unas cuantas piedras preciosas de reducido tamaño.

El haz de luz de una linterna iluminó el reloj y las piedras preciosas brillaron como ascuas encendidas.

—¿Son rubíes? —preguntó Nora, absolutamente embelesada.

McCabe señaló el teléfono y Nora vio otra mano depositar una bandeja encima de la mesa. La ayudante Wilcox dio la vuelta al reloj de bolsillo y las piedras preciosas rojas cayeron deslizándose sobre la bandeja. Luego señaló el reloj y el haz de la linterna enfocó de nuevo la cavidad. Nora vio unas letras grabadas en cursiva que formaban una serie de palabras. Movió la boca al leer el mensaje grabado en el interior del reloj:

Para Hannah,
Nuestro mayor tesoro.
Te querremos siempre,
Mamá y Papá

Nora no era una persona sentimental, pero se le saltaron las lágrimas al leer las palabras de los padres a su hija. ¿Cuántos años habían pasado desde que grabaran aquel mensaje en el interior del reloj? ¿Cuánto tiempo había permanecido oculto, sin que Abilene lo supiera, hasta el día en que Amanda Frye lo descubrió? ¿Qué diferencia habría supuesto un mensaje así para una niña que creía que nadie la había querido nunca?

Ninguna.

No habría cambiado nada.

—Localizamos el bufete de abogados que gestionó el testamento de Joseph y Caroline Tupper y organizó la asignación de la custodia de Hannah a Ezekiel Crane. Joe y Caroline eran hijos únicos, así que Ezekiel era su pariente más cercano. Era primo segundo de Caroline y no estaban muy unidos. Como muchos padres jóvenes, los Tupper no creían que su hija fuera a acabar criándose junto a un extraño. Simplemente pusieron el nombre de Crane porque era la opción más lógica.

—¿Fue así como el reloj de bolsillo terminó en Texas? ¿El bufete de abogados se lo dio a Ezekiel? —quiso saber Nora.

McCabe cogió el teléfono.

—El bufete se lo envió por correo. Lo hizo en dos partes. La primera, el reloj de bolsillo, se envió en el décimo cumpleaños de Hannah, a petición de sus padres. Aunque el paquete iba dirigido a la niña, suponemos que Crane lo abrió. El segundo envío, cuya entrega estaba programada para cuando Hannah cumpliera los dieciocho años, contenía las llaves del reloj.

—Hizo una pausa y pareció pararse a pensar si debía añadir algo más.

—¿Ahora viene algo peor? —adivinó la librera.

En el rostro de McCabe no quedaba ni un asomo de sonrisa.

—Para Crane, el reloj era su billete de lotería con premio. Llevaba casi una década esperando esas llaves. Del diario encontrado en el despacho de Crane y de sus anotaciones posteriores al último cumpleaños de Hannah se desprende que planeaba matarla.

A Nora esa revelación no le sorprendió lo más mínimo.

—¿Por qué esperó las llaves? Era joyero. Podría haber forzado el reloj y sacado las piedras años antes.

—La policía de Lubbock ha leído el diario de Crane en su totalidad y según su interpretación, cuando Hannah fue a vivir por primera vez con Crane, este hecho lo desequilibró emocionalmente. No se sentía cómodo con casi nadie y apenas conseguía desenvolverse de cara al público en el trabajo. ¿Y los niños? Le aterrorizaban y le daban asco. La encerraba en el sótano para poder hacer como si no viviera allí con él, a menos que le conviniera de algún modo. En cuanto al reloj de bolsillo, escribe sobre él a todas horas. Suponía que contenía algo valioso, basándose en el peso del reloj y en la historia de la familia Tupper, cuya principal actividad había sido la extracción de gemas africanas. Sin embargo, no sabía qué tipo de gemas había dentro. Pasó años fantaseando sobre cómo cambiaría su vida después de venderlas. Proyectaba sus fantasías, pero no actuaba. Las dos personas que se interponían en su camino eran Hannah y, más adelante, Amanda Frye. En la medida de sus limitaciones, Crane sentía cierto afecto por la señora Frye. Aunque después de enterarse de que iba a ir a vivir a otra ciudad, las anotaciones en su diario pasaron a estar cargadas de amargura. También empezó a preguntarse cómo podría librarse de Hannah.

Nora sacudió la cabeza.

—Es un milagro que sobreviviera durante tanto tiempo.

McCabe se mostró de acuerdo.

—A Crane le daba demasiado miedo matarla hasta que cumplió los dieciocho. Una vez que alcanzara la mayoría de edad, la gente ya no la buscaría, aunque lo cierto es que tampoco la había buscado nadie nunca antes. Crane nunca matriculó a Hannah en la escuela y solo el bufete de abogados sabía dónde vivía. A pesar de ello, Crane vivía aterrorizado ante la posibilidad de que alguien acudiera a interesarse por Hannah. Detestaba el sonido del teléfono o del timbre. Se volvía más inestable con cada día que pasaba.

—Y entonces, Amanda se llevó el libro que contenía el reloj de bolsillo.

McCabe suspiró.

—Sí. Crane podría haber dejado a Abilene en el sótano y salir en busca del libro, pero como la mayoría de los maltratadores, era un cobarde. Cuando la señora Frye se marchó, Crane se volvió más huraño y solitario. Solo compraba piezas a gente que conocía y en la que confiaba. Su negocio a duras penas se mantenía a flote.

Nora dio un sorbo a su taza.

—Y entonces llegaron las llaves.

—Fue entonces cuando llegaron las llaves —repitió McCabe—. Llevado por la desesperación, Ezekiel decidió matar a Abilene antes de viajar a Miracle Springs. No tenía previsto regresar.

—Le devolverán los rubíes a Abilene, ¿verdad? ¿Y el reloj?

La sonrisa de McCabe volvió a asomar a su rostro.

—Sí. El reloj de bolsillo y su contenido son suyos. Sin embargo, las piedras preciosas no son rubíes. ¿Quieres ver otro vídeo?

Perpleja, Nora lo animó a volver a sacar el teléfono.

—Es más impresionante verlo en una pantalla grande. ¿Podemos usar tu portátil?

Nora se apresuró a cogerlo. Inició sesión y se lo entregó a McCabe. Este no le dejó ver lo que había escrito en el recuadro de búsqueda de Google, pero se dio cuenta de que había encontrado un vídeo sobre piedras preciosas.

Nora pulsó el botón de reproducción y una mujer con voz sedosa empezó a hablar.

—Este es el diamante más raro de todos —dijo—. El diamante Fancy Red. Hay tan pocos diamantes rojos naturales que son muy codiciados. En 1987, un diamante rojo pulverizó todos los récords en cuanto al precio por peso, alcanzando la asombrosa cifra de 926 000 dólares por quilate.

Nora pulsó el botón de pausa.

—¿Me estás diciendo...?

—Exacto —contestó McCabe con cara de satisfacción—. El reloj de bolsillo contenía pequeños diamantes rojos valorados en una considerable fortuna. Joseph Tupper es descendiente de un Tupper sudafricano que tenía una importante participación en una mina de diamantes. A Joe no le gustaban las piedras, pues pensaba que se las habían robado a los legítimos propietarios de las tierras y, por tanto, de los diamantes. Tras heredarlos de su padre, los guardó para su hija.

Demasiado asombrada para responder, Nora se quedó mirando la pantalla del ordenador. La imagen congelada del diamante rojo le devolvió la mirada. Una vez más, Nora pensó en el resplandor de unas brasas.

—¿Lo sabe Abilene?

—Andrews está en la panadería ahora mismo. Pensé que no le iría nada mal recibir buenas noticias para variar. Y he pensado que a ti te pasaría igual.

Nora no podía imitar la sonrisa del *sheriff* por culpa del vendaje en la cara, pero la alegría ante aquel descubrimiento le recorrió todo el cuerpo con una calidez tan intensa y poderosa que soltó su taza de café. Ya no necesitaba consuelo. Abilene era rica. Y lo que era más importante, los padres de Abilene habían enviado desde la tumba un mensaje de amor, un mensaje que habían hecho grabar en oro. Abilene podría leerlo una y otra vez durante el resto de sus días.

Nuestro mayor tesoro.

—Creo que el mensaje de sus padres significará mucho más para ella que una montaña de diamantes —comentó Nora apartando sus ojos húmedos del *sheriff*.

—Yo también lo creo —dijo McCabe. Llevó su taza de té a la repisa de la taquilla. Aquello no era necesario, pero era evidente que quería dar tiempo y espacio a Nora para que recobrase la serenidad—. Andrews ha trabajado incansablemente para localizar el pueblo natal de Abilene. Tras mantener conversaciones con el antiguo bufete de abogados de sus padres, consiguió averiguar su dirección. Habló con una docena de vecinos y encontró el nombre de la iglesia a la que asistían los Tupper. Muchas personas recordaban a la familia. Dos de esas personas fueron la pareja a la que confiaron el cuidado de Abilene mientras sus padres se iban de viaje con las misiones de la iglesia. Nora se había olvidado de esa pareja.

—¿Y por qué no se ocuparon de ella después? ¿No les importó que hubiera perdido a sus padres? ¿Que su mundo se hubiese derrumbado y la hubiesen enviado a vivir con un extraño?

—Ellos también tenían sus propios problemas —explicó McCabe—. El marido sufrió un accidente de coche y perdió las piernas. Debido a su discapacidad, también perdió el trabajo. Por suerte, algunos miembros de su iglesia se ofrecieron voluntarios para ayudarles con las comidas y el transporte. Según las pesquisas de Andrews, la pareja sigue recibiendo un gran apoyo de la comunidad eclesiástica.

—Parece un lugar especial —dijo Nora.

McCabe asintió.

—Así es. El caso es que esa pareja, los Huber, están deseando hablar con Abilene. Quieren decirle lo mucho que la querían sus padres y esperan poder compartir con ella muchas historias y anécdotas. —Dirigió a Nora una mirada inquisitiva—. ¿Crees que estaría dispuesta a hablar con ellos?

—De momento, no lo creo. Necesita tiempo para asimilar todo lo que le ha pasado. También necesita ayuda profesional. June ha estado preguntando en el hotel para encontrar a un terapeuta adecuado. Hablando de encontrar cosas, ¿qué libros estás buscando?

—Abilene me sugirió que leyera esto. —Sacó un papel y se lo dio a la librera—. Dijo que los dos eran clásicos y que eran lecturas absolutamente imprescindibles, así que voy a seguir su consejo.

Nora leyó los títulos que había escrito Abilene en el papel: *La bruja de Blackbird Pond* y *Casa de muñecas*.

Sin saber si reír o llorar, la librera dobló el papel por la mitad e indicó a McCabe que la siguiera a la sección de obras teatrales.

—Tengo unas preguntas sobre cómo pudo Tamara llevar a cabo los asesinatos —dijo Nora mientras caminaban entre los libros.

—Vale, si puedo, te las responderé —dijo McCabe.

Nora echó un vistazo a la cubierta de un libro de cocina en el que aparecía un surtido de quesos artesanos y los utensilios con los que servirlos.

—¿Robó el cuchillo de la Gingerbread House en horario comercial?

—Efectivamente. La señora Beacham entró colándose en el grupo de un autobús lleno de clientes y esperó a que Hester empezara a atender los pedidos antes de escabullirse a la cocina. No le importaba si Hester o Abilene cargaban con la culpa del asesinato de Crane. No le importaban un comino ninguna de las dos.

Nora frunció el ceño.

—Veo que sus reflexiones feministas solo le valen para ella misma. Cuando se trata de apoyar los derechos e intereses de otras mujeres, Tamara es un absoluto fracaso, además de despreciable.

—Sería capaz de arrojar a cualquiera a las ruedas de un autobús con tal de salvar su propio pellejo, fuese del género que fuese. No nos olvidemos de Kingsley tampoco. Después de años de compartir negocios con ese tipo, no dudó un minuto en decirnos cómo engañaban a sus clientes. Juntos, han robado cientos de objetos de valor. Después de amasar una bonita fortuna, los socios hacían las maletas y se marchaban. Se quedaban con los bienes robados y se trasladaban a otro pueblo cuyos habitantes estaban atravesando una crisis económica. Eran ladrones e iban detrás de los lugares donde hubiese ocurrido alguna calamidad.

—Por eso Tamara no llegó a publicar el anuncio de la caja antigua de Jack —exclamó Nora en voz baja—. Era pequeña, fácil de transportar y valía varios miles de dólares. Cuánto me alegro de que la haya recuperado. Va a ayudar a mucha gente con ese dinero.

Llegaron a la sección donde Nora guardaba las obras dramáticas y otros textos y documentos relacionados con el teatro.

—Tengo dos ejemplares de *Casa de muñecas*, cada uno con una cubierta diferente, así que te dejaré elegir.

—Hazme otra pregunta mientras elijo —dijo McCabe.

—De acuerdo. Si lo que me contó Tamara es cierto, fue a casa de Amanda con el pretexto de charlar amigablemente con ella. Es muy probable que el mero hecho de mencionar Lubbock ya le permitiese acceder a la casa. Es evidente que esperaba ganarse la confianza de Amanda y descubrir dónde estaba el reloj de bolsillo. Si no amenazó a Amanda, ¿cómo la obligó a escribir una nota de suicidio?

McCabe eligió la versión de Penguin Classics de la obra de Ibsen.

—Yo le hice la misma pregunta y la respuesta fue sorprendente. En realidad, la nota de suicidio era un fragmento recortado de una carta que la señora Frye escribió a Crane, pero que nunca llegó a enviar. Mientras se tomaban una infusión de hierbas, la señora Frye le habló a Tamara sobre su relación con él e incluso llegó a mencionarle esa carta, que no había llegado a enviarle, y que guardaba en su mesita de noche. Más tarde, cuando las pastillas del té adulterado hicieron su efecto sobre la señora Frye y Tamara la empujó al estanque, volvió a la casa y preparó la escena del suicidio en la cocina. Y como sin duda también te estarás preguntando, la razón por la que no registró la casa en ese momento fue porque el vecino dejó salir a sus perros a la calle. A Tamara Beacham le aterrorizan los perros. La mordieron cuando era muy pequeña y los ladridos la hicieron entrar en pánico.

Nora miró fijamente al *sheriff*.

—¿En serio? ¿Por eso no volvió a la casa más tarde? Podría haber entrado y dejarlo todo patas arriba hasta encontrar el reloj.

—Tras la muerte de la señora Frye, tenía miedo de que la vieran los vecinos o alguno de los agentes de mi departamento. Necesitaba que el señor Frye registrara la casa por ella, pero no quería que supiera lo del reloj. Temía que se lo quedara, así que le dijo que cogiera todos los libros que pudiera de casa de su madre. Frye se enfadó con ella en el festival porque sospechaba que la mujer le estaba mintiendo, que había algo con más valor que los libros en casa de su madre. Ella prometió contárselo todo esa noche en su cabaña, pero ya sabemos cómo acabó esa historia.

—Pero ¿cómo supo Tamara lo del reloj de bolsillo, para empezar? —preguntó la librera mientras se dirigía hacia la sección de ficción.

—Estaba con Crane cuando él lo recibió por correo. Tenía que firmar él para que le entregaran el paquete, por eso el bufete se lo envió a la tienda. Estaba tan alterado cuando lo recibió que ella supuso que el contenido debía ser muy valioso. No sabía nada de las gemas, pero tras investigar sobre la cabeza de carnero, descubrió que era un símbolo de la familia Tupper. Cuando se enteró de que la familia estaba relacionada con una mina de diamantes sudafricana, llegó a la conclusión de que la esfera del reloj debía de llevar incrustaciones de diamantes de valor incalculable.

—Pues no andaba muy desencaminada —señaló Nora. Tamara Beacham no le caía bien, pero admiraba su inteligencia.

Nora sacó de la estantería su único ejemplar de *La bruja de Blackbird Pond* y se lo dio al *sheriff*. El hombre llevó los libros al mostrador de caja, sacó la cartera y se detuvo.

—También me gustaría comprar un ejemplar del libro ese del que Andrews no para de hablar. ¿Cómo se llama...?

—¿*El juego de Ender*? —adivinó Nora.

McCabe chasqueó los dedos.

—Ese es. Espero encontrar tiempo para leerlos las próximas semanas, pero así estaré impaciente por llegar a casa y ponerme a leer al final del día.

—Sé que prefieres los audiolibros, así que te agradezco el esfuerzo. También te agradezco todas las explicaciones y las respuestas —dijo Nora—. Me encantan los misterios, pero solo en formato libro.

El *sheriff* pagó los ejemplares y cogió su bolsa.

—El departamento está en deuda contigo, Nora. Supongo que los rumores son ciertos. Miracle Springs es el hogar de un grupo de superheroínas. —McCabe le guiñó un ojo y salió de la tienda.

«Maldita sea —pensó Nora, observando cómo se cerraba la puerta tras él—. Ahora nunca nos vamos a quitar de encima el apodo de Ángeles Nocturnos».

El Club Secreto de la Lectura y la Merienda se reunió en casa de Hester para compartir una copiosa cena a base de chili de lentejas y pan de harina de maíz.

A Nora le encantaba la casita de estilo victoriano de Hester porque por fuera parecía una tarta helada. El interior era igual de coqueto y Nora nunca había visto una cocina tan acogedora. Las paredes de color amarillo mantequilla estaban repletas de latas *vintage*, moldes para magdalenas y carteles publicitarios anunciando productos como el helado Hershey o las galletas saladas Ritz. Una docena de delantales colgaban del perchero junto a la puerta. Al ver a Nora, Hester le hizo un gesto para que cogiera uno.

—Te toca trabajar —le dijo a Nora—. Estoy enseñando a Abilene a hacer pan de maíz en una sartén de hierro fundido. Me encanta hacerlo así.

—¿Tengo la llama demasiado fuerte? —le preguntó Abilene a la panadera. Llevaba un delantal a cuadros azules y blancos y el pelo recogido en una coleta alta. Parecía una niña pequeña.

Hester le repitió sus instrucciones, dejó a la chica en los fogones y dio órdenes al resto de sus amigas. A Estella le pidió que pusiera la mesa y a June que preparara el chili.

Las mujeres se desplazaban por la cocina contando sus anécdotas del día. Habían optado por la conversación ligera a propósito, pasando de puntillas por los recientes asesinatos, las detenciones de Tamara y Griffin, el reloj de bolsillo y el descubrimiento de los diamantes hasta que el chili estuvo listo. Hester le dijo a Nora que sirviera el chili en boles y los distribuyera.

—Añadid los ingredientes que queráis, coged un trozo de pan de maíz y sentaos —les dijo la panadera alegremente.

Cuando le tocó el turno a Abilene, cogió el bol que le ofrecía Nora. En lugar de añadirle algún tipo de guarnición, dejó el bol sobre la encimera y, volviéndose hacia la librera, la rodeó con los brazos y la estrechó con fuerza. No dijo nada. No eran necesarias las palabras.

Las dos mujeres se abrazaron durante unos segundos hasta que Abilene la soltó, cogió su bol y se dirigió a la mesa.

June era la siguiente en la cola del chili.

—No te pongas a llorar encima de mi chili —la regañó—. No me hace falta más sal, que me sube la presión arterial.

Nora se echó a reír. Sintió que toda la tensión que le había atenazado el cuerpo hasta entonces se disipaba al fin. Allí en la cocina de Hester, rodeada del aroma de la cayena, la salsa de tomate, el pan de maíz recién hecho y la mantequilla fundida, era imposible no sentir la calidez del cariño, por dentro y por fuera.

Cuando todas hubieron probado el chili, June miró a Abilene.

—Cielo —le dijo—, hoy he hablado con una amiga. Es terapeuta en el hotel y su trabajo consiste en ayudar a personas como tú, y con eso me refiero a personas que han pasado por experiencias muy traumáticas. Es la doctora Lisa. Es muy agradable y le gustaría conocerte. Va a venir aquí para hablar contigo. Así es como funciona. Si te parece bien, le gustaría verte el lunes.

Abilene miró a Hester.

—¿Crees que debería hablar con ella?

—Sí —respondió—. Plantéatelo como una oportunidad de hacer una nueva amiga.

Abilene seguía sin mostrarse convencida. Se dirigió de nuevo a June.

—Cuando estuve en el hospital, me pidieron que rellenara un montón de formularios. No pude, por supuesto. No hablé con nadie durante el tiempo que estuve allí, pero oí a las enfermeras murmurar y decir que iban a llamar a la policía. Luego me explicaron que estaban obligadas por ley a llamar a las autoridades después de ver mis hematomas y la fractura de costilla. El único motivo por el que acabé en ese hospital fue porque me desmayé en el baño de una gasolinera.

—Las fracturas de costilla duelen un montón —señaló Estella—. Me las han fracturado dos veces y me las han roto otra más.

El tono pragmático y desenfadado de Estella pareció reconfortar a Abilene, quien veía en Estella un alma gemela superviviente.

—No sé si fue el dolor y el hambre —dijo Abilene—. El día que me escapé de casa para huir de mi tío... cuando bajó al sótano, supe que iba a matarme. Me defendí, pero no soy muy fuerte. Me hizo bastante daño. —Hablaba deprisa, expulsando las palabras—. Cuando me tiró al suelo, pensé que ya estaba, que era el fin. En medio de una especie de nebulosa, vi un libro debajo de la cama y le golpeé con él. Le golpeé una y otra vez hasta que dejó de moverse. Entonces, subí las escaleras y le cogí el dinero de la cartera. Él iba en autobús al trabajo, así que fui andando hasta la parada y me subí al primer autobús. Cogí varios en dirección este hasta que me quedé sin dinero. El resto ya lo conocéis.

Como ninguna de las mujeres supo romper el silencio que siguió a sus palabras, se concentraron en la comida.

A Nora no le gustó que la mención del tío de Abilene hubiese absorbido parte de la calidez de la estancia; quería despojarlo de ese poder de una vez por todas.

—Cuando las cosas se calmen un poco, podrás cambiarte el nombre legalmente —dijo Nora—. Si es eso lo que quieres.

Tras quedarse pensativa durante largo rato, Abilene habló al fin:

—No quiero el nombre que me puso mi tío. Elegí Abilene para mí, pero no quiero deshacerme del nombre que compartí con mis padres, así que combinaré los dos.

June dejó escapar un suspiro

—Me parece perfecto, cariño.

Las mujeres terminaron de cenar y Estella, Nora y June se ofrecieron a recoger la cocina.

Cuando la cocina volvió a estar limpia, Hester pidió a Abilene que sacara la basura.

En cuanto la joven salió a la calle, Hester se fue corriendo de la cocina hacia su dormitorio y volvió cargada con un pastel.

—Abilene nunca ha tenido una fiesta de cumpleaños, ni tampoco tarta. Vamos a cambiar eso esta noche —anunció—. Estella, enciende las velas. June, trae unos platos. Nora, coge unos tenedores. ¡Deprisa!

En cuanto la chica volvió a entrar en la cocina, Hester apagó las luces. Las dieciocho velas de la tarta de Abilene crearon un suave halo en el centro de la mesa.

—Esto es para ti —le dijo la panadera—. Es una tarta de cumpleaños. La tradición es pedir un deseo y apagar luego todas las velas de un soplido. ¿Quieres intentarlo?

Los ojos de Abilene brillaron de asombro.

—¿Tengo que decir el deseo en voz alta?

June negó con la cabeza.

—Es mejor guardárselo para una misma.

—Vale, ya he formulado mi deseo. —Abilene sonrió tímidamente—. ¿Apago las velas?

Estella señaló el pastel.

—A menos que quieras que te cantemos, pero te lo advierto: no soy ningún ruiseñor.

Hester le dio un codazo.

—Vamos a cantarle.

Las integrantes del Club Secreto de la Lectura y la Merienda le cantaron *Cumpleaños feliz* a la chica que había ido a esconderse a una librería donde la encontrarían cuatro mujeres que rápidamente acabarían convirtiéndose en una especie de hermanas para ella.

Sopló todas las velas y sonrió entre aplausos.

Cuando Hester cortó la tarta, estallaron en una nueva ronda de bulliciosos aplausos al descubrir que, bajo la crema de vainilla, había varias capas de bizcocho de colores. Todo un arcoíris de pastel dividido por finas cintas de glaseado.

—¿Cuál es tu color favorito? —le preguntó June a Abilene.

La chica adoptó una expresión lejana con la mirada.

—Antes era el azul porque nunca veía suficiente cielo, pero ahora me gusta otro color. El libro que había debajo de mi cama, el que me ayudó a escapar, era de la señora Frye. Ella se lo prestó a mi tío, pero él nunca llegó a verlo. Yo lo cogí y lo escondí.

—¿Cómo se titulaba el libro? —preguntó Nora, aunque estaba casi segura de conocer la respuesta.

—*El color púrpura* —respondió Abilene.

Nora pensó en la mujer maltratada que había escapado de su cautiverio utilizando como arma un libro sobre una mujer maltratada. La conexión entre las dos mujeres y el empoderamiento tan ansiado por ambas le hizo sonreír.

—El libro adecuado puede cambiarte la vida. El libro adecuado, en el momento adecuado, puede ser tu pequeño milagro.

—Rebuscando en su bolso, sacó un paquete envuelto para regalo y se lo dio a Abilene—: Este regalo es para celebrar tu nueva vida. Y por todos los milagros que te depara.

Recordando el día en que Abilene le había citado al Dr. Seuss, Nora la vio desenvolver *¡Oh, cuán lejos llegarás!*

A Abilene se le iluminó la cara de alegría. Abrió la cubierta y se puso a leer inmediatamente.

Nora oyó el susurro de las páginas al pasarlas.

Para ella, no había un sonido más maravilloso.

EPÍLOGO

> Soy un libro de nieve,
> una espaciosa mano, una pradera,
> un círculo que espera...
>
> Pablo Neruda

Nora dio los últimos retoques a su escaparate y se apartó para admirar la escena que había recreado, inspirada en un club de lectura. Entre los miembros del club había un oso negro de peluche, un zorro rojo, una lechuza y un conejo marrón. Los animales, reunidos en torno a una mesa preparada para tomar el té, sostenían cada uno un ejemplar de *La brújula dorada*, de Philip Pullman. Detrás de la mesa había un fondo de abedules hechos de cartón y purpurina blanca. Nora había adherido unas pequeñas repisas en cada árbol, convirtiéndolos en expositores de libros que brillaban con la luz.

En los árboles había libros de temática invernal como *The Mitten*, de Jan Brett; *El largo invierno*, de Laura Ingalls Wilder; *Winter Storms*, de Elin Hilderbrand; *La niña de nieve*, de Eowyn Ivey; *Brian's Winter*, de Gary Paulsen; *Snowballs*, de Lois Ehlert y *Un día de nieve*, de Ezra Jack Keats.

Nora decidió adjuntar una foto del escaparate en su siguiente carta a Abilene, que hacía ya casi cinco meses que se había ido. A la librera le sorprendió comprobar la frecuencia con la que pensaba en aquella chica. Lo mucho que la echaba de menos.

Nadie había imaginado que la joven abandonaría Miracle Springs tan pronto, ni que su visita a un centro de recuperación en las montañas Pocono la llevaría a un traslado permanente. Abilene y la doctora Lisa llevaban varias semanas trabajando juntas cuando la chica expresó su deseo de visitar la casa de su infancia. La doctora quería que su paciente continuara con su terapia y que contara con un sistema de apoyo durante su estancia en Pensilvania, así que dispuso todo lo necesario para que Abilene se alojara en el centro de recuperación.

A la joven le encantaba el aislamiento y la sosegada belleza del centro. Le maravillaba despertarse cada día con la vista de las montañas cubiertas de nieve. Escribió a sus amigas del Club Secreto de la Lectura y la Merienda y les contó cómo habían empezado a aflorar los recuerdos de su niñez. Cada día eran más numerosos. Recordaba a su padre llevándola en trineo y a su madre dándole accesorios para su muñeco de nieve y su perrito. Recordaba que los ayudaba a cavar la tierra y a sembrar semillas, y también cuando arrancaba zanahorias y patatas del suelo. Recordaba los besos y los abrazos antes de irse a dormir, a sus padres empujándola en un columpio y la función navideña de la iglesia.

En el centro de recuperación, participó en varias terapias de grupo y se sintió muy reconfortada en compañía de personas que también habían sufrido traumas de distinta índole. Cuando hablaban de su dolor, se sentía menos sola.

Cuando por fin abandonó el centro para ir a visitar Lake Harmony, el pueblo donde había nacido, estaba deseando que la recordaran como la niña que había sido en un pasado lejano.

Y todos se acordaban de ella, sobre todo la pareja que la había cuidado mientras sus padres estaban en África. Karl y Janet

Huber estaban encantados de volver a verla. Su primera visita fue tan bien que Abilene volvió al día siguiente. Y al otro.

Los Huber la convencieron para que se mudara de su habitación de hotel al apartamento situado encima de su garaje. Una semana después, le preguntaron si quería vivir allí permanentemente. Para sorpresa de todos, Abilene aceptó.

Hacía la comida y los recados para los Huber. Todas las noches cenaban juntos. Los dos formaban una pareja cariñosa que llevaba una vida tranquila y sencilla. Sin hijos propios, Abilene se convirtió en la hija que siempre habían deseado tener.

«Aquí me siento como en casa —escribió a las miembros del Club Secreto de la Lectura y la Merienda—. Nunca hasta ahora había entendido lo que significaba esa expresión, y espero que el hecho de que lo diga no hiera vuestros sentimientos. Os debo mucho a todas. Os debo la vida. Y me importáis más de lo que puedo expresar, pero mi sitio está aquí junto a Karl y Janet. Debemos estar juntos».

Habiéndose sentido ella misma como en casa en Miracle Springs desde el momento en que se bajó del tren, Nora supo que a Abilene le había sido concedido un pequeño milagro. Doblando la carta, rezó para que experimentara muchos más.

Con el tiempo, las integrantes del Club Secreto de la Lectura y la Merienda se acostumbraron a la ausencia de la joven. La echaban de menos. Se preocupaban por ella. Pero entre cartas y llamadas, sabían que estaba bien. Mejor que bien, en realidad. Se estaba preparando para obtener el graduado en Secundaria y pensaba matricularse en algunos cursos de la universidad local.

—Parece que tiene mucha energía —había dicho Hester después de enseñarle a Nora la última carta de la chica—. Ojalá tuviera yo una gota de esa energía. La verdad es que no sé cómo me las voy a arreglar sin ella en la Gingerbread House.

June la había mirado con simpatía.

—¿Por qué no cuelgas un cartel de «Se necesita personal»? —le sugirió.

—¿Después de lo que pasó la última vez que a una de nosotras se le ocurrió algo así? No, gracias —repuso la panadera.

Las cuatro amigas, que se habían reunido para hablar de *Eleanor Oliphant está perfectamente*, devorar porciones de tarta de queso con arándanos y empaquetar otra tanda de bolsas con Detallitos Secretos, se callaron un momento para reflexionar sobre el comentario de Hester.

—Me alegro de que Abilene nos encontrara, pero ojalá no hubiera venido acompañada de todos esos desgraciados —dijo Estella—: Kenneth, Griffin, Tamara, Ezekiel. Qué manera de empezar el otoño. La mayoría de la gente celebra el Día del Trabajo o sale a recoger manzanas. Nosotras no. Nosotras nos ponemos a investigar asesinatos.

June había levantado su taza de café para proponer un brindis.

—Yo voto por que nos tomemos un descanso de tanto melodrama y centremos nuestra atención en comer y leer.

—Secundo la moción —la había apoyado Nora.

Pensar en aquella reunión le recordó que habían estado tan ocupadas con su reparto como Ángeles Nocturnos que no habían elegido un nuevo libro para su club de lectura.

Examinando de nuevo los libros del escaparate, se preguntó si debía sugerirles *Jardín de invierno*, de Kristin Hannah, o *Mientras nieva sobre los cedros*, de David Guterson.

—Unos días después de conocernos, te dije que parecías un hada —dijo una voz. Nora sonrió. Jed se le había acercado por detrás en la acera sin que ella se diera cuenta.

—Había salido a coger moras —recordó ella, volviéndose hacia él.

Jed deslizó la bota sobre el suelo cubierto de nieve.

—Ahora cuesta imaginar un día de verano, pero recuerdo perfectamente tu camisa verde. Delante de aquellos arbustos, casi te confundías con el paisaje, pero como te dije entonces, es imposible que te confundas con él: tú siempre destacarías en todas partes. —Le quitó un copo de nieve de la mejilla—. Hoy pareces una reina de las nieves: rodeada de copos y preciosa. ¿Tienes frío?

Nora le enseñó sus manoplas nuevas.

—Me las ha hecho June, a juego con mi gorro y mi bufanda. Al paso que va, podré pasarme todo el día en la calle.

—Estarías demasiado lejos de tus libros. —Jed señaló el cartel de Miracle Books—. ¿Estás lista, o tienes que hacer algo más dentro?

—Estoy lista —contestó.

En el coche, Jed se puso a hablar de los platos que quería pedir. Su entusiasmo infantil era contagioso y, aunque Nora se alegraba de ir a cenar a un restaurante con él, se sentía un poco culpable por ir a Pearl's. En su cabeza, el Pearl's era territorio exclusivo del *sheriff* McCabe. Era un lugar especial para él. Nora y el policía habían compartido otras dos cenas allí desde septiembre. Y de todos los restaurantes de la zona, era precisamente al Pearl's a donde Jed quería ir esa noche.

Pearl no pareció inmutarse por el hecho de que Nora no llegara acompañada del *sheriff*.

—¡Hola, cariño! —exclamó, corriendo hacia la mesa de Nora para darle un abrazo.

Nadie podía rechazar los abrazos de Pearl, como nadie se atrevía a rechazar el postre. Pearl era la viva imagen de la descripción que Shakespeare hace de Hermia en *Sueño de una noche de verano:* «Aunque menuda, es una fiera».

Tras saludar a Samuel, que estaba en su puesto habitual detrás de la barra, Nora le presentó a Pearl a Jed. La mujer le mostró su sonrisa eléctrica y se volvió hacia Nora.

—Nena, ese médico ha hecho un trabajo maravilloso. La última vez que te vi, aún necesitabas algunas intervenciones. ¿Ya has terminado? ¡Porque a mí me parece que sí!

La librera se rio. El movimiento ya no le provocaba dolor ni le tiraba de las cicatrices, porque ya no tenía cicatrices de quemaduras en la cara. El doctor Patel, uno de los mayores expertos del país en reconstrucción facial y cicatrices de quemaduras, había obrado milagros en la piel de Nora. No estaba del todo libre de imperfecciones, pues seguía luciendo finas marcas quirúrgicas cerca del nacimiento del pelo, pero costaba verlas. Se habían acabado los días en que la gente se la quedaba mirando fijamente.

—Sí, he terminado —respondió—. El médico ha hecho un trabajo increíble. Incluso se ha ofrecido a curarme el brazo y la mano, pero yo no le he dejado. Me arregló la cara sin cobrarme ni un céntimo, así que con eso es más que suficiente.

Pearl se cruzó de brazos.

—Parece que has encontrado a un médico con corazón, además de maña y destreza. El Señor nos pone a las personas adecuadas en nuestro camino justo cuando más las necesitamos.

—En realidad, fue Jed quien lo puso en mi camino —puntualizó Nora.

Pearl puso los ojos en blanco.

—¿Y quién crees que puso a Jed en tu camino? —Sonriendo a Jed, dijo—: Muy bien, ricuras, decidle a Pearl con qué queréis alimentar el alma esta noche.

Cuando la mujer se fue a la cocina con sus pedidos, Jed cogió la mano llena de cicatrices de Nora.

—¿Crees que te arrepentirás de decirle que no a Patel?

Nora negó con la cabeza.

—Lo que le he dicho a Pearl es una verdad a medias. No quería aprovecharme de la generosidad del doctor Patel, pero tampoco quería borrar las pruebas de mi accidente. Quiero llevar un recordatorio de lo que hice. No quiero volver a ser como esa persona. Mientras lleve las marcas de aquella noche en algún lugar de mi cuerpo, recordaré qué es lo que más importa.

Jed parecía afligido.

—Tú has renacido de las cenizas del fuego como un ave fénix, pero me encantaría borrar las cicatrices de mi madre si pudiera. Borraría el pasado si pudiera. Daría lo que fuera por verla caminar, por tirar esa maldita silla de ruedas por un barranco.

Jed le había contado a Nora los detalles del incendio en el que resultó herida su madre. Después de trabajar varios turnos dobles para cubrir la vacante de un compañero de baja por paternidad, Jed había llegado a casa a medianoche y había decidido tomar un tentempié a base de beicon y huevos. Puso media loncha de beicon en una sartén y abrió una lata de cerveza. Luego se fue al salón de la casa que compartía con su madre y encendió la televisión.

—Me quedé dormido —le había explicado, con el rostro compungido—. Estaba agotado. Pero dejé el resto de la cerveza en la encimera, justo al lado del fogón. Dejé el beicon friéndose, y además había puesto a calentar otra sartén con aceite para poder hacerme unos huevos. Mi madre estaba durmiendo y Henry Higgins estaba en su cajón, en la cocina. Era un cachorro y aún lo estaba adiestrando.

Estaban en el dormitorio de Nora, a oscuras, cuando Jed le contó el resto de su historia. Ella percibió todo el dolor de su voz, sintió cómo se expandía e inundaba el espacio que los rodeaba.

—Mi madre llevaba semanas pidiéndome que cambiara las pilas del detector de humos, pero no había tenido tiempo. Simplemente lo desenrosqué del techo para que dejara de pitar. Como mi madre dormía en el piso de abajo, tuvo que atravesar la cocina para salir de casa y escapar del fuego. Se quemó por salvar la vida a Henry Higgins. Cuando me desperté, ya había sacado al perro por la puerta de atrás, pero tenía las piernas... las manos... Las quemaduras eran terribles.

Tras el incendio, la madre de Jed empezó a recibir atención a domicilio por parte de un equipo de fisioterapeutas que acudían a la casa regularmente. Aunque el coste era muy elevado, Jed no se planteaba ninguna otra alternativa. Quería lo mejor para su madre y se mataba a trabajar para conseguirlo.

Aunque no se lo dijo, Nora supuso que había dejado su trabajo porque le daba vergüenza tener que mirar a la cara a sus compañeros. En lugar de eso, se había mudado al otro extremo del estado, donde nadie sabía nada de su historia.

Después de que él le relatara lo sucedido, Nora le había ofrecido el consuelo de su cuerpo. A la mañana siguiente, le había hecho unas tortitas de arándanos para desayunar y lo había enviado al trabajo despidiéndose con un beso tierno. No había vuelto a mencionar el accidente hasta esa noche.

Por suerte, Pearl apareció con una cesta de sus famosos *hush puppies* y Jed cambió de tema preguntando por Abilene.

—Ha empezado a trabajar como voluntaria en su biblioteca local —le explicó Nora, y continuó describiéndole lo mucho que parecía gustarle la experiencia—. Se ocupa de las devoluciones de los préstamos, de ordenar las estanterías y de otras tareas relacionadas con la biblioteca. No tiene que tratar con el público a menos que quiera, pero según lo que dice en su carta, quiere hacerlo. Le encanta estar rodeada de gente que lee libros. También le gusta el ambiente tranquilo.

—Me la imagino como bibliotecaria. —Jed cogió otro *hush puppy* de la cesta. Sonriendo pícaro a la librera, añadió—: Conozco a una mujer muy sexi que antes era bibliotecaria. Tengo fantasías con ella en las que me dice que me calle antes de llevarme detrás del mostrador de la biblioteca para...

En ese momento, la camarera apareció en la mesa para rellenar los vasos de agua y les preguntó si querían beber algo más aparte de agua.

—No, gracias —dijo Nora. Cuando la camarera se fue, miró a Jed—. Por una vez, voy a negarme a comer postre cuando Pearl nos lo intente imponer. Esta noche quiero tomar el postre en casa.

Jed le cogió la mano. Le besó la palma, haciendo que un chispazo de calor le recorriese todo el brazo.

—Me gusta mucho esa idea...

La nieve siguió cayendo durante toda la noche y hasta el día siguiente. Mientras Nora recorría la corta distancia que separaba la Casita del Vagón de Cola de Miracle Books, quedó hechizada por la imagen de las colinas blancas que se alzaban en el horizonte del pueblo. Miracle Springs estaba envuelto en un manto de silencio; el mundo entero se había convertido en un lugar más suave y apacible.

Los habitantes del pueblo, todos con las mejillas sonrosadas, salían a la calle ataviados con sus abrigos más gruesos y sus gorros y bufandas más relucientes. Todos parecían haber sucumbido al hechizo de la nieve y sonreían o saludaban con alegría al cruzarse con sus paisanos en la acera. Nora observaba estos intercambios a través del escaparate de la librería. Reconoció a la mayoría de la gente, lo que significaba que los turistas estaban durmiendo hasta tarde o desayunando cerca del fuego de alguna chimenea.

Justo después del mediodía, la gente empezó a entrar y deambular entre los anaqueles de la librería. Los clientes entraban y se resistían a salir. No quedaba una sola silla o sillón libre. Incluso el diván estaba ocupado por un hombre corpulento que hojeaba un libro ilustrado sobre los pájaros cantores americanos.

Nora corría de la taquilla de venta de billetes, donde preparaba el café y servía los bolsilibros, a la caja, para volver a sus tareas de barista en cuanto terminaba de meter los libros y los embellecedores de estanterías en las bolsas de los clientes.

A las cinco ya estaba muerta de cansancio.

En ese momento no había ningún cliente en la tienda, así que se dejó caer en una silla y volvió a plantearse la idea de contratar un ayudante a tiempo parcial.

—Solo dos o tres días a la semana para empezar —murmuró, deseando que apareciera como por arte de magia una taza de té a su lado. Una taza de té y una mantita.

Cuando sonó el tintineo de las campanillas, Nora soltó un gemido. No quería que un cliente la pillara desplomada en una silla, con cara de estar a punto de pegarse una larga siesta invernal, así que se levantó y se fue a rastras hasta la taquilla.

Para su alegría, la clienta resultó ser Hester. Se sentó en la silla más próxima y soltó un suspiro de cansancio mientras se quitaba los zapatos.

La librera preparó té para las dos y luego se sentó frente a la panadera.

—¿Un día largo?

Hester asintió.

—Me encanta lo que hago, pero algunos días son muy duros. Hoy ha sido uno de esos días. Me duele todo. —Después de dar un sorbo a su té, añadió—: La verdad es que me gustaría contratar a alguien para que me ayude unas horas cada mañana.

—¿Qué te lo impide? —preguntó Nora.

—¿Qué te lo impide a ti? —replicó Hester.

La librera se encogió de hombros.

—No estoy segura de poder confiar este lugar a otra persona. Esta tienda, estos libros, lo son todo para mí.

Hester le dedicó una sonrisa débil.

—Exacto. ¿Cómo podemos saber que estamos contratando a alguien con la cabeza bien amueblada, un buen corazón y el espíritu adecuado para nuestros negocios? Tus libros. Mi comida. Son las cosas más importantes de nuestras vidas. Quien trabajara con nosotras tendría que sentir lo mismo.

—Tendríamos que encontrar a alguien como nosotras —señaló Nora—. Lo que probablemente requerirá algo más de esfuerzo que colgar un simple cartel en un escaparate. ¿Un anuncio especial en el periódico, tal vez? Uno que describa exactamente lo que buscamos y que termine con la frase: «Holgazanes abstenerse».

Hester se echó a reír.

Las dos mujeres se tomaron el té en un agradable silencio.

Cuando Nora volvió a mirar a la panadera, su amiga estaba llorando.

—¿Qué te pasa? —le preguntó, soltando inmediatamente su té para cogerle la mano.

—Me preguntaba si podrías hacerme una sesión de biblioterapia.

Nora se quedó de piedra. Ninguna de sus amigas se había interesado nunca personalmente por su don especial.

—¿En serio?

—Sí. Necesito el tipo de ayuda que le prestarías a cualquier otra mujer que... haya renunciado a su hijo. Otras mujeres que no pueden encontrar la paz por esa razón. —Soltó un resoplido—. Esa soy yo. Fue hace tanto tiempo, Nora... Pero también es como si fuera ayer. Sigo siendo esa muchacha de dieciséis años que no pudo tener a su hijita en brazos. Sigo siendo la persona que la sintió crecer dentro de mí. Que no pudo alimentarla, ni cambiarla, ni ponerle un nombre. —Sonrió entre lágrimas—. Pero vi su cara. Era preciosa.

—Estoy segura de que sí. Y está bien que la eches de menos. Está bien estar enfadada porque no te dieron la oportunidad de decidir su futuro —dijo Nora con delicadeza—. También está bien que no sepas si quieres buscarla o no. Es un tema muy complicado y no puedo decirte qué hacer, pero puedo buscarte algunos libros que te ayudarán a encontrar el camino a tu respuesta.

Hester le apretó la mano.

—Gracias.

—No será fácil —le advirtió Nora—. No importa el camino que elijas, no hay ninguna garantía de que vayas a encontrar la paz al final. Y los libros te harán sufrir. También aliviarán tu soledad. Al final, espero que te aporten clarividencia. Pero también te llevarán más cerca de todos esos sentimientos que mantienes a distancia.

—Necesito hacer esto, Nora. El único momento en que me siento en paz es cuando estoy trabajando con el horno —dijo Hester—. En cuanto salgo del obrador, en cuanto dejo de ser un torbellino en movimiento, la sensación de paz desaparece.

La librera se levantó.

—Llévate el té a la silla de la ventana. Mira cómo cae la nieve. Coge mi manta si tienes frío. Voy a buscarte unos libros.

Normalmente, Nora seleccionaba las lecturas para una sesión de biblioterapia en veinte minutos o menos, pero aquellos libros eran para su amiga. Y su amiga estaba sufriendo. Por eso, escogió los títulos con sumo cuidado.

«La única solución es abordar el problema de frente», pensó Nora, sacando de la estantería *La hija del monzón*, de Shilpi Somaya Gowda. También sacó ejemplares de *Las normas de la casa de la sidra*, de John Irving, y *Ocho primos*, de Louisa May Alcott. Luego pasó a la sección infantil y añadió *Cuéntame otra vez la noche que nací*, de Jamie Lee Curtis, y *The Mulberry Bird*, de Anne Bradzinsky. Terminó con Ann Fessler y su ensayo con los testimonios en primera persona de varias mujeres: *The Girls Who Went Away*.

Después de dejar los libros en la caja, Nora fue a decirle a su amiga que ya había terminado de hacer su selección.

Hester estaba dormida en la silla, con la mano que sostenía la taza vacía a unos centímetros del suelo. Nora le retiró la taza con cuidado y se la llevó a la taquilla, dejándola dormir un rato más.

Sin embargo, no parecía que fuese a haber sitio para el descanso en el día de ninguna de las dos mujeres, pues se oyó de nuevo el tintineo de las campanillas y el agudo sonido efervescente de las risas infantiles se extendió por Miracle Books.

La cara de Delilah apareció al otro lado del mostrador de la taquilla.

—¿A que no sabe qué, señora Pennington? —La niña, con las mejillas sonrosadas, tenía el gorro con el pompón azul aciano salpicado de nieve.

—¿Qué? —preguntó Nora.

La niña se balanceaba sobre las puntas de los pies, llena de emoción.

—¡Harry le ha hecho un regalo!

La madre de Delilah se acercó por detrás de su hija y le puso la mano, enfundada en un guante, encima del hombro.

—Vamos a darle a Harry un poco de espacio, ¿vale? —dijo.

Al principio, parecía que la niña iba a hacer alguna objeción, pero cuando su hermanito pequeño se adelantó corriendo hacia la sección infantil, Delilah sonrió y se apresuró a seguirle. Nora los observó. Le encantaba que un niño tan pequeño supiera exactamente dónde encontrar sus libros favoritos en su tienda.

Tras haberse quitado de en medio a su hermano y su hermana, Harry se acercó a la taquilla.

En los últimos meses, Harry se había convertido en visitante asiduo de la librería. Él y su mejor amigo habían montado un negocio limpiando la nieve de la entrada de las casas y, con el récord de nevadas en Miracle Springs de ese invierno, los chicos estaban ganando dinero a espuertas. El éxito no solo había supuesto a Harry una inyección de confianza en sí mismo, sino que además ahora disponía de su propio dinero para gastos. Para regocijo de su madre, el niño se gastaba la mitad de lo que ganaba en libros.

El pequeño saludó a Nora y empezó a hablarle de su clase de dibujo y manualidades. Por alguna razón, le resultaba fácil hablar con Nora. El sentimiento era mutuo, y la librera esperaba con impaciencia las visitas del pequeño.

—Nos están enseñando la técnica del origami —dijo, entrando en todo lujo de detalles sobre su clase—. No se me dan muy bien las manualidades, pero la semana pasada hice esto. Es para ti.

Harry colocó un objeto envuelto en papel de periódico sobre el mostrador.

Nora abrió con cuidado el periódico y dejó al descubierto un ejemplar de tapa dura de *David Copperfield*. La cubierta verde del libro desechado por la biblioteca estaba agujereada por ambos extremos, y dos fragmentos de hilo de pescar de la misma longitud conectaban la cubierta con una anilla metálica.

—Así se puede colgar —explicó Harry, señalando la anilla.

Nora enganchó el dedo índice en la anilla y levantó el libro en el aire. El sedal tiró del libro hacia arriba y, aunque Nora esperaba ver las páginas abriéndose en abanico, una docena de pájaros de origami salieron de debajo de la cubierta desplegada. Cada pájaro tenía una forma, un color y un tipo de papel únicos. Entre otros, había un flamenco rosa, una grulla blanca y un pato verde brillante. Los pájaros de papel, que también colgaban del hilo de pescar, se balanceaban y se retorcían casi como celebrando su libertad.

—Es un móvil —explicó Harry—. Podría colgarlo aquí. Si quiere —se apresuró a añadir.

—Huy, sí, claro que quiero. —La librera le sonrió—. Harry, es el regalo más maravilloso que me han hecho en mi vida. Muchísimas gracias. Lo colgaré encima de la caja para mirarlo cuando quiera.

El niño estaba a punto de darse la vuelta cuando Nora le dijo que esperara un momento.

—Yo también tengo algo para ti.

—¿En serio? —Harry la miraba con unos ojos redondos de sorpresa—. ¿Un libro?

—Algo así. Tiene algo que ver con un famoso personaje de libro. Tú y él os llamáis igual. Además, me recuerdas a él porque es inteligente, divertido y amable. Bueno, el caso es que la última novedad del menú de Miracle Books lleva el nombre de los dos.

Le pidió a Harry que esperara un momento mientras le preparaba algo de beber. Unos minutos después, le obsequió con una humeante taza de chocolate caliente cubierta con una capa de nubes de arcoíris. Sobre la isla de nubes flotaba un remolino de nata montada.

Mientras el niño cogía la bebida con las manos, Nora le enseñó la pizarra del menú.

—«Chocolate caliente Harry Potter con nubes mágicas» —leyó él en voz alta.

—Eso es. Para ti, Harry, esta bebida siempre será gratis. —Nora señaló la taza que tenía en la mano, decorada sencillamente con unas gafas redondas y un rayo—. Ahora todavía está demasiado caliente para que te la tomes, así que ¿por qué no traes a tu hermano y a tu hermana y les preparo un chocolate caliente mágico a ellos también?

Harry fue a buscar al resto de su familia y la librera se dispuso a preparar las otras dos tazas de chocolate.

Delilah y su hermano pequeño aparecieron en el mostrador de la taquilla. Esperaron en silencio, aunque sus ojos chispeantes y curiosos indicaban que tal vez Harry les había dado alguna pista sobre lo que estaban a punto de probar.

Nora colocó el chocolate caliente en la repisa de la taquilla y la madre de los niños llevó las tazas a la mesita. Cubrió la superficie con unas servilletas y advirtió a sus hijos que no derramaran ni una sola gota o se quedarían sin libro nuevo para llevárselo a casa. Mirando por encima de sus cabecitas, le guiñó un ojo a Nora dándole a entender que sus palabras eran una amenaza hueca.

Más tarde, cuando la familia se hubo marchado con sus flamantes adquisiciones (*Buenas noches, Gorila*; *Misty de Chincoteague*; *El libro peligroso para los chicos* y *La otra Bolena*), Nora se dispuso a colgar el móvil de Harry. Encontró un pequeño gancho en la caja de herramientas que guardaba en el almacén y lo clavó encima de la caja registradora. Cogió el móvil con cuidado, pero no lo colgó de inmediato, sino que buscó el principio de *David Copperfield* y leyó la primera línea: «Si llegaré a ser el héroe de mi propia vida u otro ocupará ese lugar, lo mostrarán estas páginas».

No siguió leyendo. Después de colgar el móvil, pasó largo rato sentada en su taburete, viendo flotar y girar a los pájaros de papel, empujados por corrientes de aire invisibles.

Sentada en la tranquilidad de la tienda, observando el vuelo de los pájaros de origami, recordó los libros y los pájaros que había creado Abilene al decorar el escaparate. A diferencia del personaje de Dickens, que no sabía qué papel desempeñaría en la determinación de su propio futuro, Nora creía que Abilene iba a ser la heroína de su propia vida. No necesitaba que nada ni nadie la salvara. Como la mayoría de la gente, necesitaba amor, apoyo y comprensión, pero no necesitaba que nadie la rescatara. Podía rescatarse a sí misma.

Al otro lado del escaparate que antes había decorado la joven, seguía nevando.

Nora permaneció allí sentada en el interior de la cálida y acogedora librería y observó a los pájaros de papel. Rodeada de sus queridos libros, sintió una profunda satisfacción.

«Será la heroína de su vida —pensó—. Y yo seré la heroína de la mía».

Nora Pennington se levantó de su taburete y se fue en busca de algo para leer.

© Amy Stern Photography

ELLERY ADAMS

Ellery Adams es autora de dos libros de cocina y más de treinta novelas de misterio, entre ellas las series *Book Retreat Mysteries*, *The Secret, Book, & Scone Society*, *Books by the Bay Mysteries* y *Charmed Pie Shoppe Mysteries*. Sus novelas han estado en la lista de libros más vendidos del *New York Times*. Nacida en Nueva York, siempre ha sentido un amor especial por las historias, la comida, los animales rescatados y las grandes masas de agua. Cuando no está trabajando en su siguiente novela, lee, prepara tartas, trabaja en el jardín, mima a sus tres gatos y ordena sus libros. Vive con su marido y sus dos hijos en Chapel Hill (Carolina del Norte).

Para más información y sugerencias sobre biblioterapia, visita ElleryAdamsMysteries.com o YourBookRX.com.

Descubre más títulos de la serie en:
www.almacozymystery.com

COZY MYSTERY

Serie *Misterios bibliófilos*
KATE CARLISLE

1   2

Serie *Misterios en la librería Sherlock Holmes*
VICKI DELANY

1   2

Serie *Misterios de una diva* doméstica
KRISTA DAVIS

1   2

Serie *Misterios de Hannah Swensen*
Joanne Fluke

🧁 1

🧁 2

🧁 3

Serie *Misterios felinos*
Miranda James

🐱 1

🐱 2

🐱 3

Serie *Misterios que dejan huella*
Krista Davis

 1

Serie *Coffee Lovers Club*
CLEO COYLE

☕ 1   ☕ 2

Serie *Crimen y costura*
SALLY GOLDENBAUM

🧶 1

Serie *Misterios de una espía real*
RHYS BOWEN

👑 1

Serie
SECRETOS, LIBROS Y BOLLOS

 1

 2